6,85

Marek Krajewski

La peste à Breslau

Une enquête d'Eberhard Mock
de la brigade des Mœurs

Traduit du polonais
par Margot Carlier et Maryla Laurent

Gallimard

Ouvrage publié avec le concours du Programme
de Traduction © *Poland* de l'Institut du Livre polonais.

INSTYTUT KSIĄŻKI

©POLAND

Marek Krajewski est né en 1966 en Pologne. Il enseigne le latin à l'université de Wrocław et est l'auteur d'une fresque de cinq romans, dont quatre déjà parus dans la Série Noire, dédiée à la ville de Breslau et au personnage atypique qu'est l'inspecteur Eberhard Mock de la brigade des Mœurs. Après *Les fantômes de Breslau*, *La peste à Breslau* est sa deuxième enquête à paraître en Folio Policier.

Faire perdre connaissance à un novice constitue un élément d'initiation très important dans les sociétés secrètes. [...] Pour y parvenir, on utilise l'encensement, la flagellation et la torture.
La « mort » du novice en est le but.

ARNOLD VON GENNEP,
Les rites de passage

[...] il est impossible de connaître les intentions de la femme ou de l'homme tant que tu ne les soumets pas à une épreuve aussi pénible que celle des bêtes de trait.

THÉOGNIS DE MÉGARE

Abb. 63. Pestarzt in einer Schutzkleidung. Kpfr. von Paulus Fürst nach
J. Columbina 1656. München, Kupferstichkabinet.

Breslau, jeudi 15 mai 1913,
deux heures et quart

L'homme grimpait l'escalier métallique qui entourait la machinerie du château d'eau de l'Am Weidendammestrasse. Les roues de transmission tournaient avec un martèlement régulier, les ponts roulants grinçaient, les pompes et leurs mécanismes sifflaient. L'homme avait le souffle court. La pro-gression circulaire et uniforme qu'il infligeait à son corps depuis qu'il avait mis le pied sur la première des marches en colimaçon lui donnait une vague nausée. Il serrait les doigts sur le grillage qui devait prévenir toute chute, suivie d'une mort certaine dans l'antre du monstre de fer qui exhalait de la vapeur et propulsait de l'eau pure dans les conduites de la ville. Le regard du visiteur glissait sur les noms de firmes inscrits en relief sur les machines luisantes d'huile. Pieffke, Woolf, Ruffer, Zoelly…, lisaient ses yeux fatigués.

L'homme finit par atteindre le faîte où se trouvait une petite tourelle en forme de maisonnette. Il fit alors une halte et respira lourdement. Le gardien de nuit, en uniforme et shako semblables à ceux des policiers, lui jeta un œil indifférent avant de regarder ailleurs. Il ne réagit pas plus quand l'homme essoufflé ouvrit la fenêtre pour aller sur le toit pentu. Les semelles de ses chaussures de montagne dérapèrent dangereusement sur la tôle en cuivre. Un instant, il sembla perdre l'équilibre. Il agita les bras et l'un d'eux heurta l'encadrement de la fenêtre. Il s'y retint nerveusement, déploya le gros cordage enroulé sur son épaule pour l'attacher au chambranle par un nœud marin auquel il s'était exercé depuis une semaine. Il fit alors une pause et resta immobile un moment. Il était vêtu d'une veste bavaroise en grosse toile et d'un pantalon de facture similaire retenu par des chaussettes en laine qui lui remontaient jusqu'aux genoux. Il portait aussi un bonnet dont les deux rabats latéraux étaient fixés par un bouton au sommet de sa tête. De sa bouche desséchée par l'effort, il happait goulûment la brise nocturne.

Il admira le panorama de la ville. L'Oder serpentait devant lui, sombre et silencieuse, avec, ici ou là, le reflet scintillant d'une lumière. Sur la droite, l'Am Weidendammestrasse était toujours aussi festive avec ses jardins, ses pavillons en verre, ses petits théâtres de marionnettes et ses pistes pour vélocipédistes. La nuit était avancée, et cependant les lampadaires restaient allumés tandis que s'élevaient des airs de valses populaires.

L'homme enfila des gants en cuir fin avant de se tourner vers la maisonnette qui surmontait le château d'eau. Il recula doucement jusqu'au bord du toit. L'échelle de corde se déroulait, ses traverses claquaient sur les plaques en cuivre. À un mètre du bord de la toiture, l'homme s'arrêta. Une main serrée sur un échelon, il projeta de l'autre bras le reste du cordage dans le vide. Il écouta un moment. Aucun bruit de chute sur les pavés, sept étages plus bas, ne lui parvint. L'échelle était peut-être trop courte. Le son tant espéré avait peut-être été étouffé par les claquements des bouts de bois contre le mur du bâtiment ou par le tintement des vitres heurtées. L'homme frissonna de peur. « C'est voué à l'échec », songea-t-il en s'agenouillant à quelques centimètres de la gouttière. Il sentit sur lui le regard du gardien, aussi agrippa-t-il la traverse avec une force telle qu'il aurait pu en extraire la sève. Il se laissa glisser tout entier hors du toit. Le nœud qu'il avait dans la gorge l'empêchait de respirer. Il agitait les jambes à la recherche de l'échelle. Il colla très fort sa joue contre la gouttière. Le poids de son corps faillit lui arracher les avant-bras au niveau des coudes. Sa chaussure gauche trouva une aspérité du mur, la droite se posa sur une traverse. Il enroula le cordage autour de sa cuisse et de son mollet avec la tendresse qu'on témoigne d'ordinaire à une maîtresse. Il osa enfin se décoller. Ses mains descendirent de plusieurs échelons. Il se replia et se balança sous l'avant-toit. Il regarda en bas, à tort.

Au plus haut du château d'eau, l'une des fenêtres fut tout à coup copieusement aspergée de gouttes. Sept étages au-dessous, le pavé devint soudain humide. La cause n'en fut pas la pluie de printemps, qui a pourtant l'habitude de tomber en averse au mois de mai.

Breslau, jeudi 15 mai 1913,
trois heures

Friedrich Olscher, le capitaine des sapeurs-pompiers, était assis à côté de son aide, Erich Dobrentz, à l'avant de la voiture équipée d'une grande échelle pliante. Ce matériel d'une grande modernité, et qu'on avait récemment fait venir de Cologne, était toute sa fierté. Il ne pouvait pas en dire autant de sa sortie nocturne. Il avait été informé par voie télégraphique de la nécessité d'accéder au sommet d'un édifice public. D'habitude, lorsqu'il partait en mission, et surtout lorsqu'il en revenait, il retroussait les pointes de sa moustache, jetait des coups d'œil à droite et à gauche pour ne rien perdre des regards admiratifs et effrayés des demoiselles. Cette fois, après avoir passé le pont Mauritius, il arrêta son véhicule devant le château d'eau de l'Am Weidendammestrasse et ne vit aucun émerveillement chez les quelques femmes éméchées qui sortirent des jardins ré-créatifs. Juste un peu d'intérêt. La mission de cette nuit n'avait rien dont Olscher pût tirer gloire.

Il sortit péniblement ses quatre-vingt-dix kilos de la voiture pour se retrouver face à un type maigre en train d'ôter sa veste et de retrousser ses manches de chemise. Une fois que celui-ci eut remis son vêtement au policier en uniforme à ses côtés, il regarda les six niches qui s'échelonnaient presque sur toute la hauteur du bâtiment.

— Werner Quass, assistant à la Criminelle, dit-il pour se présenter (avant d'ajouter, d'une voix habituée à donner des ordres) : L'échelle au troisième étage ! Là-bas (il indiquait une ombre assez floue dans la troisième niche). Je passe le premier. Vous me suivez.

— Dobrentz, lança Olscher à son aide sur le même ton, détele les chevaux et tourne la manivelle. Moi, je dirige l'échelle.

Les deux pompiers se mirent au travail. Une fois l'échelle parvenue à la hauteur de l'emplacement creux, Quass serra les dents sur son bout de cigare, enfonça un peu plus fort son chapeau melon sur sa tête et grimpa tout en soufflant de la fumée. Olscher le suivit. Son arrière-train protubérant provoqua une grande hilarité chez les dames déjà un peu ivres. Elles éclatèrent de rire et leurs cavaliers s'en donnèrent à cœur joie.

Le capitaine grimpait derrière l'assistant de la Criminelle, dont les chaussures cirées couraient vite sur les traverses. Brusquement, elles s'immobilisèrent. Le policier était presque arrivé en haut, à la petite nacelle terminale protégée par une barrière dérisoire. Près de lui se trouvait un homme en bonnet. De ses doigts crispés, il s'accrochait à une échelle de corde. Ses traits étaient bleuis par le froid.

— Grand Dieu, que faites-vous là, commissaire ? s'écria Quass.

— Quelle importance ? répliqua l'homme d'une voix aiguë et tremblante. Je suis peut-être en opération... Tire-moi d'ici et ne pose pas de questions idiotes !

Quass regarda Olscher, qui fit alors signe à Dobrentz de déplier encore un peu la grande échelle. L'homme, collé à la paroi du château d'eau, sauta facilement dans la nacelle, et les trois fonctionnaires entamèrent leur descente à reculons. Olscher accéléra et se retrouva à la voiture en un temps record. En voyant les mouvements énergiques de ses hanches, les demoiselles éméchées partirent de rires joyeux en cascades. Leurs cavaliers firent des plaisanteries grivoises sur les grosses croupes, la gravitation et la peur du vide. La hâte du capitaine des pompiers n'avait évidemment rien à voir avec le vertige ou le besoin de toucher terre, comme l'Antée de la mythologie grecque. Elle était provoquée par la puanteur dégagée par l'homme qui venait de quitter le troisième étage du château d'eau et descendait en dernier. Pour la première fois de sa vie, Olscher maudissait son métier. Ah non, il n'était pas fier de cette intervention !

La forêt entre Deutsch Lissa
et Neumarkt, samedi 30 juin 1923,
sept heures et quart

Le sergent-chef Eberhard Mock n'arrivait pas à faire cesser le chatouillement insistant qu'il ressentait tantôt à l'oreille droite, tantôt à la gauche. Il s'imagina que, postés près de sa tête, deux gamins crasseux et en haillons l'agaçaient avec un brin d'herbe terminé par un épi. Il avait peur d'ouvrir les yeux pour voir sa supposition se confirmer. La veille, il avait beaucoup bu. Il avait tellement bu qu'il gardait peu de souvenirs des événements de l'après-midi et de la soirée. Il pensait être étendu sous un pont, sale et blessé, tandis que de petits garnements, le prenant pour un poivrot, s'amusaient à le titiller avec une herbe cueillie au bord de l'Oder. Que se passerait-il si c'était vrai ? Les yeux ouverts, il s'égosillerait d'une voix enrouée ? Ces gosses qui vivent dans les rues n'en seraient nullement effrayés. Ils s'écarteraient d'un bond pour courir autour de lui avec des rires bravaches et des moqueries acerbes. Il voudrait les attraper en tournant sur lui-même, ce qui lui donnerait forcément la nausée. Oh non ! Il préférait se reposer à l'abri de ses paupières closes !

Il voulut faire monter un peu de salive de ses glandes desséchées. Le résultat fut pitoyable ! Il avait le palais rugueux, comme recouvert d'une poussière de ciment. Il se sentit mal mais ne bougea pas. Il serra juste un peu plus fort les paupières. Au bout d'un moment, il remua les doigts de sa main gauche. Il pressa l'annulaire contre l'auriculaire. Les deux doigts se jouxtaient parfaitement. Ils ne devraient pas ! Normalement, une chevalière en or les en empêchait. « J'ai dû la glisser dans ma poche pour ne pas me la faire voler », se dit-il. Les yeux toujours fermés, il voulut s'en assurer et chercha le magnifique bijou signé Ziegler, le maître

17

joaillier de Cologne. Sa main ne trouvait pas l'ouverture habituelle où elle se glissait pour prendre le canif, le tabac ou le briquet à essence. Ses doigts rencontrèrent la peau nue de sa jambe. « Où sont mon pantalon et mon caleçon ? »

Mock s'assit et ouvrit les yeux. Nu, tout en sueur, couvert d'un vieux cache-misère, il était étendu dans une clairière que le soleil matinal chauffait très fort. Il sentit une piqûre derrière l'oreille et jura en cherchant avec son petit doigt à écraser l'insecte. Il y eut un ploc discret. Il voulut voir ce qui l'avait piqué, mais se désintéressa vite de la fourmi rouge qui en était responsable tant il fut effrayé par la peinture rose dont sa main était couverte. Son regard se posa sur sa cuisse. Cinq empreintes colorées y avaient été apposées depuis qu'il avait en vain cherché la poche de son pantalon.

Il n'y avait ni gosses des rues lui chatouillant les oreilles, ni vêtements, ni chaussures, ni chevalière. Il y avait juste le sergent-chef Eberhard Mock, les doigts de la main droite couverts de peinture. Un Mock sans défense que la beuverie de la veille laissait démuni.

Breslau, samedi 30 juin 1923,
huit heures moins le quart

À Deutsch Lissa, localité proche de Breslau, la place principale n'avait pas son animation habituelle. Les personnes qui passaient par la St. Johannesplatz ralentissaient le pas ou s'arrêtaient en silence. Deux ouvriers, manifestement en chemin pour le château des barons Riepenhausen, stoppèrent brutalement leurs vélos. Une vitre à la main, l'artisan des ateliers Bernert restait planté devant sa charrette comme s'il avait oublié qu'il devait la poser près de celles déjà chargées. Le nouveau patron de l'auberge de L'Aigle noir était sorti sur le pas de sa porte. Il ne cessait plus d'essuyer le couvercle d'un pot à bière avec son torchon alors que les parois étaient encore mouillées. Les enfants en route pour l'école voisine perdaient brusquement leur turbulence naturelle pour se traîner de plus en plus lentement. Ce jour-là, aucun passant ne se hâtait ou ne s'activait devant le monument de saint Jean Népomucène. Par ce matin d'été chaud, l'attention de tous était soudain très sollicitée. Personne n'arrivait à se concentrer sur ses activités habituelles. Tous les regards étaient irrésistiblement attirés par la scène qui se déroulait à l'arrêt des calèches.

Des vociférations et le claquement des fouets arrivaient de là. Un quadragénaire mal rasé, aux cheveux noirs, essayait de monter tour à tour dans chaque véhicule tout en jurant d'une voix enrouée contre les cochers qui le repoussaient et répliquaient à leur manière en lui fouettant le dos. Leur réaction défensive était efficace. L'homme portait un manteau de laine taché de cambouis avec d'innombrables trous laissant paraître la doublure. Le misérable vêtement était fermé par trois boutons qui tenaient à peine sous la pression d'un ventre rebondi. Des pieds et des jambes nus et poilus en sortaient. À l'évidence, le personnage ne portait pas de pantalon. Des bribes de phrases entendues permettaient de comprendre que les cochers prenaient l'homme pour un fou, ce que sa conduite semblait confirmer. À ce que pouvaient saisir les habitants de Deutsch Lissa, l'individu n'avait pas d'argent sur lui, mais il voulait être conduit à Klein Tschansch où il vivait. Or, c'était très précisément de l'autre côté de Breslau. Il promettait une rétribution généreuse, assurait qu'il avait beaucoup d'argent chez lui, alors que sa triste tenue vestimentaire le démentait. Repoussé par le dernier cocher, le quidam se planta au milieu de la place entre les échoppes.

— Allez vous faire foutre, salopards !!! Regardez ce que je vais faire ! hurla-t-il. Pour rentrer à la maison, mon cul n'a pas besoin de votre carriole !

Il fit alors une chose qui poussa plusieurs passants de la St. Johannesplatz à détourner le regard. Étrangement, ce ne fut le cas d'aucune femme. Une autre personne ne baissa pas les yeux : Robert Starke, le sergent de police du poste de Deutsch Lissa. Ce responsable de l'ordre public serra la main sur la poignée de son épée, redressa son shako, fronça les sourcils et marcha vers le fou.

Breslau, samedi 30 juin 1923,
dix heures et quart

Le sergent Kurt Smolorz travaillait à la IVᵉ Brigade du commissariat central de la police de Breslau. Un contrôle inopiné mais sévère de ce service par les agents secrets berlinois de la commission des affaires internes n'aurait pas manqué d'établir que la vie menée par ses fonctionnaires, mais aussi par Josef Ilssheimer, leur patron, relevait des affaires de mœurs. En cela, Kurt Smolorz faisait exception. Il n'attendait pas de câlins gratuits des prostituées, n'exigeait pas de leurs souteneurs un pourcentage sur les passes, ne s'enivrait pas à l'œil dans les troquets sans licence. Il ne demandait pas non plus de contrepartie pour son silence aux fonctionnaires de la ville surpris dans les caboulots pour homosexuels, n'extorquait pas de faveurs aux aristocrates confondues dans les bras d'un malandrin ou d'un charretier. Ce quadragénaire aux cheveux roux exécutait sans rechigner les ordres du commissaire divisionnaire Ilssheimer, repoussait les propositions corruptrices des proxénètes et celles, séductrices, des belles. Depuis quatre ans, il était un citoyen et un mari modèle. Il ne buvait plus une goutte d'alcool et ne trompait pas sa femme à cause des remords qui l'accablaient après ses multiples orgies où le sexe allait de pair avec la drogue. Quatre années plus tôt, en effet, il avait participé à de telles débauches à l'invitation d'une certaine baronne. Depuis, il faisait son devoir consciencieusement, sans poser de questions inutiles. Une seule personne pouvait l'amener à déroger à sa conduite : un homme dont les ordres avaient pour lui valeur de loi et qui, à la même époque, s'était métamorphosé après une grave dépression nerveuse. À l'inverse de ce qu'avait connu Smolorz, ce dernier avait basculé dans le mauvais sens.

Kurt Smolorz roulait dans l'un des derniers phaétons à deux roues de la Préfecture de police. La Criminelle possédait déjà depuis longtemps deux Daimler ; les « Bétonneux » — tel était le nom de ceux de la VIe qui, soit dit en passant, avaient été détachés de la IVe — mettaient fièrement en marche le moteur de leur toute nouvelle Horch, tandis qu'Ilssheimer et ses hommes continuaient à se déplacer dans des voitures archaïques et, pis encore, devaient les conduire eux-mêmes, ce qui leur avait valu le sobriquet de chignoleurs.

Le phaéton de Smolorz ne cessait d'être bloqué par la longue file des charrettes qui rentraient du marché de Deutsch Lissa à Neumarkt. Le sergent patientait en se remémorant avec précision l'ordre qu'il avait reçu. Le matin, vers neuf heures, le divisionnaire Ilssheimer l'avait convoqué pour lui dire :

— Starke, le responsable du poste de police de Deutsch Lissa, m'a téléphoné. Il a interpellé un ivrogne en train de se dénuder au marché. Le poivrot n'a aucun papier d'identité. À l'interrogatoire, il n'a révélé ni comment il s'appelait ni qui il était. Il a juste dit qu'un paysan l'avait amené à Deutsch Lissa. Starke l'a mis en cellule pour qu'il dégrise et se rafraîchisse la mémoire. Deux autres délinquants s'y trouvaient déjà incarcérés, dont un voleur de chevaux connu. Celui-ci, en apercevant l'ivrogne, a été pris d'une crise de fureur et a voulu le tabasser. Il affirme que le poivrot est un policier. Starke a dû réquisitionner son seul subalterne pour le protéger. Il se plaint parce que son travail s'en trouve désorganisé et ne sait plus où donner de la tête en cette période de foire. Aussi a-t-il appelé le secrétariat du préfet de police Kleibömer, qui nous a joints à son tour. Maintenant, Smolorz, voici vos ordres. Vous devez aller chercher cet ivrogne, l'interroger et vérifier si son nom se trouve dans notre registre des perturbateurs de l'ordre public. Après quoi, vous rédigerez un rapport pour le greffier du juge Ulmer.

Smolorz se répétait ces paroles pendant sa traversée de la ville. Il récitait chaque mot des consignes données par le commissaire divisionnaire Ilssheimer alors qu'il pénétrait dans la Bismarckstrasse, où, au numéro 5, se trouvait un bâtiment officiel avec le poste de police, la prison, la mairie et l'asile pour les nécessiteux. Il stoppa son phaéton juste devant l'entrée, attacha les rênes à la petite clôture en bordure de trottoir et caressa le naseau de son cheval avant d'entrer dans le royaume du chef Starke.

La pénombre et la fraîcheur qui régnaient dans le poste de police soulagèrent Smolorz qui, au cours de son long voyage sous le capot en toile cirée chauffé par le soleil, avait transpiré à grosses gouttes. Dans la salle d'attente était assise une jeune femme en robe grise avec une ceinture noire à taille basse comme le voulait la mode. Elle dissimula son visage derrière ses cheveux quand elle vit Smolorz, mais ils étaient suffisamment clairsemés pour que le sergent puisse remarquer l'œil au beurre noir comme la pupille brillante, minuscule et à peine visible au milieu de chairs gonflées. Le chef de poste notait la déposition de la plaignante avec une plume en fer qu'il trempait dans un grand encrier en os.

Derrière lui, son épée était plantée dans un râtelier spécial.

— Sergent Kurt Smolorz, du commissariat central, pour le prisonnier, lança le policier en montrant sa pièce d'identité.

La jeune femme agita la tête pour s'assurer que ses cheveux blonds, tel un voile opaque, la protégeaient des regards du jeune fonctionnaire.

— Pour l'exhibitionniste ? demanda Starke.

— Oui, répondit Smolorz, qui jeta un œil par-dessus l'épaule du chef sur le procès-verbal.

Le nom de la jeune femme lui sembla familier.

— Veuillez signer, dit Starke en poussant un document vers Smolorz avant de se lever pour se diriger vers la cellule.

— Helmut, amène l'exhibitionniste, cria-t-il, et après ferme la prison. Va faire un tour à la foire voir si l'histoire des deux Gitans qui se sont battus pour un cheval est vraie.

Smolorz observa la jeune femme pendant qu'il signait le procès-verbal. Il était sur le point de se souvenir d'où il la connaissait lorsqu'il entendit un bruit de pieds nus sur le sol. Il regarda l'homme mis aux arrêts qu'il devait prendre en charge. Le pauvre hère était fagoté dans un manteau étroit et sale. Sa main droite était dissimulée dans le cache-misère comme si quelque chose le gênait. Smolorz réalisa soudain qui était le détenu et en oublia complètement la plaignante. Qui plus est, il oublia aussi les ordres reçus d'Ilssheimer. Il signa le constat, en donna la copie à Starke et prit l'ivrogne sous le bras pour le faire sortir.

— Emmenez-nous à la Préfecture, Smolorz, chuchota le prisonnier avec des effluves d'alcool aigres à l'oreille du sergent. Chez Achim Buhrack, j'y garde un costume de rechange. En chemin, vous allez m'acheter deux bières de mars. Et puis, jetez-moi ce foutu procès-verbal !

— À vos ordres, répondit Smolorz.

L'ivrogne exhibitionniste était la seule personne dont les ordres avaient pour lui valeur de loi.

Breslau, samedi 30 juin 1923, midi

Klara Menzel et Emma Hader avaient le même âge et une expérience de vie similaire. Elles étaient originaires de petites bourgades de basse Silésie. Elles avaient vécu dans des familles d'artisans où les querelles étaient quotidiennes et où la pauvreté n'autorisait que deux achats indiscutables : la bière et le tabac bon marché du père. Les lessives avaient altéré la beauté de leurs mères tandis que l'alcool avait valu des fibroses et des nodules au foie et au pancréas de leurs pères. Lorsque la Grande Guerre éclata, les hommes furent mobilisés. Klara et Emma, ainsi que leurs nombreux frères et sœurs, se retrouvèrent à la charge de leurs mères, écrasées sous la tâche. À dix-huit ans, les deux jeunes filles venaient de terminer leur formation professionnelle : Klara était couturière et Emma cuisinière. Leurs curriculum vitae comptaient ainsi une première différence. Une seconde intervint bientôt, mais ce fut la dernière : elles perdirent leur virginité avec des hommes différents. Klara fut déflorée par un cousin à elle, un invalide de guerre. Emma se laissa séduire par un pasteur de Frankenstein, un quinquagénaire qui n'avait aucun lien familial avec elle. Ensuite, toutes les deux quittèrent la campagne silésienne pour commencer une vie nouvelle à Breslau. Elles avaient le sens des réalités et savaient que leur chemin ne serait pas parsemé de roses. Aussi en parlèrent-elles ouvertement entre elles le jour où elles se rencontrèrent fortuitement dans une cantine. Par mesure d'économie, elles décidèrent alors de louer une chambre en commun. Breslau s'avéra être une ville beaucoup plus inhospitalière qu'elles ne l'avaient imaginé. Lorsque, pour la énième fois, elles perdirent leur travail et ne purent payer leur loyer, elles se résignèrent à accepter la proposition, peu conforme aux usages, faite par leur propriétaire de le payer en nature. Puis il y eut d'autres hommes avec des attentes sexuelles cette fois en accord avec certaines règles sociales. Ensuite, ce fut l'escalade : la première vérole, le premier souteneur, la première inscription au registre des mœurs de la Préfecture de police. Les années passèrent, Klara Menzel et Emma Hader allaient sur leur trentaine. Elles avaient fait leur trou à Breslau.

L'été, elles aimaient surtout passer leur temps au café Frank, au numéro 1 de la Matthiasplatz, et ce dès l'ouverture. Elles se réfugiaient dans ce local frais et confortable après avoir quitté leur chambre de bonne au dernier étage d'un immeuble de la même Matthiasplatz, où le soleil chauffait du matin à midi passé, où dans la cruche flottaient les punaises qui s'y étaient noyées durant la nuit et où des grosses mouches luisantes, abruties par la canicule, se cognaient au plafond. Dans le café, il n'y avait ni mouches ni punaises, mais des pâtisseries derrière une vitre, et, au comptoir, de la limonade qui jaillissait de petites fontaines, des siphons et de petits monticules de glaces Lagnese. D'aimables journalistes des salles de rédaction voisines et des savants très polis de l'Institut d'agronomie situé dans l'immeuble même venaient s'asseoir auprès des deux jeunes femmes. S'il est rare que les gens aiment leur lieu de travail, Klara et Emma, quant à elles, appréciaient le leur.

Assises à une table, elles buvaient un café, fumaient des cigarettes et tentaient de se convaincre qu'elles n'avaient aucune envie de douceurs. Elles avaient deux bonnes raisons à cela. La première était que Max Niegsch, leur souteneur, ne leur payait que quatre cafés par jour chez Frank. Pour toute consommation supplémentaire, elles devaient sortir l'argent de leur poche. La seconde raison était qu'elles devaient veiller sur leur outil de travail, et donc sur leur corps. Elles ne pouvaient s'autoriser aucune rondeur car seul un nombre particulièrement restreint de leurs clients y aurait été sensible. Aussi passaient-elles le temps à se sourire sans se parler tout en écoutant le duo suave d'Ilse Marweng et Eugen Reks, dont la chanson racontait l'histoire d'un cœur de jeune fille qui s'était égaré.

Klara et Emma n'étaient pas les seules à présenter un visage aimable en ce milieu de journée caniculaire de juin. Un sourire éclairait également la figure balafrée de Max Niegsch quand il pénétra dans le clair-obscur du café, vêtu de sa veste blanche à manches courtes et coiffé de sa casquette, blanche elle aussi. Il fit signe d'une main à ses protégées tout en appelant le garçon de l'autre.

— Bonjour, mes chéries ! dit-il en se penchant vers l'une et vers l'autre pour faire claquer un baiser sur leurs joues. Il fait beau, non ?

— Fait beau, répondirent-elles en chœur.

— Une journée magnifique, vraiment belle ! poursuivit-il en se tenant au-dessus de la pyramide de pâtisseries pour les examiner attentivement, bien que sa tête fût à peine plus haute que le comptoir. Excellente pour tout le monde ! Pour vous comme pour moi !

— Un client ? demanda Klara.

— Un client, c'est du normal. Et après ? fit Emma en bâillant comme si la question de son amie avait reçu réponse. On a des clients tous les jours. On est des bonnes professionnelles tout de même !

— Réjouissez-vous, les filles ! s'écria Niegsch. Vous avez des clients chaque jour que Dieu fait, non ? Et puis quoi ? Le soleil aussi se lève tous les jours, encore heureux ! Pour moi, un cognac, mon gars ! dit-il au serveur qui, depuis un moment, attendait. Pour ces dames, ce sera un gâteau aux pommes avec de la chantilly pour chacune et deux coupes de glace.

— J'peux commander autre chose ? demanda Emma avec un sourire innocent. J'aime pas bien le gâteau aux pommes.

— Sûr, marmonna Niegsch sans enthousiasme. Hissé sur le siège, il agita ses pieds qui ne touchaient pas terre.

— J'voudrais du gâteau à la broche de chez Miksch, minauda Emma. La même chose pour Klara.

— La transaction du jour ne vaut tout de même pas ce prix-là ! grogna Niegsch avant de se tourner vers le garçon. Apporte à ces dames ce que je t'ai demandé !

— Entendu, répondit celui-ci en filant vers le comptoir.

— La transaction est de première, mais elle ne vaut pas le prix des spécialités de Miksch, dit Niegsch avec un sourire qui semblait destiné à atténuer sa grossièreté. Le gâteau aux pommes suffira.

— Combien, quand, où et qui ? fit Klara avec indifférence, mais en posant ces questions primordiales par ordre d'importance.

— Un truc comme avec les jeunots ? demanda Emma avec de l'inquiétude dans la voix.

Avant que Niegsch n'ait eu le temps de répondre à ces interrogations fondamentales, le serveur arriva avec son plateau et une serviette raide d'amidon. Sans attendre les explications de leur protecteur, Klara et Emma enfoncèrent leurs cuillères dans les boules de glace pour y tracer des rigoles et y creuser des cavernes. Elles n'en avaient plus mangé d'aussi bonnes depuis longtemps. L'affaire devait être vraiment exceptionnelle ! Depuis trois ans, et donc depuis que Max Niegsch, dit le Petit Maxou, les avait prises sous son aile, il n'avait fait preuve de pareille largesse que deux fois. La première, c'était quand, un an plus tôt, en une soirée, elles avaient permis à vingt bacheliers du lycée Saint-Jean de devenir vraiment des hommes. Niegsch leur avait alors offert du gâteau à la broche, le fameux *Baumkuchen* de chez Miksch. Emma posa sa cuillère. Elle venait de se sentir mal à la seule pensée de ces adolescents peu amènes, pas propres et inconscients de leur brutalité. Elle n'arrivait pas à oublier non plus le visage furieux et en larmes de l'un d'eux lorsqu'elle se moqua de son membre mou. Les autres lycéens ne pleuraient pas. Ils étaient résolus et n'hésitaient pas à lui faire mal. Elle se souvenait de leur détermination et de leur mépris. Pour le moment, elle se disait que, le lendemain, elle devrait peut-être descendre l'escalier de quatre étages les jambes écartées comme après cette soirée juvénile.

— Raconte, Max, dit Klara qui percevait l'inquiétude de son amie.

— Je réponds à tes questions dans l'ordre, Trésor, dit Niegsch en avalant la moitié de son cognac. Dix millions de marks dont rien que vingt pour cent pour moi. Pas la moitié comme d'habitude. Quand ? Dans une heure. Où ? Gartenstrasse 77. Avec qui ? Un quidam. Il bande comme un âne. Il dit qu'il vous connaît bien, que vous étiez très bonnes autrefois...

— T'as toujours pas dit ce qu'on va devoir faire pour une somme pareille, insista Emma toujours inquiète. On doit s'enfiler des casques à pointe prussiens ?

— Ce serait amusant de vous voir avec des *Pickelhaub* ! s'écria Niegsch dans un éclat de rire. Rien de tel. Vous devez jouer les Sapphos. C'est tout. Une peccadille pour vous. Vu que tout le monde vous appelle les inséparables petites perruches. Vous avez bien dû vous caresser rien qu'à deux pour le plaisir ? Non ? Dans votre piaule, là-bas sous les toits. Pour vous amuser, comme ça, par ennui… Eh bien là, vous allez le faire pour un gros tas de pèse ! Le quidam, d'abord il regarde et, après, il participe. Il m'a payé d'avance. Vous voulez voir le pognon ? demanda Niegsch, qui sortit une liasse de billets d'un énorme portefeuille pour la poser sur la table. Voilà, votre part. Je vous la file tout de suite, de ma poche. Je prendrai la mienne plus tard. Vous voyez la confiance que j'ai en vous ? Ce que je vous aime, moi, alors !

Klara et Emma ne posèrent pas un seul regard sur l'argent. Sans avoir fait d'études classiques, elles savaient tout des penchants sexuels de la poétesse de Lesbos et de ses jeunes émules dans l'Antiquité. Elles avaient également goûté à des exercices pratiques quelques années plus tôt quand elles avaient été invitées, moyennant une bonne rétribution, à une soirée féminine. Elles avaient eu droit à une sorte de cérémonie religieuse, avec pleins de textes déclamés et de chants en langue étrangère. Les dames présentes, grisées, leurs visages dissimulés par des capuches, étaient vite devenues lubriques et agressives. Klara et Emma étaient parvenues à s'enfuir de cette soirée tard dans la nuit et avaient mis longtemps à soigner leurs hématomes et leurs brûlures.

— Non, répondit Emma avec dureté, fourre-toi ce fric dans le cul. On le prend pas.

— Je te préviens, siffla Petit Maxou en se levant brusquement, si tu assures pas sur ce coup, je te refile à Georg le Surineur. Et tu sais ce que Georg fait aux filles qui filent pas doux ? Tu sais d'où il tient son surnom ? Tu le sais, grosse vache ? Tu le sais ?

— On n'a peur ni de toi ni du Surineur, répliqua courageusement Emma. Quand on a commencé à turbiner pour toi, il était pas question de faire des trucs vicieux. Rien que de se faire calcer par les hommes. Leur fourbir le candélabre s'ils en avaient envie et parfois trancher du cardinal.

Max Niegsch regarda longuement Klara et Emma dans le fond des yeux. Pour finir, il comprit. C'était une question de respect, d'amitié et de confiance. Il devait leur témoigner non seulement de la chaleur affective, mais avoir aussi des largesses. Surtout des largesses.

— Hé, petit ! lança-t-il au serveur, apporte donc à ces dames ce qu'elles voulaient au départ ! Et trois verres de liqueur de chez Galewski ! La plus chère ! Allez, on repart de zéro, les filles. On reparle de tout ça, dit-il en se tournant vers ses protégées avec un air calme et amical.

Breslau, samedi 30 juin 1923,
midi quarante-cinq

Kurt Abendt, le fils de dix ans du concierge de l'immeuble du 77 Gartenstrasse, était de plus en plus agité. Il ne parvenait pas à mettre un ordre aux sentiments contradictoires qui l'agitaient. Il serrait entre ses mains l'*Illustrierte Woche*, le supplément hebdomadaire des *Breslauer Neueste Nachrichten*, et se demandait ce qu'il devait faire. Il avait très envie de lire les nouvelles sportives pour savoir qui avait gagné le match Allemagne-Suède à Stockholm. Par ailleurs, il savait que Paul Scholz, le fonctionnaire retraité des Chemins de fer qui vivait seul dans le grand appartement côté rue, au quatrième étage du 18, ne supportait pas que le journal ait été défloré par une lecture autre que la sienne. « Je te paie pourquoi, garnement ? avait-il un jour crié après Kurt. Pour te lever tôt les samedis matin quand mon domestique, cet incapable, a son jour de libre, et m'apporter les *BNN* avec son supplément illustré au petit déjeuner. Le journal doit être net, sentir bon l'encre et non pas être chiffonné et retourné dans tous les sens comme une vieille garce ! » Le jeune garçon n'avait pas une idée très précise de ce qu'étaient les garces, jeunes ou vieilles. Il n'en savait que ce que lui avait révélé Ernst Franke, de quatre ans son aîné : les garces ne portaient pas de culotte. En revanche, ce dont Kurt était certain, c'était que ce vieux monsieur qui ne surveillait pas son langage payait cinq cents marks pour avoir son journal impeccable sur la table de son petit déjeuner. Si Kurt était tellement ennuyé ce jour-là, c'était parce qu'il était presque l'heure de manger et que personne ne répondait chez Paul Scholz. Alors qu'il cognait pour la quarantième fois au moins à l'entrée après avoir sonné de manière tout aussi insistante.

Kurt s'assit sur le petit tabouret près de la porte. Avec toute la délicatesse dont il était capable, il tourna les pages du journal en veillant à réduire au minimum le froissement des grandes feuilles de papier. Il apprit ainsi, à son grand désespoir, que la représentation nationale allemande avait perdu contre la Suède par un but à deux. Il voulut en savoir plus sur cette terrible défaite au football quand il entendit la voix, quelque peu déformée mais toujours aussi puissante, de l'ancien fonctionnaire des Chemins de fer :

— Pose le journal près de la porte. Je ne me sens pas bien aujourd'hui.

— Et mes cinq cents marks ? gémit Kurt.

Il y eut un silence. Le garçon s'approcha de la porte pour y coller une oreille. Il entendit un murmure qui semblait être celui d'une conversation. Ensuite, le petit volet avec l'inscription « Courrier » se souleva et un billet de cinq cents marks tomba à terre. Il sembla à Kurt que l'argent avait été poussé par une main gantée. Le vieux Scholz était un homme extravagant, mais jamais il n'aurait porté de gants chez lui. Kurt Abendt, qui se sentait l'âme d'un Max ou d'un Moritz — les garnements de l'historiette écrite par Wilhelm Busch —, posa le journal près de la porte, rangea le billet dans la poche du milieu de son short, remit en place ses bretelles retenues par des boutons et descendit d'un demi-étage en faisant claquer ses pieds sur les marches. Une seconde plus tard, il sauta sur la rampe ; puis, avec l'agilité d'un singe, il bondit dans l'escalier qui s'élevait au-dessus de l'appartement du vieux Scholz et menait directement au grenier. Une fois là-haut, il observa la porte qui s'ouvrait tandis qu'une main gantée tirait le journal à l'intérieur. Kurt resta assis, immobile un moment, à se demander ce qu'il devait faire. Une conclusion simple s'imposa à lui : il devait sans tarder informer de tout cela son père qui, étant donné l'heure, se trouvait à l'auberge de Laugner, celle à côté du magasin de disques, où il débattait de la grande politique européenne avec les cochers du coin en buvant de la bière. Le *Hausmeister* Abendt faisait toujours une pause vers midi les mois d'été. Il confiait alors la responsabilité de sa charge de gardien d'immeuble à son fils pour ne rentrer chez lui que vers trois heures, avaler un copieux déjeuner tardif et faire une sieste jusqu'à cinq heures avant de retourner à son travail.

Le jeune garçon avait pris sa décision, aussi commença-t-il à descendre l'escalier en silence. Il venait de dépasser la porte du vieux Scholz lorsqu'il entendit des voix féminines et sentit du parfum. À mi-étage, là où la rampe s'incurvait, apparurent deux femmes maquillées qui, à voix basse, pestaient d'avoir à grimper si haut. Elles jetèrent un regard indifférent au garçon qu'elles croisèrent et dont les yeux devinrent ronds comme des soucoupes. Arrivé au palier suivant, il fixait toujours les visiteuses ! Il leva la tête et ses pupilles atteignirent la taille d'une meule de moulin. Pour la première fois de sa vie, il découvrait l'intimité féminine. Ni l'une ni l'autre de ces femmes ne portait de culotte ! Il s'adossa au mur, haletant, et tendit l'oreille. Il perçut d'abord un son qu'il connaissait très bien, celui de la sonnette de chez Scholz.

Ensuite, il y eut un claquement et, enfin, une voix masculine qu'il n'avait jamais entendue.

— Vous êtes là, mes toutes belles ! fit la voix grave et enrouée d'un fumeur. Très ponctuelles. Ah ! j'aime ça… Entrez, entrez donc !

Kurt descendit l'escalier quatre à quatre. Il réfléchissait à ce qu'il dirait à son père. M. Scholz n'avait pas ouvert sa porte alors qu'il était déjà midi. Quelqu'un d'autre avait réceptionné le journal. Deux garces étaient venues chez le vieux Scholz et chez l'autre homme. Kurt se disait qu'il impressionnerait son père en se montrant si consciencieux dans son travail de gardien d'immeuble et que les cochers seraient ravis de ces potins sur Scholz. Hélas ! Il se trompait. Après avoir avalé sa quatrième bière *Hase* — le nom voulait dire « lièvre », et un lièvre chassait vite le précédent —, son père ne s'intéressait plus qu'à la situation dans le bassin minier de la Ruhr occupé par les armées française et belge. Avec ses compères, il décréta que le récit de son fils ne tenait pas debout. Il fit asseoir son rejeton à sa table et lui paya même une limonade, mais il refusa fermement de quitter la salle fraîche de chez Laugner. Deux heures plus tard, il rentra chez lui avec Kurt, déjeuna et s'allongea pour sa sieste. Quand il se réveilla, le gamin lui parla encore de Scholz. M. Abendt décida d'aller voir ce qui se passait avec ce vieux raseur. Il monta, non sans avoir pris les clefs de secours et non sans se plaindre et maudire les pressentiments de son fils. Il n'aimait vraiment pas que son rythme de vie soit bousculé !

Mock était confortablement assis dans un fauteuil au milieu de la pièce. Il bénissait les vieux platanes qui entouraient la maison close Rive-joyeuse, située à Kaiser-Wilhelm-Platz, et faisaient efficacement barrage à la chaleur montant des pavés du rond-point. Les arbres étouffaient les cris des enfants, qui ne trouvaient rien de mieux à faire que de jouer à chat perché ou, à en croire les supplications d'un malheureux, aux Indiens qui dansent autour d'un supplicié. Sans ces frondaisons, Mock aurait doublement souffert de sa gueule de bois avec sa déshydratation, ses crampes gastriques acides et ses flatulences impatientes. Si ce n'était ces très hauts platanes dont l'écorce tombait par plaques, Mock aurait été incapable de ressentir autre chose qu'un remords amer causé par son incapacité obtuse à se souvenir des événements de la veille.

L'ombre, ô combien bénie, n'était pas la seule à soulager Mock de ses souffrances. Une jeune brune agenouillée à ses pieds s'y employait également. Malheureusement, le soulagement que la demoiselle voulait procurer au policier fatigué tardait à atteindre sa plénitude parce qu'elle s'interrompait régulièrement pour renifler.

— Je m'excuse, commissaire, dit-elle d'une voix sourde, j'ai un rhume. J'espère que ça vous fâche pas, au moins ?

— Tu dois être originaire d'Autriche, toi, non ? demanda Mock en lui caressant les cheveux.

— Oui, de la région de Salzbourg, confirma la demoiselle avec un sourire incertain. Vous l'avez su à mon accent ?

— Non, pas à l'accent, ma chère Hilde, répondit Mock en frôlant son petit nez couvert de taches de rousseur. On se connaît depuis un moment, toi et moi, et tu sais bien que je suis sergent-chef et pas commissaire de la Criminelle. Tu me donnes le grade au-dessus. C'est une habitude autrichienne...

— En effet, répondit la jeune fille avec, cette fois, un vrai sourire. Ma mère faisait toujours ça. Même qu'elle exagérait. Y avait un client, elle l'appelait « monsieur le conseiller à la cour », et il était simple facteur ! Vous êtes pas fâché, vraiment ? Je suis tellement désolée...

— Mais non, dit Mock en se levant du fauteuil pour aller à la fenêtre regarder un moment les feuilles des platanes qui filtraient la poussière, la chaleur du soir et les cris des enfants. Je ne peux pas être fâché contre toi. Tu es si gentille...

Il remonta son caleçon et regarda au-dehors. Un jeune homme robuste, en tenue sombre, approchait d'un pas rapide de l'immeuble où se trouvait le lupanar. Embonpoint, costume trois-pièces, demi-col rond amidonné et couvre-chef faisaient perler de grosses gouttes de sueur sur son visage. Mock compatit, d'autant qu'il lui semblait connaître le garçon. Il n'arrivait pas à se souvenir d'où. Une minute plus tard, la sonnette du hall résonna. « Cela lui fera du bien au petit gros de s'envoyer en l'air et de laisser tomber son blindage noir, il sera bien ici, à la fraîche », pensa Mock avec sympathie. Il regarda Hilde qui, ayant pris une pose engageante sur le canapé, offrait son corps uniquement vêtu, à la demande expresse du policier, de bas et de souliers montants à lacets.

— Tu es très gentille, Hilde, la complimenta Mock à nouveau tout en dénouant la cordelette de son caleçon tandis qu'il s'approchait du canapé. Je vais profiter de tes charmes d'une façon classique. *A tergo*.

— D'accord, dit la demoiselle, et elle prit la position appropriée.

Tout comme plusieurs autres jeunes femmes dont Mock appréciait les charmes, elle connaissait parfaitement le sens érotique des termes latins *a fronte*, *a tergo*, *per os*. Elle était pourtant la seule à savoir pourquoi le policier les employait. « Personne ne me l'a jamais demandé, lui avait-il répondu quand elle lui avait posé la question. Ta soif de connaissances me réjouit. Je vais t'expliquer. Les expressions allemandes sont soit vulgaires, soit physiologiques. Mieux vaut nous en remettre aux Romains de l'Antiquité, ils connaissaient diverses variantes de l'*ars futuendi*. »

Mock avait rejoint la demoiselle. Il commençait à l'honorer quand on frappa à la porte.

— C'est quoi ? cria-t-il sans s'interrompre.

— Un coursier de la police avec une lettre pour vous, sergent-chef, répondit la mère maquerelle Ida Zimpel, qui n'était pas autrichienne et ne sautait pas les grades. C'est très important.

— Entre et lis tout haut ! ordonna Mock qui pénétra si fortement la demoiselle qu'un ressort du canapé gémit. Dresse le paravent parce que je suis un peu prude.

Madame Ida entra sans témoigner la moindre surprise. Elle dressa le paravent en osier entre le divan et le reste de la pièce, s'installa dans le fauteuil et chaussa ses binocles.

— Je lis comme ça vient, dit-elle : « Breslau, 30 juin 1923, Heinrich Mühlhaus, commissaire divisionnaire de la police criminelle, à Eberhard Mock, sergent-chef. Objet : le crime du 77, Gartenstrasse, appartement 18. Le sergent-chef est convoqué pour identifier des corps sur le lieu du crime, au 77 de la Gartenstrasse, appartement 18. »

— Le coursier est encore là ? demanda Mock, qui venait de se rappeler d'où il connaissait le jeune homme.

— Oui, répondit Madame Ida.

— Dis-lui, s'il te plaît, ordonna Mock d'une voix grave qui se fit menaçante, que je n'irai nulle part. J'officie. En fait, je suis pris par une occupation très difficile.

Madame Ida sortit. Mock ne laissait pas un instant de répit à Hilda, qui montrait des signes de fatigue.

Néanmoins, la maquerelle revint.

— Le coursier m'a remis une carte de visite, dit-elle en redressant ses binocles. Commissaire divisionnaire Heinrich Mühlhaus. Il y a quelque chose d'écrit derrière. Je lis ?

— Lis !

— « J'avais prévu votre réaction, Mock », ânonna Madame Ida. « La Criminelle a particulièrement besoin de vous. Il se peut que nous ayons toujours besoin de vous. » Le mot « toujours » est souligné deux fois, précisa-t-elle. « Il faut identifier les corps. Or, personne ne connaît ces femmes-là aussi bien que vous. »

Mock enfonça les doigts dans la croupe molle de Hilde, poussa un gémissement des plus bruyants, s'immobilisa et se retira d'elle. La belle retomba sur le ventre, se tourna sur le dos et soupira très fort. Un frisson secoua son corps. Mock se racla la gorge. Il quitta le divan, repoussa une mèche un peu humide sur le front de Hilde et l'embrassa affectueusement sur la joue. Ensuite, il enfila son caleçon trop étroit, à l'évidence, tout comme ses autres vêtements qu'il était allé reprendre chez l'un des gardes de la prison en qui il avait une entière confiance. Il s'assit dans le fauteuil pour allumer une cigarette. Il passa sa main libre sur son ventre rebondi pour en essuyer la sueur.

— L'une des nôtres a été assassinée ? demanda Madame Ida de son côté du paravent.

— Ce n'est pas ton affaire, dit Mock d'une voix très aimable. Donne-moi, s'il te plaît, cette carte de visite et laisse-moi avec Hilde. Je suis un peu pudique.

Madame Ida fit ce que Mock lui demandait. Quant à lui, il éteignit sa cigarette sans cesser de regarder le mot « toujours » souligné deux fois. Cela ne signifiait qu'une chose : Mühlhaus voulait le compter parmi ses subordonnés à titre définitif. C'était riche de promesses ! Fini de harceler les gourgandines, de vérifier si leur carnet de santé était à jour. Terminés les interrogatoires des marlous durs à cuire et arrogants qui abusaient des jeunes filles naïves venues de la campagne, les bonnes engrossées par leur employeur et maître, séduites par des don juans aux cheveux gominés portant des panamas. Fini de comptabiliser chaque œil au beurre noir, d'inspecter les draps raides de crasse et les signes de maladies vénériennes éruptives. Désormais, il serait un vrai policier. Il traquerait les assassins, les bandits, les voleurs et les violeurs. Son défunt père, Willibald Mock, cordonnier honnête et têtu de Waldenburg, serait fier de lui. Il y avait juste un souci. Mock fils n'avait aucune confiance en Mühlhaus. Il le savait manipulateur et connaissait ses astuces. Il savait comment se terminerait ce flirt ponctuel avec la Criminelle. On le jetterait et il lui faudrait revenir à la Mondaine, aux bordels, à la puanteur rance de la sueur et de la poudre des filles galantes, aux confidences du malheur banal et si triste. Tout cela le mettait en colère. Il ne faisait pas confiance à Mühlhaus. Willibald Mock ne pourra jamais être fier de son fils.

— Je ne vais nulle part, chérie, déclara-t-il en souriant à Hilde. Je reste avec toi.

— Qu'est-ce qui s'est passé ? demanda-t-elle en s'asseyant sur le divan et en appuyant ses coudes rougis sur ses genoux gainés de bas noirs.

— Aucune importance, marmonna-t-il avant de se verser un verre d'eau au siphon. Tu ne peux pas comprendre.

— Je suis peut-être sotte, mais je comprends une chose, déclara Hilde, le regard fixé sur Mock comme si elle voulait l'hypnotiser. Celui qui vous a écrit, commissaire, avait absolument raison : personne ne connaît mieux les femmes que vous, commissaire. Or, y a des femmes qui ont besoin de votre aide...

Eberhard Mock resta sans réaction. Hilde le dévisageait. Il fallut un cri d'enfant au-dehors pour tirer le sergent-chef de sa torpeur. Il avait soif. Il se versa à nouveau de l'eau pétillante. Puis, avec paresse, il se pencha pour prendre ses chaussures.

— Elles ont juste besoin d'un curé, maintenant, fit-il tout bas.

— Pardon ? dit Hilde qui avait mal entendu.

— J'ai dit que je connaissais bien les femmes et que toi tu me connais bien, fit-il, tirant le fixe-chaussette sous ses genoux.

Hilde sourit. Il y avait de la dévotion et de l'affection dans son regard. Mock préférait qu'elle ne l'ait pas entendu parler du curé. Il était content aussi qu'elle n'ait pas capté le « ces femmes-là » lors de la lecture de Madame Ida. Il n'avait pas l'intention de faire une mise au point. Eberhard Mock brisait les illusions des gens seulement quand c'était indispensable.

Breslau, samedi 30 juin 1923,
dix-neuf heures quinze

Mock ordonna au cocher de s'arrêter devant la gare centrale parce qu'il ne savait pas trop où se situait l'immeuble du 77. Avant de s'extirper du fiacre à grand-peine, il paya la course avec les quelques billets dont l'irremplaçable Smolorz l'avait dépanné. Ses difficultés à se mouvoir n'étaient dues ni à sa gueule de bois ni à la canicule qui, par ailleurs, était tombée dans la soirée. Plus simplement, il évitait tout mouvement brusque tant il avait peur de voir sauter les boutons de son pantalon. Quatre ans plus tôt, il avait plusieurs kilos de moins. Telle était la triste vérité ! Son costume trois-pièces, soigneusement protégé par une housse en tissu, était resté durant tout ce temps dans la loge du concierge Achim Buhrack, sur un cintre accroché près des nombreux trousseaux de clefs. Ce dernier, gardien principal à la prison de la Préfecture, avait recueilli le nouvellement promu sergent-chef Eberhard Mock en lui attribuant une cellule en guise de logement pour l'année. Après la tragédie que celui-ci avait vécue[1], ses supérieurs et ses amis du commissariat central s'étaient montrés particulièrement charitables. Achim Buhrack avait compris que Mock était incapable de séjourner ne serait-ce qu'un moment dans son modeste appartement de Tchansch, alors hanté par ses fantômes. Le commissaire divisionnaire Ilssheimer, quant à lui, savait parfaitement que le congé accordé à son subalterne ne pouvait qu'être fatal ou le rendre plus fort, mais ne pas le lui octroyer aurait équivalu à voir la carrière du sergent-chef s'achever à coup sûr dans l'ignominie. Mock eut donc un congé d'un an et s'installa dans l'une des geôles dont Buhrack avait la responsabilité. Détenu volontaire, il avait alors remis au gar-

---

1. Voir *Les fantômes de Breslau* (Folio Policier n° 596).

dien une somme d'argent conséquente qui fut ensuite dépensée dans le magasin de spiritueux de l'Oderstrasse. Ce fut le temps de son enfer éthylique. Des deux premiers mois de son séjour, Mock avait gardé un vague souvenir de liquides engloutis et éjectés. Il se souvenait de Smolorz lui apportant sa dose d'alcool et d'un détenu chargé par le gardien de nettoyer sa cellule. Ensuite, il avait perdu l'appétit et plongé dans des rêves insolites. Ils avaient d'abord été agréables et joyeux. Il y avait surtout celui, récurrent, d'une eau claire, transparente, dans laquelle des poissons de couleur remuaient leurs nageoires. Mais, par la suite, l'eau était devenue trouble, marron, et à la place des poissons il y avait des têtes coupées aux visages charnus et rouges. Une nuit, l'une d'elles s'était adressée à Mock et, tandis qu'elle avait craché des paroles coléreuses, de sa bouche étaient tombées des dents brisées et cariées. Il s'était réveillé, levé et était allé se pencher au-dessus de son seau d'aisance. Il avait vomi tout l'alcool ingurgité puis s'était jeté sur sa couche et avait écouté les battements rapides de son cœur.

Les hurlements avaient ensuite gagné le couloir de la prison et avaient réveillé Achim Buhrack, qui avait vite compris d'où ils venaient. Il avait pris les clefs de la cellule de Mock et était sorti. Une attaque de *delirium tremens*, avait-il songé, cette soûlerie devait bien finir comme ça !

Cinq minutes plus tard, le préfet de police Kleibömer, qui occupait un appartement deux étages au-dessus de la prison, avait été réveillé par des cris dans la cour. Il avait ouvert sa fenêtre et avait vu le policier dont il avait récemment signé la demande de congé. Celui-ci lui était apparu à demi nu derrière le voile formé par les flocons de neige et l'avait regardé d'un air conscient avant de s'écrier : « Ce qui ne m'achève pas, me rend plus fort ! » Le préfet s'était dit que les tourbillons de neige lui donnaient des visions, aussi était-il retourné dans son lit auprès de sa corpulente épouse pour y dormir du sommeil du juste. Le lendemain, il avait trouvé une requête sur son bureau : le sergent-chef Eberhard Mock demandait l'autorisation d'interrompre son congé maladie et de garder néanmoins sa cellule. Kleibömer avait téléphoné au supérieur direct de Mock, le commissaire divisionnaire Josef Ilssheimer, pour requérir son avis. Celui-ci fut favorable, aussi le préfet répondit positivement à la demande, non sans hésiter et en soulignant qu'il s'était concerté avec Ilssheimer.

Presque quatre années s'étaient écoulées depuis et des changements importants étaient intervenus non seulement dans la vie, mais aussi dans la silhouette de Mock. Il était retourné vivre dans son appartement de la Plesserstrasse, ne s'autorisait la dive bouteille qu'une fois par mois. Sa corpulence était devenue imposante, comme le lui rappelaient cruellement les boutons de son pantalon cousu sur mesure quelques années plus tôt.

Mock, qui évitait de respirer trop fort, se dirigea vers l'hôtel Germania pour en vérifier le numéro. C'était le 101 de la Gartenstrasse. Il se trouvait donc du bon côté de cette rue, la plus belle de Breslau. Aussi prit-il vers l'ouest pour apercevoir rapidement le 77. Il marchait très lentement et essayait de se convaincre que s'il transpirait autant, ce n'était pas du fait de la douleur aiguë qu'il avait au ventre, causée par l'impitoyable étau qui l'enserrait. Quand Mock atteignit la porte de l'immeuble, il n'eut soudain plus mal et quelque chose roula sur le trottoir surchauffé par le soleil. Un bouton en os.

« Il reste ceux de la braguette, se dit-il, ils empêcheront mon pantalon de tomber. »

Il se pencha pour ramasser le bouton et l'imparable se produisit : le costume qui, dans la loge humide de Buhrack, avait eu le temps de se fragiliser, craqua. Les coutures cédèrent et le pantalon commença à glisser le long du caleçon, lui aussi très serré. Mock agrippa le tissu déchiré et lança un coup d'œil autour de lui. Tous les voyageurs du tramway qui passait avaient les yeux fixés sur lui. Deux jeunes femmes qui sortaient du magasin de musique se mirent à glousser. Le garçon de l'hôtel Fürstenhof en resta bouche bée, serrant à la main la manivelle avec laquelle il devait baisser le store métallique. Sous-vêtements à l'air, Mock se précipita dans l'entrée où, par chance, le bureau de tabac était encore ouvert. Le vendeur, furieux et tout en sueur, élevait la voix en s'expliquant avec une dame qui contestait la qualité du tabac acheté pour la pipe de son mari.

— Donnez-moi une longue ficelle, et ça urge, lança Mock.

— Quand ça urge, y a les pharmacies ! Vous pouvez aussi porter votre froc à la laverie si ça urge parce que vous avez chié dedans ! Oh pardon, madame !

— Espèce de porc ! hurla Mock, qui saisit le vendeur sidéré à la gorge tandis que son pantalon tombait, à la plus grande consternation de la dame. Tu as déjà vu cette plaque, crétin ?

Il porta la main à sa poche, mais se souvint aussitôt qu'il avait été dépouillé au cours de la nuit et n'avait plus aucune pièce d'identité sur lui.

Le vendeur effrayé s'échappa pour aller chercher de la ficelle dans l'arrière-boutique. Mock se retrouva dans une pose ridicule, mi-étendu sur le comptoir, mi-assis. La dame décida que les récriminations de son mari étaient injustifiées et s'en alla. Lorsque le marchand revint avec de la grosse ficelle ayant servi à fermer des sacs à tabac de première qualité, Mock sourit et le remercia. Son sourire était quelque peu forcé. Il n'avait pas le cœur joyeux.

Breslau, samedi 30 juin 1923,
dix-neuf heures trente

Quelques minutes plus tard, lorsqu'il grimpa au quatrième étage de l'immeuble et fut introduit dans l'appartement de Paul Scholz par deux policiers en uniforme, il n'avait pas plus envie de rire. Tirant sur sa veste pour dissimuler au mieux son pantalon déchiré qui tenait par des bretelles en ficelle, il venait de subir les commentaires ironiques et méchants des trop nombreux badauds attroupés dans la cage d'escalier.

Les fenêtres de l'appartement donnaient à l'ouest. Aussi les trois pièces et la cuisine étaient-elles inondées par la lumière du soleil couchant tandis que l'air vibrait des grincements de chaque tramway qui s'arrêtait devant l'immeuble du Grand Magasin. L'entrée était claire, elle aussi, et le policier en faction transpirait fort. Il indiqua la porte par laquelle s'échappaient des voix excitées. Mock entra pour aussitôt se couvrir le nez et la bouche de la main. Il tentait ainsi de se protéger de l'odeur violente que ne pouvait pas dissiper l'air surchauffé qui pénétrait par la fenêtre.

Mock chercha du regard d'où provenait l'odeur d'urine. Elle ne pouvait venir que d'un être humain vivant ou mort. Un frelon volait dans ce qui était un bureau meublé de façon classique. Il y avait également là deux hommes qui se disputaient. Comme source de la pestilence, Mock élimina le frelon et le commissaire Heinrich Mühlhaus qui, certes, avait quelques extravagances, mais pas celle de mouiller son pantalon. Restait l'homme en fauteuil roulant. Mühlhaus ne semblait pas particulièrement incommodé, ce que Mock interpréta vite comme un résultat positif d'abstinence. Son odorat à lui qui buvait trop était devenu sensible et il déglutissait rapidement pour éviter de vomir. Il salua le chef de la Criminelle.

— Ah très bien, vous êtes là, Mock, dit Mühlhaus en mordillant sa pipe. Allons sur le lieu du crime. Ou plutôt, non, chassez-moi d'abord ce frelon avant qu'il ne pique monsieur. Et vous, vous restez ici et vous m'attendez ! cria-t-il à l'invalide en fauteuil roulant. Vous ne pouvez pas vous laver tant que les empreintes n'auront pas été relevées par le technicien ! Vous avez compris ?

— Vous voulez que je m'étouffe dans mes propres miasmes ou quoi !

— Les mauvaises odeurs n'ont jamais fait mourir personne, rétorqua Mühlhaus avant de se tourner vers le sergent-chef. Allez-y, faites ce que je vous demande.

— J'ai peur des frelons, fit Mock en reculant vers la porte. J'ai été piqué quand j'étais enfant. Je suis désolé, mais il faudra vous en charger vous-même.

L'insecte se posa sur un rideau. Mühlhaus s'en approcha, tendit la main comme pour faire une pichenette. Au même instant, un courant d'air aspira le voilage vers l'extérieur. Le frelon se posa sur le parapet. Le commissaire pâlit et s'écarta de la fenêtre. Il tourna le dos à Mock et tassa le tabac dans sa pipe.

— Pourquoi vous ne l'avez pas tué ? hurla l'invalide. Vous avez peur de vous approcher de la fenêtre ?

— Vieux con ! grogna Mühlhaus en prenant Mock sous le bras pour sortir dans le couloir. Je comprends qu'il veuille se laver, mais Ehlers recueille d'abord les indices dans la pièce où les deux femmes ont été étranglées.

— Si je dois les identifier, eh bien, allons-y ! dit Mock, qui parvint à déglutir malgré la sécheresse de sa gorge.

— Dites-moi, sergent, voilà longtemps qu'on ne s'est vus ! Vous travaillez aux Mœurs et moi à la

Criminelle. Dommage que vous ne soyez jamais passé me voir. Entre policiers de services différents, on devrait entretenir des liens d'amitié, rester en contact…

— C'est la première fois que vous m'invitez, commissaire divisionnaire, marmonna Mock. Depuis l'affaire des quatre marins, je pensais que vous m'aviez complètement oublié[2].

— Je sais à quoi vous pensez, Mock, fit Mühlhaus en soufflant de la fumée. Mais comprenez-moi, dans mon service, je dois être certain de la résistance mentale de mes hommes… Certain que, même à la suite d'un malheur, ils ne s'effondrent pas, mais se contrôlent… Or, vous…, poursuivit-il en lançant au sergent-chef un regard dubitatif. Vous avez vécu un an en prison où vous avez commencé par vous soûler avant de vous mortifier comme un ermite. Aujourd'hui, je vous fais cueillir dans un bordel où vous baisiez comme une bête. Vous puez la vodka à vingt mètres et vous avez déchiré votre pantalon parce que vous étiez ivre… Les hommes qui travaillent dans mon équipe sont d'honnêtes et braves pères de famille… Mais bon, allons-y !

Le commissaire prit à nouveau Mock par le bras et entra avec lui dans la pièce du crime. Il s'y trouvait un grand lit recouvert d'un dessus-de-lit en velours vert, un fauteuil quelque peu fatigué, un cendrier plein de mégots de cigares et une énorme armoire à trois portes. Un tableau avec deux

---

2. Voir *Les fantômes de Breslau* (Folio Policier n° 596).

voyageurs admirant le mont Śnieżka, point culmi-
nant des Sudètes, était accroché à l'un des murs,
tandis que sur l'autre était fixé un kilim en laine
bleue dont la partie centrale représentait deux bateaux
entourés de petites barques alignées avec une rigueur
inouïe. Deux robes et deux soutiens-gorge traînaient
sur le fauteuil. Des chaussures déformées, à très
hauts talons, se traînaient au pied du lit. Helmut
Ehlers, le photographe et technicien de la police,
était en train de pérenniser tout cela.

Quelques jours plus tard, Mock devait s'étonner
d'avoir d'abord remarqué ce à quoi personne ne
prêtait la moindre attention, avant de constater ce
qui crevait pourtant les yeux. Il devait déplorer son
manque de sensibilité, conscient qu'il n'avait aucunement été troublé par la vue des deux corps de
femmes nus, imbriqués l'un dans l'autre sur le lit. Il
devait être perturbé d'avoir vu Ehlers manipuler la
tête de chacune des femmes pour mieux photogra-
phier les traces mauves laissées par une ceinture sur
leurs cous. Pour l'heure, il observait la scène
comme à travers une vitre et retenait jusqu'à sa respiration pour ne pas perdre un seul mot de ce que
disait le commissaire Mühlhaus.

— C'est l'appartement de Paul Scholz, un haut
fonctionnaire retraité des Chemins de fer. Vous
avez eu le privilège douteux de voir le personnage.
Un invalide. Surprenant qu'un handicapé habite au
dernier étage, non ? Très surprenant... J'ai interrogé
le concierge là-dessus. Selon lui, Scholz est un
homme particulièrement obstiné. Plusieurs locataires de l'immeuble lui ont proposé d'échanger son

logement contre le leur, plus petit, mais Scholz préfère rester au dernier étage et se faire porter chaque jour par son domestique pour descendre l'escalier. Un serviteur qu'il traite de tous les noms...

— Comment se sont-elles retrouvées ici ? demanda Mock en remarquant près du lit un clysopompe rouge et une bassine d'eau savonneuse.

— Vous avez remarqué, vous aussi. Une idée, là-dessus ? fit Mühlhaus en suivant le regard de Mock.

— Oui, murmura Mock. Je comprends pourquoi il n'y a pas d'odeur excrémentielle comme c'est généralement le cas quand il y a mort par strangulation. Pas de défécation. Les deux femmes se sont donné des lavements. Elles n'ont pas vidé l'eau dans les toilettes ensuite.

— Pourquoi des lavements ?

— Par sens de l'hygiène. Le meurtrier voulait sans doute les pénétrer *per anum*, comme écrit Boccace.

— Je suis content de vous avoir fait venir, dit Mühlhaus avec le plus grand sérieux. Que pouvez-vous encore me dire sur ce porc ?

— Les corps n'ont pas été bougés ?

— Ehlers a juste incliné un peu les têtes pour la photo. C'est tout.

Mock s'approcha des victimes. Il se pencha, mais eut un sursaut de dégoût. À cause de tous ces poils aux aisselles et sur les jambes. Du coup, il se dégoûta de regarder ces femmes comme s'il était un client. « Tu dérailles, se dit-il, elles ont été étranglées, elles laissent peut-être derrière elles des enfants, et toi tu regrettes qu'elles ne se soient pas épilées ! Tu es vraiment un dégénéré. Les bordels ont eu raison de toi, l'amour à quatre sous t'a perverti, tes petites cellules grises se sont gangrenées ! Tu devrais soigner ta syphilis cérébrale au bismuth ! » Il ferma les yeux pour retenir ses larmes.

— Je ne les connais pas, dit-il d'une voix sourde au bout d'un moment. Je ne les ai jamais vues. Elles ne devaient pas travailler dans une maison close. Je les aurais rencontrées, sinon.

— Quelles conclusions tirez-vous à première vue ?

— Leur position fait penser à des tribades.

— Des quoi ?

— Des tribades. Des lesbiennes. Elles l'étaient ou elles faisaient semblant de, poursuivit Mock, brusquement prolixe. Le mot tribade vient du verbe grec *tribein*, qui veut dire « se frotter ». Elles se frottaient l'une à l'autre…

— Suffit, soupira Mühlhaus, qui tira sur sa pipe tellement fort que celle-ci émit un craquement. Laissez tomber les détails, Mock. Je ne suis pas aveugle, je vois bien ce qu'elles pouvaient être en train de faire. Dites-moi, qui était ce porc ? Un tordu ?

— Pas forcément. Les questions sexuelles jouent certainement un rôle important chez lui. Mais c'est souvent ainsi. Pas mal de types normaux aiment bien faire des galipettes avec des tribades. Ils paient un bon prix et c'est pour ça que la plupart des filles acceptent de jouer le jeu. Elles font parfaitement semblant d'aimer ça. Les tribades authentiques, c'est assez rare. Les vraies simulatrices, c'est fréquent.

— Quoi d'autre ?

— Il est important de vérifier s'il les a pénétrées, s'il a laissé du sperme.

— Aucune trace.

— Ce pouvait donc être un voyeur, un pervers qui se contentait de regarder. Il faut faire le tour des lupanars pour interroger les filles sur les clients qui aiment simplement zieuter. Il faudrait aussi asticoter les types qui diffusent des films licencieux. Cette pourriture devait en être amateur. Vous voulez que je m'en charge ?

— Elles avaient un protecteur ? fit Mühlhaus comme s'il n'avait pas entendu la question de Mock et regardait Ehlers prendre les empreintes des deux femmes sur des plaques en verre.

— Le terme n'est pas adéquat. Ces types ne les protègent pas. Je suis prêt à parier qu'à l'heure actuelle leur marlou n'est déjà plus à Breslau, dit Mock, dont le visage vira au rouge. Ces canailles ne protègent personne, ils n'emmènent pas leurs gagneuses chez le médecin, ne s'inquiètent pas de la dangerosité du client. Ils ne demandent pas aux filles comment elles vont, mais combien de passes elles ont faites. Un proxénète est un parasite, une verrue syphilitique.

— Vous les aimez bien, les prostituées, n'est-ce pas, Mock ? dit Mühlhaus en se penchant pour ouvrir le clapet du poêle et vider le fourneau de sa pipe. Vous en parlez avec affection, je dirais même avec respect. Vous les prenez dans vos bras pour les réconforter, hein, Mock ?

— D'où tenez-vous ça ?

— J'ai mes informatrices, moi aussi, répondit Mühlhaus avant de passer de son ton protecteur à un autre, calme et sérieux. Vous n'avez pas le regard froid et distant du criminologue. Si vous veniez à rencontrer ce tordu, vous le mettriez en pièces. Je ne veux pas d'un rapace dans mon service.

Mühlhaus poussa un soupir avant d'ouvrir la porte de la chambre et de conclure :

— Dommage. Merci, sergent-chef, d'être venu et de m'avoir livré vos observations. Vous n'avez pas identifié les victimes. Tant pis. Ce n'est pas facile, je sais. Aucun signe particulier, pas de cicatrice, pas de tatouage. Les empreintes digitales seront sur votre bureau ce soir. Lundi, comparez-les avec celles qui sont dans les archives des Mœurs. Il faut identifier ces deux femmes, Mock. Dans la police, comme parmi les dirigeants silésiens, il se trouve des gens qui seront d'avis qu'elles n'ont eu que ce qu'elles méritaient. Je ne suis pas de ceux-là. Pour moi, leur mort a la même importance que si la victime était une impératrice. Et pour vous ? Ce sera tout, Mock. Au revoir.

Mock ne fit aucune réponse. Immobile, il observait Ehlers, qui s'approcha de l'une des femmes pour passer le doigt sur la lèvre supérieure de celle-ci. Un geste presque tendre. Mock en fut mal à l'aise.

— Merci Mock ! fit Mühlhaus en élevant la voix. Au revoir !

— Débarrasse les lieux, Ebi ! lui dit Ehlers d'une voix calme. Je vais faire quelque chose de trop pénible pour tes nerfs. Tu me sembles trop à cran, aujourd'hui.

— Fais ce que tu as à faire, répondit Mock sur un ton tellement dégagé que le photographe oublia de réagir à cet ordre donné par un policier de son grade. Je vais voir si tu te débrouilles bien.

Ehlers regarda Mühlhaus qui, après une brève hésitation, acquiesça d'un signe de tête. Le photographe souleva alors la lèvre supérieure de l'une des victimes. La gencive était très rouge. Mais pas comme l'aurait provoqué un usage fréquent de cocaïne, songea Mock. Les policiers pouvaient remarquer du sang coagulé qui laissait entrevoir l'os cerné de façon irrégulière par de la chair déchiquetée. Mock sentit sa vue se troubler. Il plissa les yeux et se pencha sur le visage de la morte. Ehlers, de sa main libre, actionna son appareil photo et le flash se déclencha. Dans cet éclair de lumière vive, Mock constata qu'il n'avait pas fait erreur. La jeune fille avait deux dents cassées. Deux incisives.

Le sergent-chef écarta le technicien pour examiner de plus près l'autre victime. Il dégagea les gencives. Une incisive supérieure avait été brisée à la racine, une autre était ébréchée. Sur la table, Mock remarqua alors une pince qui avait été saupoudrée de produit pour le relevé des empreintes. Une pince, avec des bords aiguisés, qui pouvait sectionner un gros fil de fer. Ou une dent.

Mock entendit craquer des os, vit le sang sur les gencives et sentit le désespoir sur le visage des jeunes femmes. Des paupières gonflées couvraient désormais leurs yeux aux regards jadis pétillants, provocants et langoureux. Mock se tourna lentement vers la porte, repoussa Ehlers d'un geste ferme et avança d'un pas vif. Il se heurta au policier en faction, celui qui, à son arrivée, l'avait dirigé vers le bureau de Paul Scholz.

— Laissez-moi passer, siffla Mock entre ses dents serrées.

— Calmez-vous, Mock, et laissez-nous travailler ! lança Mühlhaus en élevant à nouveau la voix. Diestelman va vous reconduire et vous, Diestelman, trouvez un manteau ou un tablier au sergent-chef Mock ! Son pantalon est déchiré.

— Poussez-vous ! lâcha Mock, tandis que son visage crispé était pris de spasmes.

Le policier en uniforme ne broncha pas. Non parce qu'il voulait désobéir au divisionnaire et bloquer la sortie, mais parce qu'il avait envie de ne rien faire. Surtout pas de se mettre en quête d'un vêtement pour Mock, encore moins de retenir les badauds qui s'agglutinaient à l'entrée de l'appartement et plus du tout d'utiliser ses muscles pour éloigner de sa personne le sergent-chef mal rasé et furieux, qui puait l'alcool et dont le pantalon était déchiré. Il était persuadé qu'un regard lui suffirait pour anéantir l'agressivité de Mock. Il comprit son erreur lorsqu'il perdit l'équilibre, agita ses mains dans le vide et retomba lourdement sur ses fesses, pendant que son shako roulait à quelques pas. Il se releva aussitôt, mais ne put que voir disparaître dans le bureau de Paul Scholz le sergent-chef à la culotte déchirée.

Les pas des trois hommes qui se précipitèrent derrière Mock résonnèrent dans le couloir. Quelques secondes plus tard, à l'entrée du bureau, les trois policiers entendirent le haut fonctionnaire des Chemins de fer hurler ses grands dieux qu'il n'avait aucune intention de se laisser interroger. Il insultait Mock et rappelait qu'il voulait aller se laver. Ils le virent lever sa canne, frapper le sergent-chef au visage et lui cracher dessus. Ils aperçurent la marque rouge sur la joue du policier, et une scène à peine croyable eut lieu ensuite. Mock souleva l'invalide de son fauteuil roulant, lui enleva brutalement son peignoir pour en essuyer la flaque d'urine. Les trois policiers voulurent intervenir. Diestelman, furieux d'avoir été humilié, prit son élan pour porter un coup à la nuque de Mock. Il frappa. Un peu trop fort.

Breslau, samedi 30 juin 1923,
vingt heures trente

Mock revint à lui dans le fiacre. Pour la deuxième fois de la journée, il était couvert d'un vieux manteau, sans savoir d'où celui-ci provenait. À son réveil matinal dans la forêt, il n'avait pu interroger personne pour apprendre ce qui s'était passé avant son douloureux retour dans le monde des vivants. Cette fois, il pouvait demander au commissaire Heinrich Mühlhaus de le lui rappeler. Le visage bienveillant, entouré d'une barbe, du patron de la Criminelle fut la première chose qu'il aperçut en revenant à lui, juste après avoir humé la fumée de tabac danois dont était bourrée la pipe de ce dernier. Mock tourna la tête avec peine et vit qu'ils étaient en train de passer devant la brasserie Haase et l'usine de savon Tellmann sur l'Ofenerstrasse.

— Il faut vous surveiller comme le lait sur le feu, dit Mühlhaus avec un sourire aimable, vous n'arrêtez pas de faire des bêtises.

Après avoir dit cela, le commissaire redevint sérieux :

— Par souci d'honnêteté, je dois vous avouer que vous avez échoué à l'examen.

— Quel examen ? Vous parlez de quoi ? demanda Mock en se frottant la nuque et en aspirant de l'air avec un bruit de salive. (Il était certain d'avoir un hématome douloureux de l'arrière de la tête aux épaules.)

— Je voulais vous intégrer dans mon équipe, à la police criminelle, déclara fermement Mühlhaus. Cela devait être votre première affaire. Une affaire difficile, effrayante, spectaculaire. Sa conclusion réussie devait marquer le début de votre carrière fulminante. Et vous…

— Je sais, je sais, commissaire, dit Mock en se redressant sur son siège tandis que le vieux manteau de Paul Scholz glissait de ses épaules. J'ai bu et déchiré mon pantalon. Tout cela est sans importance. Ce qui compte, c'est de savoir si l'invalide a pu les tuer. Où était-il pendant qu'on les assassinait ? Ne me parlez pas de moi ! fit Mock d'une voix de plus en plus forte. Je ne compte pas ! L'important, c'est cette affaire. Je me fous de savoir si je vais travailler ou non dans votre département, mais je veux savoir qui a tué ces filles après leur avoir brisé les dents ! Vous comprenez ça ? Rien d'autre n'a d'importance.

— Certes, répondit Mühlhaus avant de lever un doigt et de déclamer avec le pathos d'un professeur de collège prenant la pose de Cicéron : *Vivere non est necesse, navigare necesse est.* Je vous entends, Mock. *Ad rem* donc. Voici notre reconstitution des événements. Le vieux Scholz s'est réveillé ce matin vers sept heures et, comme c'était samedi, jour de sortie de son domestique, il a tendu la main pour prendre son pot de chambre sous le lit. Il ne l'a pas trouvé. Il a gagné son fauteuil et a voulu faire le tour de son appartement à la recherche de l'ustensile. Au moment où il a pénétré dans son bureau, il a reçu un coup douloureux au visage qui l'a assommé. Il a été frappé mollement, dirai-je, parce que la main de son agresseur était entourée de gaze. Le coup a été pourtant efficace, surtout qu'il a eu affaire à un tampon imbibé de chloroforme. Il a perdu connaissance pour ne se réveiller que vers midi. Il était alors attaché à son lit et bâillonné. La sonnette d'entrée n'arrêtait pas. L'agresseur était dans le bureau. Un homme grand qui portait manteau, chapeau et gants malgré la chaleur. Il a posé un pistolet sur la tempe du vieil homme et lui a ordonné de prendre le journal que le fils du concierge apporte tous les samedis matin. Scholz a dit au jeune garçon qu'il ne se sentait pas bien et lui a demandé de déposer le pli devant la porte. Ce qu'il a fait. Ensuite, le retraité a perdu de nouveau connaissance. L'agresseur a glissé un billet par la fente de la porte. Le garçon a cru voir que la main qui poussait l'argent était gantée. En redescendant, le fils du concierge a croisé les deux filles de joie…

— Comment sait-il que c'étaient des filles de joie ? l'interrompit Mock.

— Il a remarqué qu'elles n'avaient pas de culotte. Un camarade lui aurait dit que les prostituées n'en portaient pas. Le gamin est descendu d'un étage et s'est arrêté. Il a entendu les femmes sonner chez Scholz. La porte s'est ouverte et une voix masculine enrouée a dit : « C'est parfait que vous soyez à l'heure, mes poupées. » Le meurtrier a prononcé quelque chose comme cela. Le garçon a couru rejoindre son père, le concierge, qui buvait de la bière dans un troquet du coin. Le père n'a pas pris l'histoire au sérieux. Il n'est allé chez Scholz que plusieurs heures après. Il a frappé, mais personne n'est venu ouvrir. Il s'est donc servi de son double de clef pour entrer. Dans l'appartement, il a trouvé deux cadavres étranglés avec une ceinture de pantalon et le propriétaire qui s'était pissé dessus. Voilà l'histoire. *Navigare necesse est.* Mais pas en ce qui vous concerne.

— Je n'ai pas vu de ceinture…

— Ehlers l'a mise sous main de justice pour l'envoyer au laboratoire de la police criminelle de Berlin. Elle n'était plus là quand vous êtes arrivé.

Le fiacre venait de s'arrêter dans la Plesser-strasse. Mock rendit le manteau à Mühlhaus et mit pied à terre. Son regard se porta vers l'immeuble avec la vieille vitrine vide de la boucherie — elle avait appartenu à son oncle, et à la mort de celui-ci à son père Willibald Mock et à lui, Eberhard —, glissa vers l'entrée voûtée sous laquelle plusieurs enfants jouaient avec un petit chien, puis il revint vers le capot dressé de la calèche et fixa le visage crispé de Mühlhaus.

— Je sais, commissaire, que vous mourez d'envie de m'entendre vous interroger sur l'examen auquel je suis supposé avoir échoué, dit Mock avec un sourire ironique aux lèvres. Vous mourez d'envie de me rabaisser plus bas que terre, de vous venger d'avoir été obligé de me transporter à travers toute la ville et de vous être mis en retard pour rentrer chez vous. Ce n'est pas vrai ? Vous serez déçu parce que je vais me contenter de vous dire « merci ». Merci de m'avoir raccompagné chez moi et prouvé que je n'étais bon à rien d'autre qu'à verbaliser des putes. Je vous remercie pour l'amabilité que vous avez eue de me donner une leçon qui m'a parfaitement démontré le système de coteries en vigueur dans la police.

— Vous avez échoué quant à votre intégration dans la police criminelle, non pas parce que vous vous êtes jeté sur Scholz. Je lui aurais volontiers mis mon poing sur la figure, pour utiliser vos termes, répondit Mühlhaus en posant les mains sur les épaules de Mock. Et pas non plus parce que vous avez témoigné de la sympathie aux malheureuses filles étranglées. Écoutez-moi attentivement, poursuivit le commissaire, qui serrait plus fortement les épaules du sergent-chef : dans notre métier, la victime est au commencement de l'enquête, le criminel à l'arrivée. Ils sont sur les rives opposées d'un grand fleuve. Pour arriver au criminel, il faut laisser définitivement derrière soi celle où la victime ou ses proches pleurent. Elle doit être hors de notre vue. Or, vous avez été incapable de prendre du large, de ne plus vous retourner. Voilà pourquoi vous ne serez jamais un bon enquêteur. Dans nos rangs, il n'y a pas de place pour Orphée. Il faut que vous compreniez une chose, le métier d'enquêteur est un métier de grand solitaire.

— Vous n'aviez pas de sympathie pour ces deux malheureuses ? parvint à dire Mock.

— Je n'ai aucune sympathie pour les gens, répondit Mühlhaus. Pour personne. Pas même pour vous.

Breslau, samedi 30 juin 1923,
vingt heures trente

À Breslau, rares étaient les personnes qui avaient de l'affection pour Elsa Woermann. Cette femme de soixante ans y était à peine tolérée et parfois même crainte. Elle éveillait chez les gens des sentiments ambigus, comme ces sorcières qui possèdent l'art des philtres et, en un instant, peuvent, de braves vieilles, se transformer en harpies. Elle avait droit au mépris et elle était redoutée parce qu'elle connaissait les moindres secrets de chacun, à l'instar de ces portiers des hôtels miteux auxquels on jette quatre sous avec suffisance et crainte tout en se cachant le visage quand on quitte une chambre crasseuse louée à l'heure, mais qui, l'instant d'avant, était un jardin de volupté. Mme Elsa connaissait les faiblesses humaines parce qu'elle en vivait. La plus banale d'entre elles était celle qui se trouvait sous la ceinture. À cause de « la petite faiblesse du bas-ventre », comme elle l'appelait, les femmes mariées se cachaient du monde honnête derrière une voilette pour se jeter dans les bras de toute sorte d'amants. Les respectables pères de famille devenaient fous des danseuses de quelque Tingeltangel ou, se dissimulant derrière des foulards comme les bandits du Far-Ouest, descendaient dans l'antre des cercles infernaux de clubs clandestins pour retrouver des femmes de mauvaise vie ou, pire, des enfants, des homosexuels ou des travestis. Elsa Woermann leur procurait cette luxure. Elle recevait les commandes et les propositions. Elle accueillait à sa porte les hommes aux visages couverts et les femmes difficiles à reconnaître. Elle notait leurs fantasmes et promettait de leur rendre le service demandé. Jamais elle ne recevait de plainte ou de réclamation. D'un point de vue légal, elle était irréprochable et pourtant Mock et ses collègues faisaient tout ce qu'ils pouvaient pour la coincer. Officiellement, depuis quatre ans, Mme Woermann dirigeait un commerce très particulier de « Transmission d'informations discrètes ».

Sa réputation s'était étendue à une grande partie de la ville et avait suscité une concurrence importante mais à la durée de vie toujours éphémère. En effet, les agences rivales fermaient vite, aidées en cela par des citoyens hauts placés, avec des relations, et qui, surtout, se sentaient humiliés d'avoir été cocufiés. Ils refusaient que soit tolérée la débauche flagrante, aussi louaient-ils les services de détectives privés ou ne lésinaient-ils pas sur les enveloppes d'argent glissées au commissaire divisionnaire Josef Ilssheimer et à ses hommes, dont Eberhard Mock était le premier du lot. Dès lors, les policiers de la IVe Brigade effectuaient des fouilles zélées et hargneuses de ces maisons, de leur comptabilité, des commandes passées et y trouvaient toujours matière à sanction, à un chantage poussant les pourvoyeurs de plaisirs érotiques à quitter Breslau ou à changer de branche d'activité. Les hommes de la Mondaine ne signalaient pas ces affaires au Tribunal et n'acceptaient pas de se laisser acheter par les propriétaires effrayés. Ils n'en avaient que faire parce qu'ils étaient généreusement récompensés par ces citoyens en haut de l'échelle sociale et porteurs de cornes. La police ne parvenait pas néanmoins à mettre un terme au négoce d'Elsa Woermann, et ce pour une raison très simple : dotée d'une mémoire phénoménale, cette dernière ne conservait aucun écrit, sa comptabilité exceptée. Or, dans ses livres de comptes, on pouvait juste lire : « Information n°… transmise pour la somme de… » Mme Elsa remplissait sa fonction à la perfection en faisant paraître des annonces dans les quotidiens. Les amants, et surtout ceux qui avaient à proposer leurs services érotiques, prenaient le relais pour s'assurer, par des moyens connus d'eux seuls, que les personnes qui souhaitaient entrer en relation avec eux n'étaient pas, par hasard, des policiers ou des détectives en service. Moyennant finances, Elsa Woermann leur venait parfois en aide dans leurs investigations en exigeant de ses clients qu'ils lui indiquent un détail qui les rendît crédibles. Son entreprise était donc florissante, comme c'est toujours le cas lorsque s'instaure un monopole. Les habitants de Breslau toléraient Elsa Woermann ou la haïssaient, tandis que la police et les détectives privés tentaient de l'attirer dans leurs filets. Le résultat était similaire à l'effort déployé tous les ans pour débarrasser les bords de l'Oder de leurs nuées de moustiques.

Outre son excellente mémoire visuelle, la propriétaire du bureau de « Transmission d'informations discrètes » avait une grande tolérance pour toutes sortes de bizarreries humaines. Deux semaines plus tôt, elle ne fut donc aucunement étonnée de la visite de deux hommes qui n'étaient ni très aimables avec elle ni habillés comme l'aurait voulu la saison. Le visage caché par un col remonté, un chapeau enfoncé jusqu'au front, l'un d'eux grogna brièvement et sans y mettre les formes : « Deux lesbiennes pour une orgie chez moi. » L'autre ne dit mot, mais il respirait lourdement et dégageait une odeur de bonbons à la menthe. Mme Elsa ne chercha pas à savoir pourquoi l'homme qui passait commande était venu accompagné. Elle ne se demanda pas non plus pourquoi il lui demandait ce service, somme toute banal, au lieu de se rendre au premier lupanar venu pour y choisir deux filles de joie qui entretenaient entre elles une relation ou faisaient comme si. Sans s'attarder sur les déguisements insolites de ses visiteurs, elle les invita très aimablement à revenir trois jours plus tard à neuf heures du matin avec trois millions de marks. Quand ils trouvèrent à redire sur le montant de la somme, elle fit preuve, avec une précision toute professionnelle, de sa parfaite connaissance de l'inflation qui déferlait sur le pays. Ils cédèrent. Le jour même, elle prit son téléphone pour faire passer une annonce dans la *Schlesische Zeitung*. « Urgent. Recherche duo grec pour orchestre. Adresser propositions B.P. 243. Bureau de Poste de la Breitestrasse. » Le lendemain matin, elle reçut une lettre où elle put lire : « Duo grec. Tél. 3142, agence "Chez Max". » Aussitôt, elle brûla le feuillet, téléphona et demanda à être mise en relation avec l'agence en question. Quand elle entendit « Max, j'écoute », elle dit « Duo à vent de chez Sapho » et reposa l'écouteur. Le lendemain, l'amateur des « filles de Lesbos » vint la voir pour lui remettre ses honoraires et la part de Max Niegsch. Il obtint en échange le numéro de téléphone de l'agence « Chez Max » pour préciser les détails de la transaction. Ce fut tout. Elle savait que le responsable de la pseudo-agence « Chez Max », qu'elle connaissait depuis des lustres comme étant Max Niegsch, n'avait pas eu à vérifier qui était ce client puisqu'il ne demandait rien qui pût mener derrière les barreaux le commanditaire et le prestataire ou celle qui les avait mis en relation. Tout était clair et sans danger. La discrétion était garantie.

C'était donc parfaitement sereine qu'Elsa Woermann, assise à son balcon, au-dessus du magasin Jung & Lindig d'un immeuble de la Wilhelmsuferstrasse, regardait les cimes des platanes bordant le boulevard qui longeait l'Oder prendre une couleur dorée sous le soleil couchant. Elle ne fut guère étonnée de voir un petit homme en casquette et costume blanc sortir du casino. Max Niegsch luttait depuis un an déjà contre le vice du jeu. Le soir, à la fermeture des loteries et les bookmakers une fois partis, il venait chercher l'argent des transactions qu'il effectuait par son intermédiaire directement chez elle. Il marchait, tout joyeux, le long de l'Oder et, apercevant Mme Woermann, lança sa casquette en l'air pour la rattraper avec dextérité. Le bruit d'un moteur se fit entendre et une moto avec un side-car apparut aussitôt. Pour la première et la dernière fois de la journée, la directrice d'agence s'étonna. La moto roulait sur le trottoir. Le moteur vrombit soudain et le véhicule se retrouva juste derrière Max, qui venait de jeter sa casquette, mais n'eut plus le temps de la rattraper. La roue avant passa entre les genoux du maquereau, qui resta un instant à califourchon sur le pare-boue avant de glisser lentement à terre. Il y eut un bruit de verre brisé. Le motocycliste en long manteau, casque et genouillères, descendit de sa bécane et prit Niegsch sous les bras pour le hisser dans son side-car. Il lui posa aussi quelque chose sur le visage. Ensuite, il couvrit la voiturette de sa toile cirée et on ne vit plus Max. Des gens s'étaient précipités à leurs fenêtres et étaient sortis sur leurs balcons. Mme Woermann fit exactement l'inverse. Elle rentra dans son appartement et ferma derrière elle la porte-fenêtre. Elle ne voulait pas être entendue par la police le lendemain, et surtout pas par le très grossier sergent-chef Eberhard Mock, lequel ne la laissait jamais tranquille et l'accusait de semer l'immoralité. Comme s'il avait des leçons à donner dans ce domaine, celui-là ! Elle entra dans son salon et raya aussitôt Max Niegsch de sa mémoire. Sa devise était « Soyons discrets ! ».

*Breslau, dimanche 1er juillet 1923,
huit heures trente*

La pièce que Mock partageait avec ses deux collègues, Kurt Smolorz et Herbert Domagalla, était austère et privée de tout ce qui aurait pu distraire les policiers. Que ce soit les boiseries peintes en vert, les bureaux massifs avec leurs plateaux, verts également et sur lesquels étaient posés des cendriers en laiton, ou encore l'énorme armoire d'archives qui, pareille aux vitrines des magasins, avait un store en lattes de chêne, rien ne pouvait les détourner de leur travail. Le seul élément moins ascétique était une grande fougère que l'épouse de Domagalla avait posée un jour sur le rebord de la fenêtre et que son mari soignait pour éviter tout souci conjugal, au point de morigéner Mock ou Smolorz toutes les fois qu'ils fertilisaient le terreau de la plante avec leurs crachats ou leurs mégots de cigare.

Les deux bureaux et le petit couloir occupés par la IVe Brigade étaient silencieux. Personne n'admonestait personne ni n'élevait la voix, personne n'interrogeait personne. Il n'y avait ni volutes de fumée ni claquement de porte d'armoire. Le bureau du commissaire divisionnaire Ilssheimer était aussi vide que l'entrée où travaillait le stagiaire Isidore Blümmel. Les fonctionnaires jouissaient de leur repos dominical. Tous, sauf Eberhard Mock.

Assis à sa place, il fixait la photographie de son père qu'il avait sortie d'un tiroir. Le regard du cordonnier Willibald Mock était sévère. Sa moustache poivre et sel et ses bajoues développées surmontaient un col rigide aux coins cassés de part et d'autre d'une cravate claire. Que fais-tu ici, fils, dans ce service minable ? semblait vouloir dire le regard sous les sourcils hirsutes. Est-ce un travail pour toi que de verbaliser les putes ? Tu as toujours été si doué ! Tu te souviens quand tu as prononcé en latin le discours de la rentrée scolaire ? C'était quelque chose ! Je t'avais fait habiller comme pour cette photo, dans un costume emprunté à notre voisin, le marchand Hildesheimer. Plusieurs professeurs m'avaient serré la main pour me féliciter d'avoir un fils pareil. Et après, tu as gaspillé tes talents, tu n'es pas devenu professeur et je n'ai pas pu être fier de toi ! Tu as laissé tomber tes études parce que tu t'es laissé entraîner par de riches camarades qui t'ont montré le grand monde. Tu n'as plus voulu étudier dans la modeste chambrette

71

sous les toits avec, pour toute nourriture, du pain tartiné au saindoux fait maison. Tu préférais les salons ! La compagnie des gens de la haute ! Tu méprisais ton père le cordonnier qui respirait de la colle d'os toute la sainte journée pour que tu puisses terminer tes études et devenir un grand monsieur comme le professeur Morawjetz devant lequel tout Waldenburg avait un jour mis chapeau bas ! Toi, tu préférais travailler, gagner de l'argent pour avoir des cigares, de la bière et des putes de salon ! Ils sont où maintenant, tes amis de l'Université ? Le baron von der Malten, avec qui tu étais si lié, se souvient-il encore d'un camarade pour lequel un bordel est tout à la fois lieu de vie, de travail et de sortie ? Où est-elle, cette bonne compagnie de jadis ? Si au moins tu poursuivais des assassins et des bandits !

Les reproches silencieux de son père exaspérèrent Mock, qui posa sa lourde poigne sur la photographie et glissa à nouveau celle-ci dans le tiroir. Il était furieux contre ce père, désormais disparu, pour la raison très simple qu'il savait ne plus jamais pouvoir se libérer de ses récriminations, de ses regards sévères, de ses doigts noueux posés sur son épaule. Et ce qui était pire encore, il savait que son père avait raison. Non pas tant, bien sûr, pour le rôle idéalisé du professeur de collège. Après treize années dans la police, Mock n'avait aucune envie de changer d'activité. En revanche, il aurait aimé connaître une autre ambiance de travail. Ses collègues, ceux qui étaient sous ses ordres comme ceux dont il dépendait, tous, hormis Smolorz et Buhrack, lui témoignaient mépris et crainte. Ils le méprisaient parce que c'était un alcoolique et un « bordeleur » — non donné à Breslau aux policiers des Mœurs —, mais ils le craignaient parce qu'il savait être violent et incontrôlable. Deux niveaux de relation qui pouvaient se convertir en amitié et en respect. Mock voulait vraiment le croire. Le jour où il serait transféré à la Criminelle. Ce jour-là, il ne se soûlerait pas de joie, mais enfilerait le veston d'apparat, qu'il ne portait plus depuis longtemps, pour se rendre au cimetière de la ville. Enfin, ce jour, Mock n'y était pas encore. Il s'en était même sensiblement éloigné la veille quand il avait permis à la rage de dominer son esprit enténébré par l'alcool.

Mock ne rendait pas les armes facilement. Il se devait de prouver à Mühlhaus ce que la Criminelle perdait à ne pas l'avoir, lui, dans ses rangs. Telle était la raison pour laquelle, en ce dimanche, il sortait des dossiers des prostituées les fiches d'empreintes digitales et comparait laborieusement leurs crêtes avec celles des femmes photographiées la veille. Une activité lassante s'il en fut, pour ne pas dire désespérée. Mock fixait les courbes et sa tête n'était que tourbillons et vertiges. Toutes les crêtes se ressemblaient et il n'était pas du tout certain d'avoir bien fait de rejeter telle ou telle fiche. Peut-être devait-il la regarder une fois encore. Et, souvent, il reprenait un dossier déjà rangé, mettait une photo sous la lumière de la lampe, hochait la tête, et reposait à nouveau le cliché sur l'une des piles déjà consultées qui occupaient deux chaises l'une en face de l'autre.

Au bout de trois heures, il abandonna pour rédiger un rapport manuscrit dans lequel il constatait sans plus de commentaires que les empreintes digitales n'avaient pas été identifiées. Il apposa sa grande signature avant de mettre le document sur le bureau du divisionnaire Ilssheimer. Ensuite, il sortit une autre feuille et vérifia à nouveau tous les dossiers. Il releva vingt-trois noms de souteneurs. Regarda de plus près et barra quatre d'entre eux. Il savait que ces hommes étaient morts pendant la guerre, l'un d'eux avait aussi servi dans le même régiment que lui. Ensuite, Mock traça un trait au milieu de la liste. Il compta sept noms au-dessus du trait et écrivit « Smolorz », douze au-dessous et nota « Blümmel ». Son crayon cassa. Il le tailla vite en tournant la manivelle du taille-crayon fixé à son bureau tel un étau. Il traça une accolade en marge des noms et écrivit : « Interroger avant mercredi au plus tard. » Il mit la liste dans son tiroir sur la photographie de son père, Willibald Mock, et devint pensif. Il savait n'avoir aucun droit de donner un ordre pareil à ses subalternes parce que seule la Criminelle pouvait interroger les témoins. Il savait que si l'initiative était découverte, le jour dont il rêvait n'arriverait jamais. Il était bien conscient de tout cela, mais aussi que s'il ne faisait rien, les gencives ensanglantées et les dents brisées des victimes allaient hanter ses nuits. Et, comme les livres des songes l'expliquent, pareils rêves n'augurent rien de bon.

Mock alluma une cigarette, essuya la sueur de son front et retira ses protège-poignets. Il remarqua alors qu'il n'avait pas tout à fait débarrassé son bureau. Une feuille avec des tableaux remplis de chiffres y restait. Il ne l'avait pas vue, elle devait être là depuis samedi, comme le signalait la date portée à l'encre en haut de la page. S'il n'avait pas reconnu l'écriture de Domagalla, il aurait su, évidemment, que le document venait de lui à cause de l'en-tête, « Club de jeu Trèfle, Breslau, 26 Hummereistrasse ». Domagalla était vice-président de ce club. Sur les tableaux prévus pour être remplis au cours des tournois, son collègue avait noté de son écriture fine et précise : « Samedi 10 h du matin, Hans Priessl vous a téléphoné. Il vous supplie de lui rendre visite en prison. Il vous supplie. »

Mock écrasa sa cigarette dans le cendrier, reboutonna son col de chemise et resserra sa cravate. Oui, il irait voir Priessl, son ancien informateur. Pas parce que celui-ci le suppliait, mais parce qu'il n'avait aucune raison de ne pas le faire. Ce matin, une fois ses heures de travail bénévole terminées, il avait prévu de faire une promenade dominicale. Il en repoussa bien vite l'idée. Au parc, il devrait supporter les piaillements des gosses, regarder les familles goûter à leur bonheur, écouter la musique des danses et admirer les couples qui virevolteraient en rythme. Il décida donc d'aller se rafraîchir en mangeant une glace au jardin public Schaffgostsch, mais il eut aussitôt devant les yeux le plateau brûlant de la petite table et les guêpes. « Je vais aller dans un cimetière où il n'y aura ni canicule ni marmaille bruyante, se dit-il, ou je vais plutôt aller à la prison voir Priessl, quelle différence cela fait-il ! Le cimetière ou la prison, c'est pareil. Des ombres humaines hantent les deux. »

Une longue file de plusieurs dizaines de personnes attendait devant l'entrée de la prison du côté de la Freiburgerstrasse. En la voyant, Mock se souvint que les visites étaient le dimanche après-midi. Il la dépassa et frappa à la petite fenêtre grillagée, voilée de l'intérieur, du poste de garde. Il n'y eut aucune réponse.

— Y faut faire la queue, mon cher monsieur, lui lança d'une voix stridente une femme aux allures de vendeuse des quatre saisons. Elle avait sur l'épaule un panier en osier dont émanait une forte odeur de saucisson à l'ail.

— Pas tout le monde, ma brave dame, lui répondit Mock d'un ton protecteur avant de frapper une deuxième fois à la fenêtre, mais de nouveau en vain.

— Y vont pas ouvrir, maugréa la femme. Faut attendre. Clodo ou môsieur, faut attendre…

— Qu'il est pressé, ç'ui-là, ricana une jeune fille corpulente en s'adressant à sa camarade. J'me demande si l'est toujours comme ça…

— J'suis pas pressé du tout, moi, fit un jeune voyou avec une cigarette au coin des lèvres et en

76

panama. J'me presse jamais. Tu veux t'en convaincre, la miss ?

— Pressé, il l'est pour la bouffe et la bière, lança une dame en longue robe à l'ancienne mode et coiffée d'un chapeau. Suffit de voir sa bedaine.

— Y fait quoi, lui, ici ? dit un paysan très grand aux cheveux gris, vêtu d'un gilet à brandebourgs en laine. À la queue comme tout le monde !

Mock sentit une désagréable démangeaison à l'oreille. En une seconde, il se rappela la forêt de Lissa où il s'était réveillé avec les doigts couverts de peinture rose et les deux femmes aux dents brisées. Dans ces cas-là, pour se calmer, il se récitait les pronoms grecs ou latins qu'il avait autrefois appris par cœur. Il voulait s'y mettre. Ce qui lui vint alors à l'esprit, ce fut le plaidoyer de Cicéron pour le poète Archias. Malheureusement, un mot lui échappait. Il n'arrivait pas à se souvenir si cela commençait par *siquid* ou *quodsi*. Il en fut doublement irrité, s'essuya le front, secoua sa main et hurla au paysan : « Police criminelle ! » Contrairement à son attente, l'effet ne fut pas fulgurant. Certes, l'homme aux cheveux gris retourna à sa place, mais avec des regards mauvais pour Mock. La vendeuse se mit à le maudire à voix basse, les deux jeunes femmes n'arrêtèrent pas de glousser tandis que le jeune voyou les titillait. Le sergent-chef se trouvait au milieu des parents et des amis des prisonniers, sur un trottoir inondé de soleil, cible de leurs coups d'œil peu amènes, en train de les entendre pester tout bas contre lui. Il se précipita pour tambouriner à la porte en fer. Comme ce fut également sans effet, il finit par y envoyer un coup de pied. Il regarda alors sa nouvelle chaussure en cuir verni. Une petite rayure était apparue. Toute la file des gens qui attendaient éclata de rire.

— Ça a de l'élégance, fit en riant tout bas la femme maigre. Ça s'est rayé une chaussure, oh mon Dieu !

— Y doit avoir le caleçon fixé avec des petits rubans de velours, fit en riant la grosse fille.

— Moi j'en porte pas, rétorqua le gars au panama en tournant sa moustache. J'vous montre ?

— Ben tiens ! fit la copine en bâillant, parce que t'as quoi à montrer ?

— Les nerfs qui le font suer comme ça, expliqua tout bas la vendeuse des quatre saisons. Mon homme, du temps qu'y vivait, dès qu'y se mettait en rogne, suait comme ça…

Eberhard Mock décida alors de quitter pitoyablement les lieux. Demain, il découvrirait quel gardien n'avait pas répondu à ses coups à la porte et le lui ferait payer. Dans sa fureur, il ne se rendait pas compte que lui, modeste sergent-chef, avait peu de possibilités de se venger des fonctionnaires de la prison. Tout ce qu'il pouvait faire, c'était déposer une plainte officielle que l'on mettrait six mois à examiner pour la classer sans suite dans les six mois. Il s'apprêtait donc à partir lorsque se fit entendre un grincement. L'œil d'un gardien apparut à la petite fenêtre grillagée. Mock colla sa carte de police à la grosse vitre de toutes ses forces. La porte s'ouvrit et un maton couvert de taches de rousseur apparut.

— C'est quoi ce bordel ? hurla Mock. Je vais encore attendre combien de temps ? Combien ?

— Bon, bon, répondit le gardien avec un regard peu amical pour Mock. On ne peut plus aller faire ses besoins ? Et ne me criez pas dessus. La police criminelle est supposée être plus polie... On est collègues tout de même !

— Tu peux être le collègue de mon clébard si tu veux ! explosa Mock. C'est quoi ton grade ? Je suis sergent-chef, tu entends ? De chez le divisionnaire Heinrich Mühlhaus ! Tu sais qui c'est, au moins ?

— Prends pas tes grands airs, je te laisserai entrer si je veux, grogna le gardien, qui devait être moins gradé parce qu'il laissa passer Mock sans un mot de plus.

— Du temps qu'y vivait, quand mon homme décolérait, y devenait rouge comme ce poulet...

— Y s'est gonflé comme mon dindon, fit le paysan en allumant la cigarette qu'il s'était roulée.

— Moi aussi, j'gonfle, chuchota le gars en panama à l'oreille de la grosse fille. Mais juste à l'entrejambe... tu viens dans le coin, ma belle, et j'te montre...

Breslau, dimanche 1ᵉʳ juillet 1923,
midi et demi

Hans Priessl était un homme pas très grand, mince, d'une vingtaine d'années, mais qui paraissait en avoir moins. En 1918, ses parents avaient succombé à la fièvre espagnole dans leur Goldberg natal et il avait été contraint de se débrouiller seul. Il avait alors pris le train pour Breslau vêtu de son unique paletot déchiré, sans même avoir de quoi s'acheter un billet. Une fois en ville, il commença à exercer sans trop de difficultés un métier auquel une silhouette banale et une adresse exceptionnelle semblaient le prédestiner. Il devint donc voleur à la tire et son avancement professionnel fut rapide. Ses larcins réussis, audacieux et tout en finesse lui valurent une grande célébrité dans les bas-fonds de Breslau. Son pardessus troué devint sa tenue de travail. En revanche, dans l'entresol bien chauffé de la courée de l'Altbüsserstrasse qu'il occupait avec un collègue, les manteaux et les costumes faits sur mesure abondaient. Hans s'habillait avec une grande élégance, persuadé qu'il était que l'habit fait le moine et que, tôt ou tard, une jeune fille oublierait sa petite taille et s'unirait à lui pour la vie. Depuis son arrivée à Breslau, il rêvait de fonder une famille et d'avoir beaucoup d'enfants, suffisamment pour supporter que l'un d'eux — Dieu l'en préserve ! — fût un jour emporté par quelque nouvelle fièvre. La réalisation de son rêve sembla proche lorsqu'il échangea son manteau pour un smoking, une tenue plus appropriée sur son nouveau lieu de travail : le casino de l'hôtel Quatre Saisons. Priessl s'était aperçu depuis belle lurette qu'il avait de la chance aux jeux de hasard, aussi avait-il décidé de lui donner libre court. Il commença donc à s'enrichir un peu plus chaque soir et les belles dames s'intéressèrent à lui avec un tendre intérêt. Malheureusement, le sergent-chef Mock le remarqua également, mais sans tendresse aucune. Il y eut pire. Un jour fatal, le policier entra au casino en compagnie de son ami, le docteur Rühtgard. Or, ce dernier reconnut immédiatement le jeune voleur à la tire dont il avait été victime quand celui-ci sévissait à la gare. L'ex-délinquant, devenu un talentueux joueur, n'eut pas le temps de se demander pourquoi la seule présence des deux hommes le rendait mal à l'aise qu'il fut saisi par la poigne d'acier de l'un d'eux. Il commença par encaisser quelques claques avant d'entendre une proposition qu'il ne pouvait pas refuser. Mock lui promit sa protection à condition d'être renseigné sur les nouvelles filles qui offraient leurs charmes aux clients du casino et étaient suffisamment sottes pour ne pas se faire enregistrer dans les fichiers de la IVe Brigade.

Ce fut ainsi que Priessl devint l'informateur de Mock, et il le serait resté tranquillement s'il ne s'était pas amouraché de l'une des belles. Après avoir mis la demoiselle enceinte, il l'épousa à l'église Saint-Antoine de la proche banlieue de Carlowitz pour donner du panache à la cérémonie. À la fin de la célébration, il reçut les félicitations des invités, dont celles d'Eberhard Mock qui, en outre, conseilla au jeune marié de ne jamais se mêler d'une activité susceptible de l'arracher à sa famille. Priessl ne suivit malheureusement pas le conseil. Un jour, las des récriminations de son épouse, éternellement insatisfaite de ses revenus du casino, des loteries et des paris chez les bookmakers, il accepta de dévaliser Schirdewan en personne, le roi des liqueurs et des vodkas de Breslau, qui habitait un petit hôtel particulier jouxtant l'usine de la Klosterstrasse. Grâce à sa maigre constitution, Hans devait rejoindre l'immeuble par le petit couloir reliant les magasins à l'hôtel particulier, puis pénétrer dans le boudoir de la maîtresse de maison et s'emparer du coffret à bijoux sur la table de toilette. L'appartement serait vide parce que les propriétaires, leurs enfants et leurs domestiques seraient partis pour leur résidence secondaire de Trebnitz.

Hélas, tout se compliqua ! Hans mit longtemps à trouver les bijoux dans le boudoir. Pis encore, le pauvre voleur ignorait que le créateur de la remarquable vodka de seigle silésienne avait reçu un billet anonyme par lequel un aimable informateur l'avertissait qu'à mi-chemin vers Trebnitz, Mme Schirdewan allait se sentir mal et voudrait rentrer à Breslau où son amant lui avait donné rendez-vous. En effet, à proximité de Lilienthal, madame devint hystérique et voulut faire aussitôt demi-tour. La seule chose qui surprit son mari fut qu'elle n'eut aucune objection à ce qu'il l'accompagne. De retour à Breslau, les serviteurs entourèrent l'usine tandis que M. Adolf Schirdewan et deux de ses jeunes cousins baraqués se précipitèrent dans le boudoir où ils trouvèrent un jeune homme de petite taille, au visage noirci à la cendre. Sans trop réfléchir, Schirdewan ordonna de faire parler l'intrus. Hans Priessl comprit vite que s'il se faisait passer pour l'amant de madame, cela lui éviterait d'être remis à la police. Malheureusement, le sort lui fut contraire. Lorsqu'il perdit connaissance sous les coups, l'on fouilla ses poches et les bijoux volés furent découverts. M. Schirdewan présenta alors ses excuses à son épouse pour l'avoir suspectée à tort et Hans se retrouva dans un fourgon cellulaire.

Celui qui l'avait entraîné dans cette désastreuse équipée n'était autre que le frère de Mme Schirdewan, le propriétaire des machines à sous et du casino de l'hôtel Quatre Saisons. Il était aussi l'auteur de la lettre anonyme, enfin heureux de s'être débarrassé, par ce subterfuge, d'un homme dont la chance au jeu obérait par trop ses bénéfices.

La vie en prison avait eu un effet néfaste sur l'aspect extérieur de Hans Priessl. Des taches rosâtres et rêches étaient apparues sur son visage émacié, ses yeux étaient cernés, ses cheveux gras hirsutes. Il sentait mauvais, comme les gens qui ne se lavent jamais. Des menottes emprisonnaient ses mains sales aux ongles rongés.

— Comment va, Hans ? demanda Mock.

— Ça va, répondit Priessl, merci d'être venu, sergent-chef. C'est vraiment important pour moi.

— Vous pouvez nous laisser ? demanda Mock au maton qui se tenait devant la fenêtre au double grillage et les observait d'un air hostile.

C'était le gardien avec lequel Mock venait de se disputer. Il appréciait moins l'attitude du policier que d'avoir eu à se déplacer, lui qui préférait fouiller les visiteurs à l'entrée et qui aimait beaucoup s'occuper du beau sexe. Son collègue s'était chargé de sa tâche avec zèle et était en train de peloter les petites dames alors que lui devait rester là à supporter la puanteur du prisonnier. Le règlement l'y contraignait.

Les juristes et les policiers avaient le droit de rencontrer les détenus dans une pièce particulière où un gardien devait les mener plutôt que de les introduire dans le parloir général.

— Bon, bon, répondit-il avec un peu de mépris dans la voix, je reste dans le petit couloir. Quand c'est fini, je reviens.

Le gardien sortit ; Mock pensa que si l'homme ne lui avait pas donné du « monsieur », du moins n'avait-il plus osé le tutoyer. C'était toujours ça !

Comme la main d'Eberhard Mock était moite et gluante, il l'essuya sur son pantalon. Il posa le regard sur la fenêtre où des tresses de saleté étaient accrochées à chaque maille du grillage. Le bruit des roues d'une charrette et d'un tintement de vaisselle montait de la cour.

— Qu'est-ce qui se passe ? demanda-t-il en souriant à Hans Priessl. Le dîner arrive ? Il faut que tu manges plus si tu ne veux pas crever. N'oublie pas que ta femme et tes enfants t'attendent dehors. Il ne faut pas que tu ressembles à un mort-vivant... J'ai quelque chose pour toi, d'ailleurs...

— Je ne sortirai plus d'ici, répondit Priessl, le regard fixé sur la table où étaient posées ses mains menottées.

— Mais si, mais si, rétorqua Mock en lui fourrant une cigarette entre les lèvres avant de frotter une allumette contre le mur pour lui donner du feu. Mais tu suivras mes conseils, cette fois ! Compris ? Et si tu es sage, tu ne te retrouveras plus jamais au trou.

— Je vais y rester, au trou, murmura Priessl en tirant violemment sur sa cigarette. Et pour toujours.

C'est pour ça que j'voulais tellement que vous veniez me voir, monsieur.

— C'est pour ça que tu as supplié que je vienne ? fit Mock durement en vidant son étui à cigarettes sur la table et en poussant le contenu vers le prisonnier. Pour me faire tes adieux avant de mourir ? C'est ça ? Ôte-toi de la tête pareille sottise ! Tu purges ta peine et tu rentres chez toi. Tu y es attendu. Oublie ça !

— Sans vous offenser, sergent-chef, intervint Priessl, je ne vous ai pas demandé de venir pour vous faire mes adieux, même si je vous dois beaucoup... Je voudrais que vous vous occupiez de Louise, ma femme... J'ai peur qu'après ma mort, elle reprenne... elle retourne sur le trottoir. Parce que, alors, que deviendra mon petit Klaus ? Vous avez de l'expérience, monsieur, avec ces filles-là dans votre travail. Ne la laissez pas reprendre !

— Tu surestimes mes possibilités, Hans, fit Mock, qui expulsa la fumée de sa cigarette très haut vers le plafond. Et en plus tu voudrais me la confier alors que je suis un flic de la Mondaine ! Tu ne sais pas qu'un flic de la Mondaine, c'est presque comme un souteneur ! Ces filles, je les rencontre sur leur chemin de perdition et elles ne veulent pas le quitter. C'est toi qui as réussi à ramener ta Louise sur le droit chemin. Tu es parvenu à ce difficile tour de force ! Et ta femme s'y tiendra. À tes côtés.

Priessl saisit Mock par les poignets pour s'en approcher, mais celui-ci se déroba avec dégoût, voulant à tout prix éviter de succomber à la puanteur. N'importe quelle prostituée ayant des relations charnelles avec le sergent-chef connaissait le credo de ce dernier dont il l'informait dès leur première rencontre. « Je ne supporte ni la touffeur, ni la crasse, ni la puanteur, lui disait-il. Tu me reçois toujours dans une pièce fraîche et tu es propre. » En l'occurrence, les trois éléments insupportables étaient réunis. Il faisait très chaud dehors et fétide dans cette pièce d'une saleté gluante.

— Je vous en supplie, monsieur, s'écria Priessl, qui bondit de sa chaise. Occupez-vous de ma Louise !

— Assieds-toi et ne t'approche pas de moi ! Tu vas jamais à la douche ou quoi ? Tu empestes comme du purin. Qu'est-ce qui t'arrive, mon garçon ? Tu as toujours été élégant et voilà que tu as l'air d'un clodo !

— Ma chère Louise…

Hans s'appuya au mur marron clair avant de se laisser glisser à terre.

Mock alluma une autre cigarette à la première. Heureusement, l'odeur parfumée du tabac Ihra était plus puissante que celle du corps non lavé. Le sergent-chef sortit de son cartable un kilo de saucisson à l'ail enveloppé dans un papier parcheminé des boucheries Carnis. Il le posa sur la table avant de s'approcher de Priessl accroupi. Des larmes coulaient sur les joues du jeune homme. Mock posa la main sur son épaule tout en respirant par la bouche.

— Je vais prendre soin d'elle, Hans, dit-il lentement, mais à une condition. Tu m'expliques pourquoi tu veux te tuer et pourquoi tu ne vas pas aux douches.

— Qui vous a dit que je veux me tuer tout seul ? demanda l'ex-informateur en expulsant de l'air putride. C'est pas ça. Je vais tuer quelqu'un d'autre. Et je vais prendre perpète ou le gibet. Je deviendrai un dieu ici. Je vais commander, vous comprenez ? Personne ne pipera devant moi. Quand on tue froidement, on devient un dieu. Pas une balance de la flicaille, mais un dieu. Et ici, personne ne touche à un dieu. On l'appelle « l'Intouchable » et il est craint. Parce que pour lui plus rien n'a d'importance. Il peut tuer n'importe qui. Tout comme Dieu... Alors qu'une balance ou un ancien flic, tout le monde lui en fait voir... Alors, vous allez vous occuper d'elle ? Promettez-le-moi !

— Tu n'as pas répondu à toutes mes questions. Pourquoi ne vas-tu pas aux douches ? Pourquoi ne te laves-tu pas ?

Mock se releva, contourna la table et posa le pied au bord de la chaise pour regarder la griffure sur le bout pointu. Il se demanda s'il parviendrait à l'effacer avec du cirage.

— Il a pas répondu et il répondra pas, fit le gardien qui venait d'entrer. Il a honte. Mais moi, je le sais et je vais le dire...

Priessl s'était relevé et il essuya son visage. Il fixa le maton d'un regard vide, ses yeux étaient sans expression, ses pupilles n'étaient pas plus grandes qu'une tête d'épingle, sa respiration était saccadée et sa glotte s'agitait sous la peau tendue de son cou. Mock n'avait jamais vu pareille réaction.

— Tu ne diras rien, putain de connard d'indic, articula Priessl lentement, tout bas. Et maintenant, je veux sortir. Fin de la visite.

Le coup qui s'abattit sur Priessl fut aussi puissant qu'imprévu. Le prisonnier fut projeté dans l'angle de la pièce où il s'effondra de nouveau. Il mit la tête entre ses genoux et la couvrit de ses mains. Le gardien détacha la matraque de sa ceinture et frappa Hans. Une rayure rouge apparut sur les maigres doigts du garçon. Les jambes écartées, le fonctionnaire fixait sa victime. Il remit sa matraque en place et envoya un coup de pied à l'homme à terre, mais, dans son élan, le talon accrocha la table, le coup perdit de sa violence et atteignit Priessl sous l'aisselle. Le prisonnier se recroquevilla encore un peu plus. Le gardien se retourna et repoussa le meuble au loin. Désormais, il avait assez d'espace pour tuer Hans Priessl.

— Je vais lui filer une belle rouste à ce putois, fit-il à Mock avec un sourire. Cette petite lavette…

Il n'avait pas eu le temps de mettre sa promesse à exécution qu'il ressentit une claque brûlante sur la joue. L'impact avait été tellement puissant et inattendu que sa tête partit sur le côté et il perdit l'équilibre. Le grillage sale de la fenêtre, couvert des vapeurs grasses de la cuisine située un étage plus bas, en tinta. Mock bondit alors vers le gardien pour lui coller le visage contre le maillage en fer. Le maton voulut se dégager, mais le sergent-chef était de pierre.

— Je t'interdis de le frapper, pigé ? siffla-t-il.

La porte s'ouvrit alors devant deux autres gardiens. Mock se décrocha de son adversaire, qui s'éloigna de la fenêtre. Hans Priessl avança vers les nouveaux venus en silence. Il marchait comme s'il avait entre les jambes quelque chose qui le gênait. Le pantalon de grosse toile avait partiellement glissé de ses maigres fesses. Mock eut la réponse à la question que Priessl avait refusé de lui donner et empêché le gardien de le faire. Tout s'expliquait. Ce que vit le sergent-chef était comme une marque au fer rouge sur un paria, le signe évident de l'humiliation qui avait frappé celui qui, depuis, tentait désespérément de se protéger de ses bourreaux par sa puanteur. Une couche imbibée de sang sortait du pantalon de Hans Priessl.

Breslau, mercredi 4 juillet 1923,
seize heures

Un air brûlant et immobile emplissait la brasserie Sous la Cloche de l'Ohlaverstrasse. Aucune gaine de ventilation n'était en mesure d'aspirer les odeurs qui amplifiaient cette touffeur écrasante pour les expulser ensuite au-dehors. Les fumées malodorantes des tabacs bon marché s'entremêlaient dans l'intérieur étroit. Au-dessus des tables planaient lourdement les effluves composites des plats, de la bière et des transpirations. Moritz Mannhaupt s'était installé dans un coin et regardait autour de lui. Il n'en finissait pas de s'étonner que, par une canicule pareille, les gens puissent avaler les spécialités les plus chaudes alors qu'ils suaient à grosses gouttes. Un personnage roux, devant lequel était posée une assiette creuse remplie de gnocchis dits « polonais » ou « silésiens », le stupéfiait particulièrement. Il était en gilet et en chapeau melon, avait relevé les manches de sa chemise et son veston pendait sur le dossier de sa chaise. L'homme avalait des gnocchis presque sans les mâcher, mais sa mâchoire ne restait guère inactive. L'instant d'après, il croquait et mettait en charpie des morceaux de couenne qu'il allait chercher sur le monticule de chou cuit. Mannhaupt l'observait en hochant la tête de consternation. Le mangeur s'en aperçut.

— On se connaît ? demanda le rouquin la bouche pleine.

— Non, monsieur, répondit Mannhaupt avant de vider un verre de vodka puis un verre de bière brune Engelhardt.

Pour Mannhaupt, la bouillie que l'on pouvait apercevoir entre les dents et les lèvres des personnes qui ne fermaient pas correctement la bouche en mangeant figurait parmi les plus insupportables des spectacles. Manger la bouche fermée, tenir ses coudes près du corps et humidifier à peine ses lèvres au verre de liqueur étaient les premières leçons de savoir-vivre qu'il donnait à ses filles. Il le faisait, en dépit des commentaires méprisants de la concurrence, qui affirmait que ses protégées étaient tout simplement comiques à se conduire comme des baronnes tandis qu'elles passaient leur temps dans de misérables troquets avec devant elles une côtelette de porc et un verre de bière ; ce qui, soit dit en passant, devait souvent leur suffire pour la journée. Mannhaupt haussait les épaules à ce genre de réflexions et rappelait qu'il convenait de rester classe toujours et partout. Un principe auquel il faisait pourtant quelques entorses, notamment quand l'alcool le transformait en un autre homme et le rendait agressif et vindicatif, ou quand il rencontrait quelqu'un de particulièrement grossier.

Or, ce jour-là, les deux éléments furent réunis. Déjà plus très clair, Mannhaupt eut un haut-le-cœur en voyant la nourriture dans la bouche de l'inconnu, quand la purée jaune, mélangée aux lambeaux de chou, apparut tachetée de persil.

— Un chien qui mange n'aboie pas, dit-il si fort qu'il domina la voix de l'accordéoniste aveugle qui chantait une satire caustique sur le vin aigre de Grünberg.

— De quoi ? fit le rouquin qui repoussa l'assiette de gnocchis, se leva et se propulsa vers la table de Mannhaupt. De quoi ?

— De ce que je dis ! répliqua Mannhaupt, qui avait allumé une cigarette et regardait avec mépris le rustre roux à travers la fumée.

Le rouquin appuya ses poings sur la table de Mannhaupt comme s'il voulait faire peser sur eux le poids énorme de son arrière-train, qui n'était pas sans rappeler celui du gorille que l'on avait fait venir de Zanzibar pour le zoo — un événement que rapportaient tous les journaux de Breslau. Mannhaupt porta toute son attention aux avant-bras qui émergeaient des manches de chemise relevées et banda ses muscles. Il se prit à espérer que ses réflexes, acquis dès l'enfance dans les rixes du quartier mal famé cernant Burgfeld, seraient à la hauteur. Hélas, ce qu'il ne put prévoir, c'était que l'inconnu ne se servirait pas de ses mains.

Il y eut un grincement aigu des pieds de table ferrés quand ils raclèrent le sol de pierre. Mannhaupt vit le rouquin faire un mouvement brusque de ses hanches et il ressentit une violente douleur au ventre. Il voulut se lever, mais le bord ébréché de la table le coinça contre le mur et l'immobilisa. Sans relâcher la pression, son agresseur s'essuya le front et l'attrapa par le col de sa veste pour le secouer brutalement. Le proxénète eut l'impression que le monde entier faisait silence tandis qu'il s'effondrait avec la voûte du restaurant. À vrai dire, les gens s'étaient tus autour de lui. L'accordéoniste aveugle avait interrompu son allégation selon laquelle le vin de Grünberg étirait le visage des buveurs. Le vol plané de Mannhaupt fut bref. Arraché de sa table, le maquereau atterrit sur la plus proche. Il sentit sa joue et son cou devenir humides, puis une forte odeur de vinaigre, d'oignon et de boudin silésien l'envahit. Il voulut se lever, mais quelqu'un le souleva de nouveau. Il entendit une voix enrouée lancer :

— Ne le secouez pas comme ça, Smolorz, vous allez déchirer son froc !

Un léger souffle d'air caniculaire frappa alors Mannhaupt complètement abasourdi avant qu'il ne touche le pavé sale de la rue. Il regarda autour de lui, tout paraissait normal. Il vit les devantures de l'épicerie fine et du bureau de tabac devant lesquelles, comme toujours, traînaient des va-nu-pieds. Deux choses pourtant ne cadraient pas dans le décor : le fourgon cellulaire et le rouquin qui lui en indiquait l'entrée avec un sourire. Mannhaupt s'en approcha obligeamment. Les brèves minutes qui avaient précédé lui avaient fait comprendre que les mauvaises manières et l'arrogance ne payaient pas. Il abandonna pourtant ce point de vue une fois qu'il se trouva à l'intérieur du panier à salade avec plusieurs individus qui professaient la même occupation que lui. Il vit les regards sombres de ses concurrents et comprit qu'il ne venait pas de les rejoindre à cause de son inconduite à l'égard du flic roux. Il aurait été arrêté même si, au lieu de le vexer, il l'avait salué bas et avait retiré son chapeau chaque fois qu'il croisait un policier. À l'évidence, c'était un jour noir pour les proxénètes.

Breslau, mercredi 4 juillet 1923,
seize heures trente

Josef Ilssheimer, le patron de la IVe Brigade du commissariat central, était un bureaucrate empoussiéré. Il adorait rester assis à son énorme bureau, au milieu des armoires de classement et des étagères remplies de livres de droit. Une journée où il n'avait pas le loisir de consulter quelques pages du code pénal, ou des règlements internes de la police, pour y trouver les articles et les paragraphes dont il allait truffer ses longs rapports sur l'état des affaires traitées par ses services, était pour lui une journée perdue. Son goût pour la paperasse lui valait les faveurs de Kleibömer, le grand patron de la police de Breslau, qui avait travaillé vingt ans à Strasbourg et dont le profond respect pour la bureaucratie prussienne n'avait d'égal que sa détestation du désordre et du laisser-aller alsacien. Ilssheimer pouvait donc se livrer avec bonheur à son occupation favorite qui était de rédiger des comptes rendus aux amples phrases dans un style soutenu, avec une prédilection pour les participes présents. Son addiction déclinait peu avant quatre heures, quand il s'apprêtait à quitter le sinistre château des princes de Liegnitz où se trouvaient les bureaux de la Préfecture de police. Il faisait ensuite la tournée en calèche des magasins spécialisés dans la vente d'articles exotiques. Il aimait examiner les objets importés d'Orient, et surtout les éventails japonais dont il possédait par ailleurs une collection conséquente, célèbre dans tout Breslau.

Mais ce jour-là, il n'allait pas pouvoir s'adonner à sa passion car, à peine quelques minutes avant de sortir, il fut convoqué au bureau du préfet dont le secrétaire venait de lui transmettre, d'un air dégoûté, une plainte officielle à l'encontre du sergent-chef Eberhard Mock. Il l'informa, en outre, que le grand patron attendait une explication écrite pour le lendemain neuf heures, au plus tard. Le document, alors qu'il concernait un subordonné d'Ilssheimer, était adressé de manière erronée à la Brigade criminelle. C'était la raison pour laquelle il avait atterri directement dans les mains de Heinrich Mühlhaus qui, après en avoir pris connaissance et l'avoir annoté, l'avait transmis au bureau du préfet de police par la voie hiérarchique. Le commissaire divisionnaire de la police criminelle n'avait pas pu faire passer la plainte à son collègue Ilssheimer directement ; et ce dernier le comprenait parfaitement car c'eût été en infraction au paragraphe 18, alinéa 14bc du 1er mars 1920 du règlement interne de la Préfecture de police stipulant qu'en cas d'impossibilité de donner suite à des écritures administratives dans un service, il convenait de transmettre celles-ci à la direction. Dans le formulaire n° 1254a/23, on lisait que « le caporal Otto Oschewalla, gardien de prison de son état, dénonce la conduite du sergent-chef Eberhard Mock qu'il accuse de l'avoir agressé et battu sévèrement. Il demande à ce que soient prises à l'encontre de E. Mock les sanctions disciplinaires les plus hautes ». Une note manuscrite était ajoutée : « Je considère cette plainte comme pleinement justifiée. » Elle était signée : « Langer, directeur de la prison de Breslau. »

Le commissaire divisionnaire regagna son cabinet et posa sur son bureau un grand porte-documents en cuir repoussé décoré de motifs floraux. Son mécontentement venait moins de son impossibilité d'enrichir sa célèbre collection ce jour-là que de la nécessité absolue de rédiger un rapport de son entretien avec son subalterne. Il ne pouvait rien écrire pour la très simple raison que Mock n'était ni à portée de voix ni joignable par téléphone. Le sergent-chef avait de nouveau travaillé à la sueur de son front pour identifier les empreintes des deux prostituées assassinées. Visiblement fatigué, il avait ensuite concocté, deux heures durant, un compte rendu sur les maigres résultats de ses recherches avant de prendre congé pour enquêter en ville. Ilssheimer ne pouvait donc absolument pas s'informer des agissements dominicaux de son subordonné à la prison et devait envoyer l'un de ses hommes dans la petite localité de Klein Tschansch, qui ne faisait pas même partie de Breslau et où Eberhard Mock habitait depuis près de dix ans. Hélas, comme par hasard, tous les policiers du service, le stagiaire Isidore Blümmel compris, étaient sur le terrain. Le commissaire divisionnaire se maudissait d'être laxiste au point de ne pas savoir sur quel « terrain » précisément ses hommes se rendaient. Le lendemain à neuf heures, le préfet de police ferait certainement preuve d'un laxisme bien moindre que celui accordé à ses subalternes. Pourtant, il ne pouvait pas révéler à son supérieur les vraies raisons de son manque d'intérêt pour les pérégrinations de toute son équipe ! Il ne pouvait pas lui avouer que le monde avait cessé d'exister pour lui à l'instant même où il avait reçu les nouveaux catalogues de la compagnie d'import-export Bronislaw Hirsbein & Cie, qui faisait venir des produits japonais d'Amsterdam à bas prix ! Il ne pouvait pas révéler à son patron que lorsqu'il avait eu devant les yeux la page des fanfreluches orientales, il avait cessé d'entendre les précisions que lui donnaient Mock et les autres au sujet de leurs déplacements !

Ilssheimer n'avait donc d'autre choix qu'attendre le retour de Mock parce que son récit était la condition *sine qua non* de la rédaction de son rapport. Le commissaire ignorait quand Mock reviendrait, mais il était absolument certain qu'il repasserait. Le sergent-chef ne supportait pas les caprices du temps. Or, même s'il n'y avait aucun nuage dans le ciel alors que la canicule s'était installée à Breslau, Mock ne sortait jamais sans son parapluie pour rentrer chez lui. La présence du pépin, planté derrière le porte-manteau métallique, était la garantie manifeste de son retour imminent au bureau. Ilssheimer décida d'aménager son temps d'attente, aussi téléphona-t-il au poste de garde pour prier le concierge Bender de lui commander à la brasserie Sous la Cloche — le restaurant de l'hôtel de ville — deux petits pains au pâté de foie et une bière Haase. Après cela, il se replongea dans sa lecture du catalogue de chez Hirs-bein & Cie. Sa tête se pencha sur les xylographies représentant des épingles, des peignes, des petites boîtes japonaises en laque et des éventails, et ses yeux furent gagnés par le sommeil.

Deux bruits réveillèrent le divisionnaire : des coups frappés à la porte suivis de voix parlant haut et fort dans la cour. Il lui sembla reconnaître celle de Mock. Ilssheimer commença par faire entrer le gar-çon du restaurant et, quand il le renvoya avec un billet de mille marks, il alla à la fenêtre et se frotta les yeux d'étonnement ! Il ne s'était pas trompé. L'homme qu'il attendait depuis près d'une heure se tenait devant un fourgon cellulaire et donnait des ordres aux individus à l'intérieur. Par ailleurs, il relevait régulièrement la tête pour regarder la fenê-tre du préfet de police. Smolorz, Domagalla et le stagiaire Blümmel étaient à ses côtés. Cinq hommes sautèrent du véhicule. Le bureaucrate Ilssheimer connaissait parfaitement leurs dossiers. Ils étaient tous fichés dans les archives de son service.

Achim Buhrack, le gardien du centre de détention de la Préfecture, venait de pénétrer dans la cour avec son trousseau de clefs. Il regarda autour de lui avant de faire un signe d'invitation aux gens près du fourgon. Les prisonniers, menottes aux mains, et les fonctionnaires du service d'Ilssheimer s'engouffrèrent par la porte menant aux cellules. Cette fois encore, le sergent-chef jeta un regard à l'étage de son patron.

— Je vous attends, Mock ! cria Ilssheimer, qui avait ouvert sa fenêtre. Venez m'expliquer vos exploits à la maison d'arrêt ! Une plainte officielle a été déposée !

Mock eut un sourire et, en silence, fit deux gestes de la main. L'un comme s'il sortait sa montre de son gilet. L'autre comme s'il écrivait quelque chose sur le dos de sa main. Après cela, il disparut par le portail. Sa pantomime signifiait : « Je n'ai pas le temps, je vais tout écrire. » Ilssheimer s'effondra lourdement sur le fauteuil de son bureau. Le sourire de Mock disait encore autre chose. Il rappelait un principe non écrit de leur collaboration vieille de plusieurs années que Mock, un jour, avait formulé ainsi : « Vous ne vous mêlez pas de mes affaires, et je garde le silence sur vos petits arrangements, vous savez lesquels. » Bon gré, mal gré, Ilssheimer devait donc attendre l'explication écrite de son subordonné. Il savait qu'elle serait sur son bureau le soir même et qu'elle serait odieusement laconique. Le parapluie était là, Mock viendrait. Pour l'heure, le patron de la IVe Brigade pouvait s'adonner à la dégustation des petits pains au pâté de foie.

Moritz Mannhaupt risqua un regard et vit une fois de plus les gueules sinistres de ses compagnons, mais il ne pouvait guère tourner la tête vers ceux qui se trouvaient derrière lui. Le moindre mouvement de n'importe quelle partie de son corps, à l'exception de ses doigts ou de ses orteils, lui était impossible. Tout comme les dix-sept autres proxénètes, il était debout dans l'étroite cellule de police du 49 Schuhbrückestrasse, initialement prévue pour quatre hommes tout au plus. La moiteur figée de la brasserie Sous la Cloche, que Mannhaupt avait quittée dans un vol plané une heure plus tôt, était une brise marine comparée à l'air immobile du présent cachot. Pareille différence était due aux fenêtres. Celle de la geôle n'aurait pas même pu être ouverte par Hermann Görner, le célèbre athlète saxon. Des années plus tôt, elle avait été condamnée par des vis fixées au chambranle métallique que l'humidité avait scellées depuis sous une épaisse couche de rouille. La sueur dégoulinait des souteneurs emprisonnés, la douleur s'emparait de leurs talons et de leurs genoux, et certains des marlous se sentaient pris d'un malaise lourd et froid. L'un d'eux, qui se trouvait près de la fenêtre, se mit à vomir. Une odeur effroyablement âcre se répandit dans l'air. Ou dans ce qu'il en subsistait.

— Ouvrez ! Ouvrez ! hurla Mannhaupt.

Les autres détenus reprirent son hurlement en chœur et la geôle sembla exploser. Les proxénètes proches de la porte tambourinèrent avec rage. Au bout d'un moment, il y eut un grincement et tous eurent l'impression de sentir soudain les fragrances les plus merveilleuses auxquelles ils aient jamais rêvé. L'un crut humer un gâteau cuit à point, l'autre la senteur de la forêt où l'on cueille des champignons, un autre encore pensa qu'il se dorait au soleil sur le sable du bord de l'Oder et respirait la brise humide de l'eau. La porte venait de s'ouvrir devant un homme corpulent de taille moyenne. Sa silhouette carrée, ses cheveux denses et sombres, ses mâchoires serrées et son costume d'une blancheur impeccable étaient parfaitement connus de tous les souteneurs de la ville. Ils se rappelaient également que leurs rencontres avec ce personnage n'étaient guère plaisantes car les bleus et les boursouflures qu'elles leur laissaient étaient de douloureux souvenirs. Ils savaient que cet homme pouvait être aussi gentil et compréhensif avec les prostituées que brutal et cruel avec leurs protecteurs. L'apparition du sergent-chef — c'était le grade du policier — ne présageait rien de bon. Le silence qui s'abattit était tel qu'on entendit bientôt les gouttes de sueur tombant du front des détenus au supplice. Les merveilleuses senteurs remontant à l'enfance avaient disparu pour laisser à nouveau place au remugle de sueur et de vomi.

— Écoutez-moi attentivement, fils de pute, dit le policier de sa voix grave altérée par la nicotine, parce qu'il fait trop chaud pour répéter les choses.

J'ai ici les photographies de deux prostituées assassinées. Vous devez les identifier.

Le sergent-chef alluma une cigarette, souffla la fumée vers le fond de la geôle puis poursuivit :

— Je sais bien qu'aucun de vous ne les reconnaîtra. Je sais parfaitement que vous vous lavez les mains de cette histoire. Tant pis, vous direz-vous, une vache laitière de crevée, j'en trouverai une autre. Ma gagneuse a dû se faire zigouiller par un saigneur vicieux. Pas de raison de prendre des risques ! La pute a dû rigoler de sa pine et il l'a trucidée. Rien que sa faute ! C'est ça que vous pensez, bande de salopards ? Ah, vous jouez les durs quand il s'agit de mettre une claque à une fille pour lui apprendre les manières parce qu'elle avait soif et s'est payée une limonade pour quelques sous au lieu de vous les filer !

Le policier prit le temps de recoiffer ses cheveux ondulés avec un peigne et de cracher sa cigarette sur le béton avant de lever ses mains qui tenaient les photographies et des feuilles de papier vierges. Il poursuivit :

— Vous n'allez pas identifier ces jeunes femmes, je le sais. Vous n'allez pas risquer de vous attirer des ennuis. Mais moi, je vais vous distribuer des feuilles de papier et des crayons. Comme les compositions à l'école. Sur ces feuilles, vous allez inscrire le nom de vos gagneuses. De toutes vos gagneuses. Les nouvelles aussi, et puis celles qui ne sont pas encore enregistrées. Toutes ! Leur nom et à côté le troquet, ou la rue où elles racolent. Ou bien le trou à rat où elles crèchent. Je reviens dans une heure et demie pour prendre les listes. Après ça, je vous loge pour quelques jours dans différentes cellules pour que vous ne creviez pas de la puanteur de celle-ci. Pendant ce temps-là, je vais rencontrer les filles de vos listes pour discuter avec elles. Vous savez ce que je vais leur demander ? De compléter vos listes. Si l'une d'elles me rajoute un nom, ça voudra dire que vous avez voulu me le cacher. Celui qui en aura oublié un se retrouvera dans cette geôle. Sans jugement ni procès. Il y passera un mois, deux peut-être, sans eau mais dans cette odeur de dégueulis, et moi je passerai le voir tous les jours. Pendant ce temps-là, ses affaires en ville iront à la concurrence.

Le sergent-chef s'essuya le front et soupira :

— Je dois rencontrer vos filles. Toutes vos filles. Vivantes et en bonne santé, si on oublie la syphilis, la chancrelle et la chaude-pisse. S'il y en a une que je ne trouve pas, c'est qu'elle est sur ces photographies... et que son marlou a voulu me le cacher... et je ferai la peau à ce ruffian...

Sur ce, il remit les photos et les feuilles à quelqu'un, et se retira. Le rouquin qui avait malmené Mannhaupt à la brasserie apparut à l'entrée de la cellule. Il tenait à la main des petits crayons.

— Dehors, cria-t-il, un par un ! Dans le couloir ! Assis par terre ! Écrivez ! Une fois que vous avez fini, vous retournez à l'intérieur !

Mannhaupt était le premier à devoir sortir, mais il ne bougea pas d'un centimètre. Il était récent dans la corporation, et peut-être était-ce la raison pour laquelle les paroles du sergent-chef l'avaient choqué.

Non seulement il ne frappait pas ses filles, mais il n'élevait même jamais la voix sur elles. Pas plus que son oncle Helmut, qui lui avait transmis le business avant d'atterrir en prison pour escroquerie. Pour tous les deux, les filles galantes étaient leur propriété et, en tant que telles, un bien sacré que l'État devait protéger. Mannhaupt n'était pas homme à redouter un quelconque « saigneur vicieux », comme avait dit le sergent-chef, et si l'une ou l'autre de ses protégées venait à être butée, il ne manquerait pas de collaborer avec la police ! Il en eut un sentiment d'amertume, mais aussi un vif désir de parler avec l'homme à la silhouette carrée.

— Monsieur le sergent-chef ! lança-t-il.

— Quoi ? fit le policier qui apparut derrière le rouquin.

— Petit Maxou n'est pas là, dit très vite Mannhaupt, sans prêter attention aux regards méprisants que lui lançaient ses confrères. Les deux filles étaient peut-être à lui.

— Tu crois que je ne sais pas combien il y a de proxénètes dans cette ville, peut-être ? fit le brun en attrapant Mannhaupt par la chemise pour l'attirer à lui.

Il le dévisagea un moment avant de le repousser violemment et de repartir.

Ses talons claquaient contre le sol du couloir. Mannhaupt se recroquevilla pour ne pas regarder ses compagnons dans les yeux.

— Sortez de là, putain ! Et plus vite que ça ! Allez ! brailla le rouquin à Mannhaupt.

Quand ce dernier passa à sa hauteur, il vit les deux femmes assassinées sur les photographies. Il les avait croisées chez Frank sur Matthiasplatz et il leur avait même parlé. Il savait qu'elles appartenaient à Max Niegsch, dit Petit Maxou.

— Connais pas, marmonna-t-il au rouquin en prenant une feuille et un crayon. Dites-moi, monsieur l'agent, pourquoi il nous hait tellement, l'autre ? (Et, disant cela, Mannhaupt ne put s'empêcher de regarder le policier droit dans ses yeux injectés de sang et d'ajouter :) Un sage a dit un jour que la prostitution était comme le cloaque du palais. Si on la supprimait, tout le palais se mettrait à sentir mauvais.

Le flic aux crayons semblait consterné par le laïus de Mannhaupt. Il hochait la tête tout en observant le souteneur d'un air perspicace et insistant.

— Un cloaque, ça pue aussi, non ? Et lui, il n'aime pas les mauvaises odeurs.

Breslau, mercredi 4 juillet 1923,
dix-huit heures trente

Mock marchait dans le couloir en faisant claquer très fort ses talons. Le bruit se répandait dans toute la prison. Son martèlement voulait dire : « J'arrive et je suis le maître ici. Vous allez en découdre, mes gaillards ! » Tandis qu'avec Isidore Blümmel, Kurt Smolorz, Herbert Domagalla et Achim Buhrack, il approchait de la cellule numéro deux, il lui sembla entendre un soupir de soulagement s'échapper de dix-huit poitrines. Il avait tenu parole. Une heure et demie exactement s'était écoulée et il était debout face à la porte que venait d'ouvrir Buhrack en train d'inhaler la puanteur des lieux.

— Vous avez rédigé vos listes ? demanda-t-il.

— Oui, oui, répondirent de nombreuses voix.

— Complètes ?

— Oui, oui, bien sûr que oui ! firent les silhouettes vacillantes dans la geôle.

Mock savait parfaitement que le respect de ce genre d'individus s'obtenait par la détermination et la brutalité. Ce à quoi il s'exerçait depuis trois jours en les faisant cueillir et incarcérer par paquets à la prison de la Préfecture. Les proxénètes avaient d'abord été huit à dormir dans une cellule de quatre, jamais aérée. La nuit suivante, ils étaient treize. Ils devaient dormir et faire leurs besoins à tour de rôle, et même s'asseoir chacun son tour pendant la journée. Mock avait attendu le troisième jour pour en fourrer cinq autres et annoncer de quoi il retournait. « Eh oui, je suis odieux avec ces cafards, songeait Mock, mais qu'en est-il de ma détermination ? Si je fais maintenant ce que je projette, ils vont croire que je ne tiens pas parole. Pour eux, je ne serai plus digne de respect. D'un autre côté, s'en tenir à ce que l'on a dit, c'est faire preuve d'une logique stérile et obtuse. De quoi est coupable ce Mannhaupt, par exemple, au sujet duquel les filles sont dithyrambiques ? Pour quelle raison est-ce que je le retiendrai plus longtemps ? Est-ce que je ne risquerais pas de déclencher les bas instincts des autres prisonniers et Mannhaupt serait humilié comme mon petit voleur à la tire ? Ce pauvre Hans Priessl a eu le cul déchiré, histoire d'apprendre qui commandait. Et il restera définitivement en prison pour y laver son déshonneur. Jamais plus il ne reverra son fils. »

— Dehors tout le monde ! lança Mock, qui avait pris sa décision. Je ne veux plus sentir votre sale odeur ! Laissez vos feuilles avec les noms par terre et ouste ! Un gardien va vous faire traverser la cour et vous prendrez la sortie des bêtes de trait.

Les prisonniers se bousculèrent vers la porte. En passant devant Mock, certains le dévisageaient avec arrogance. Il ne manquerait pas de s'en souvenir. D'autres évitaient son regard, il les oubliait. Un seul d'entre eux, Moritz Mannhaupt, le regardait avec un mélange de sympathie et de fierté blessée. De cela aussi, Mock décida de se souvenir.

Une fois les souteneurs sortis, le sergent-chef se tourna vers ses collègues. Ils avaient tous un air surpris. Le stagiaire Blümmel avait les yeux qui sortaient presque de ses lourdes paupières. Mock s'approcha de lui et le prit par le cou.

— Tu t'étonnes, fils, de ce que j'ai changé d'avis, hein ? dit-il en lui envoyant au visage une haleine chargée de nicotine. J'avais promis à ces marlous un séjour de plusieurs jours en cellule et je ne tiens pas parole. Écoute attentivement ce que je vais te dire, mon garçon. En trois jours, nous avons bouclé tous les proxénètes de Breslau à l'exception d'un certain Max Niegsch, dit Petit Maxou. Celui-là, il a disparu. Il a été vu pour la dernière fois au café Frank de la Matthiasplatz, samedi. Aujourd'hui, j'ai vérifié le dernier endroit où il aurait pu se planquer. Il ne s'y trouvait pas. Disparu. Évaporé. Aujourd'hui toujours, après avoir bouclé tous les maquereaux dans cette cellule, je vous ai laissé une heure et demie, d'accord ? Je suis alors allé dans mon bureau où notre merveilleux patron ronflait paisiblement à côté d'une chope de bière Haase. J'y ai comparé les empreintes des filles de Niegsch avec celles des victimes. Bingo ! Les deux jeunes femmes assassinées travaillaient pour Niegsch. Les dix-huit putois ne m'étaient plus utiles. Je les ai donc virés pour qu'ils ne polluent plus l'air, tu comprends ? Tu t'étonnes toujours, fils ?

— Oui, je m'étonne, répondit avec hardiesse et innocence Blümmel. Depuis samedi, vous ne faites plus rien que consulter les dossiers avec les empreintes digitales, sergent-chef. Je m'étonne que vous n'ayez trouvé la réponse que maintenant. Si vous aviez identifié les défuntes ne serait-ce que dimanche, tout seul ou avec l'aide d'un éventuel spécialiste, vous nous auriez économisé la peine d'attraper tous ces proxénètes. Sans parler du temps gagné !

Mock regarda ses collègues. Leurs mines dénotaient des sentiments mitigés : cela allait de l'incrédulité à la colère contre l'insolence du stagiaire en passant par une solidarité discrète avec son discours. Seul le regard de Kurt Smolorz exprimait une parfaite indifférence.

— Tu es déjà allé en Afrique ? demanda Mock au stagiaire.

En voyant le signe de dénégation du garçon, il poursuivit :

— Moi si. J'ai passé deux mois au Cameroun. Et tu sais quoi ? En deux mois, je n'ai pas appris à reconnaître les Nègres. Pour moi, ils se ressemblaient tous. Impossible de les distinguer ! Dis-moi, d'après toi, qu'est-ce qui se ressemble plus : les Nègres ou les empreintes digitales ?

— Ben, les empreintes…

— Je n'ai réussi à faire une identification que lorsque j'ai su que ce devaient être les gagneuses du Petit Maxou. Mais, pour en arriver là, il fallait interpeller tous les proxénètes de la ville. Aucune conclusion ne pouvait venir du laboratoire. La police, c'est pas un bocal à blouses blanches, fils. C'est la rue où la poussière se mêle au sang. C'est là que tu trouveras ce que tu cherches.

— Je ne suis pas d'accord ! répondit Blümmel, si vous aviez confié une expertise à un spécialiste…

— Je devais faire cela seul, répondit Mock dans un sourire. Pourquoi ? Ce n'est pas ton affaire, fils. Et maintenant, nettoie-moi le vomi de cette cellule. Tout ce que nous avons fait, nous l'avons fait dans le dos du préfet. Il ne doit rester aucune trace de notre action clandestine.

Blümmel ne broncha pas. Il restait debout à dévisager Mock.

— Tu veux que je te montre comment ça se nettoie ? lui demanda Mock amicalement.

— C'est ça, montrez-le-moi, répondit le stagiaire que la rage étouffait.

Domagalla, Smolorz et Buhrack furent sidérés de voir le sergent-chef ôter de ses épaules sa magnifique veste, remonter ses manches de chemise et prendre un seau vide pour le remplir d'eau au robinet du couloir !

— On travaille ensemble, dit-il en regardant le stagiaire.

Blümmel acquiesça d'un signe de tête et retira sa veste.

Breslau, mercredi 4 juillet 1923,
dix-neuf heures

Ilssheimer s'était endormi deux fois en cours de journée. Cela ne lui était pas arrivé depuis des années. Évidemment, un petit somme faisait partie de son emploi du temps quotidien, mais il n'y en avait qu'un d'habitude, juste après son déjeuner tardif et donc, vers six heures, il avait alors déjà fait à ce moment-là le tour de plusieurs magasins avec de la bimbeloterie orientale. À cause de Mock, il avait sauté ce point important de son programme. Ce contretemps n'avait pas empêché le cerveau du divisionnaire d'émettre le signal de faim qui intervenait normalement au cours des visites des magasins coloniaux. Une chose imprévue était arrivée pourtant. La faim avait été accompagnée d'un besoin de dormir inexplicable et incongru. Le commissaire divisionnaire y avait vite cédé, ravi de la fraîcheur de son bureau. Il fut réveillé par les agissements de Mock dans la cour de la Préfecture et par le coursier du restaurant. Il mangea les deux petits pains croustillants cuits à la fournée de l'après-midi et qui étaient généreusement tartinés d'une mousse de foie recouverte de plusieurs rangs d'oignon. Il les accompagna d'une bouteille de bière brune produite par la brasserie Haase. Intervint alors le signal habituel de torpeur dû à cette collation de l'après-midi.

Il émergeait justement de ce deuxième somme en lisant trois documents posés sur son bureau. Il rejeta le premier après quelques secondes. C'était la plainte contre Mock à l'origine de tout le désordre semé dans la vie pédantesque du divisionnaire. Les deux autres étaient rédigés de la main de son subordonné, ce qui en soi irritait déjà l'adepte farouche des rapports tapés à la machine. L'un des feuillets comportait un de ses comptes rendus des plus laconiques.

« Exécution de l'injonction de service n° (je ne me souviens plus du numéro) du (samedi dernier, je ne me souviens plus de la date exacte). Identification des deux prostituées assassinées dans l'affaire (je ne me souviens plus du numéro). Klara MENZEL, 27 ans, et Emma HADER, 27 ans. Lieu d'exercice : le café Frank ; lieu d'habitation : Matthiasplatz 8/24. Proxénète : Max NIEGSCH, 32 ans. Lieu d'habitation non localisé. L'homme a disparu. Dossier transmis à la police criminelle. Mock. »

Ilssheimer sentit monter en lui un afflux de chaleureuse affection pour son subalterne. Ce dernier savait la joie que lui procurait le fait de remplir les lacunes comme « je ne me souviens plus » ou « merci de vérifier ». Il était loin d'ignorer que, pour son patron, taper des rapports sur la toute nouvelle machine Rheinita Record, c'était entendre une musique céleste et que celui-ci s'y livrait avec joie, au lieu de faire comme ses collègues qui se délestaient de cette activité sur leurs secrétaires ou leurs stagiaires.

Ilssheimer aimait compléter les comptes rendus puis les recopier personnellement à la machine, mais il détestait les rédiger quand il n'avait pas assez de données ou qu'il devait reprendre un texte écrit en hâte et dépourvu de toute allure bureaucratique. C'était le cas du dernier papier posé devant lui.

« À la prison de la Freiburgerstrasse, j'ai agressé un fils de pute de gardien. Ce faisant, j'ai pris la défense d'un prisonnier, Hans Priessl, un de mes anciens indicateurs que ce gardien s'est mis à battre devant moi. Le prisonnier a subi les derniers outrages de la part de ses codétenus et il en est très atteint psychologiquement. Voilà très précisément ce qui s'est passé. Mock. »

Préparer un rapport correct à partir de la note de Mock exigeait des compétences peu banales. Ilssheimer les possédait, mais il aurait eu besoin de plusieurs réponses complémentaires. Or, il n'avait personne à qui les poser. Le parapluie n'était plus là. Aussi le commissaire divisionnaire décida-t-il de donner un tour littéraire à son rapport qui insisterait sur la noblesse de Mock prenant la défense d'un prisonnier maltraité et sur la bestialité du gardien.

Les heures passaient, la plume métallique d'Ilssheimer traçait sur le papier les visions effrayantes de l'outrage subi par Priessl, le portrait de la bête qu'était le gardien, sans oublier l'héroïsme de

Mock. Le rédacteur riait tout bas. Il pouvait faire coup double. Au cas où le maton agressé parviendrait à prouver que Mock avait menti, le policier devrait quitter la IVe Brigade, et cela n'inquiétait guère le commissaire. Il n'y avait pas de place dans un petit département comme le sien pour deux patrons, l'officiel et l'autre.

Ilssheimer recopiait le rapport en trois exemplaires grâce à un calque. L'un d'eux irait sur le bureau du préfet Kleibömer, l'autre aux archives. Le troisième était destiné à Heinrich Mühlhaus. « Que ce vieux franc-maçon apprenne que les hommes de la IVe Brigade, affublés du sobriquet méprisant de "soutifs", sont pleins de noblesse et n'ont pas froid aux yeux ! » Le commissaire divisionnaire mit le dernier point à son texte et le petit drelin de la machine à écrire Rheinita Record retentit triomphalement. Ilssheimer se renversa en arrière sur sa chaise et posa les mains sur sa nuque. Il avait passé toute la journée au travail. Tant pis. Personne ne l'attendait chez lui, mis à part ses petits bijoux orientaux qui affichaient toujours une patience inouïe. Tant pis. Il n'avait pas examiné les dernières livraisons exotiques, mais avait pu donner libre court à ses démons littéraires. La journée avait été exceptionnelle.

Breslau, vendredi 6 juillet 1923, midi

Mock avait eu de la chance. Était-elle due à toutes les hyperboles et les enjolivures littéraires du rapport rédigé par Ilssheimer ou, plutôt — comme il se murmurait dans les couloirs de la Préfecture —, à l'appui discret fourni à Mock par le commissaire divisionnaire Heinrich Mühlhaus, très heureux de l'identification des deux prostituées assassinées, et dont la recommandation pesait son poids chez le préfet de police ? Impossible de le savoir. Toujours est-il que le sergent-chef eut juste droit à un rappel à l'ordre verbal. Il fut aussi suspendu pour deux semaines. Par décision du préfet, il ne recevrait pas ses émoluments, alors qu'il devrait se présenter au travail, remplir toutes ses fonctions et réfléchir à son geste si regrettable. À la fin de cette période, le grand patron attendait de lui un rapport détaillé où il ferait le point sur ses nouvelles résolutions et inscrirait un pronostic optimiste pour l'avenir. Mock remercia pour la clémence dont on faisait part à son égard, promit de s'améliorer puis, invité à partir d'un geste impatient de la main, retourna à son poste, prêt à remplir ses nouvelles tâches.

Ce jour-là, l'une d'entre elles consistait à piéger pour un flagrant délit le pasteur Paul Reske du temple Charles. L'ecclésiastique avait déjà été entendu à la VIe Brigade dans le cadre d'une accusation de stupre avec une jeune couturière des ateliers Meyer. Ce n'était pas tant la vie sexuelle du ministre du culte qui intéressait les policiers que de savoir si la cousette travaillait en solitaire ou faisait partie d'un groupe plus conséquent de prostituées clandestines. Lors du premier interrogatoire, la chose n'avait pas pu être établie car le pasteur niait systématiquement tout acte de luxure, tandis que personne ne prêtait foi à la ravaudeuse, sûre d'elle et forte en gueule.

En dépit des menaces qui ne lui furent pas épargnées lors de l'interrogatoire, elle ne cessait pas de modifier sa déposition et de dire n'importe quoi. Ilssheimer classa donc l'affaire et reporta la surveillance de l'apprentie aux calendes grecques. Il venait de la remettre à l'ordre du jour et, à titre de pénitence, ordonna à Mock de surveiller la jeune fille, au cas où elle se rendrait chez le pasteur Reske. Si cela arrivait, Mock devait surprendre le couple *in flagranti*. Une autre raison voulait qu'il fût choisi pour cette tâche : il avait été le seul à ne pas être présent lors de la déposition de la couturière. Au moment de l'affaire, il était en proie à ses tourments alcooliques.

Tout à son repentir, Mock était donc assis sur le banc proche de la statue du général Blücher, sur la place du même nom, et, depuis deux heures, il observait le grand immeuble de l'usine de confection Meyer. Diverses personnes y entraient ou en sortaient, mais aucune n'était la couturière dont le pasteur était supposé abuser. Mock avait l'impression de se trouver dans un immense fourneau avec les immeubles autour de la place pour parois. Un soleil blanc chauffait les cadres des vélos attachés avec une chaîne fermée par un cadenas dont la clef se trouvait chez le vendeur de glaces sur bâtonnet, sous son parasol. La chaleur fanait les bouquets que la fleuriste prévenante ne cessait d'humidifier. La place était saturée par la canicule, le fracas des tramways et les gaz d'échappement des quelques automobiles aux vitres baissées et aux moteurs vrombissants. Assis au centre de cet enfer, Mock fumait une cigarette Salem Aleykoum et, pour la première fois de sa vie, il regrettait de ne pas collectionner des éventails comme Ilssheimer.

Une jeune fille en robe claire, avec un ruban bleu dans les cheveux, sortit du bâtiment Meyer. Mock la regarda attentivement, puis jeta un œil à la photographie qu'il tira de son portefeuille. Deux pensées lui traversèrent l'esprit. La première était qu'il n'avait pas la certitude absolue que la personne traversant la rue avec grâce fût celle de la photo. L'autre était qu'il comprenait parfaitement le pasteur : à sa place, il n'aurait pas hésité longtemps à entraîner la cousette sur les chemins de la dépravation. Elle marcha vers le monument du vieux général prussien, dépassa Mock avec indifférence et se dirigea vers le passage Riemberg. Au moment où elle allait y disparaître, le sergent-chef se leva lourdement du banc pour la suivre d'un pas rapide. De loin, il admira ses belles fesses apparentes sous le fin tissu de sa robe. À l'évidence, elle ne portait pas de combinaison, et cela excita Mock. Au-dessus des escarpins à talons, le mollet se galbait discrètement et la gestuelle du corps svelte était si gracile qu'Eberhard en oublia combien il transpirait pour suivre la demoiselle.

Le policier préposé à la circulation gratifia la jeune fille d'un sourire tandis qu'elle traversait la Karlsplatz. Il fut moins aimable avec Mock, qu'il menaça fermement de son index quand ce dernier se faufila en courant sous le timon d'une voiture de livraison chargée de tonneaux de bière Kulmbacher. Venait ensuite la Graupenstrasse, une rue qui descendait vers le sud et ressemblait à un canyon désert écrasé sous le soleil. Les stores des fenêtres étaient baissés. Dans le magasin de confitures, les seuls êtres vivants, si l'on excepte le vendeur, étaient des guêpes. À l'intérieur de la boutique de tissus, personne ne déroulait les étoffes. La plupart des habitants restaient chez eux en attendant que la chaleur baisse.

La jeune fille pénétra dans un magasin de lingerie féminine. Les minutes s'écoulaient. Un quart d'heure. Vingt minutes. Cela faisait plus d'une demi-heure que la suspecte n'était pas sortie. Debout devant la boutique, Mock se rendit compte que la Graupenstrasse était une rue peu passante. Il était donc probable que la jeune fille remarquerait qu'il s'attardait et cela rendrait la suite de la filature impossible. « Je devrais faire semblant de m'intéresser aux vitrines puis me cacher sous une porte cochère », se dit-il, mais il le pensa si lentement que c'était comme s'il écrivait cette consigne *ad se ipsum*, à l'encre dans son cerveau. Une fois qu'il eut examiné les montres, les bas et les confitures, il entra sous un porche qui le protégea de la chaleur, comme un demi-verre de bière soulage la gueule de bois. Deux policiers en uniforme apparurent alors dans la rue. Ils arrivaient de directions opposées. L'un apparaissait sur le fond de l'immense bâtiment de la Nouvelle Bourse, l'autre sur celui de la tour rouge brique de la bibliothèque municipale. Mock quitta sa cachette pour observer avec curiosité leurs faits et gestes. Il était d'autant plus intéressé que les deux hommes venaient manifestement vers lui. Quand il n'y eut plus que quelques pas entre eux et lui, la jeune fille sortit en trombe du magasin pour le pointer d'un doigt accusateur. Derrière elle déboula un vendeur aux cheveux gominés, qui enfonçait nerveusement les pans de sa chemise dans son pantalon.

— C'est lui, messieurs ! s'écria-t-elle. Ce type me suit tout le temps ! J'ai voulu m'assurer qu'il me dépasserait dans la Graupenstrasse. C'est pour cela que je suis entrée dans cette boutique, mais il s'est arrêté et il a attendu ! Il me fait peur. Et si c'était un voyou ? Un pervers ? Ça se voit à sa tronche !

— Vous avez bien fait de nous téléphoner du magasin, fit le policier arrivé du côté des douves tout en souriant à la jeune fille ; puis il se tourna vers Mock avec un regard sévère : Et vous, qu'est-ce qui vous prend de persécuter Mlle Meyer ? Vous savez qui elle est, au moins ? C'est la fille du propriétaire de l'usine des Uniformes et Vêtements masculins ! Et vous, vous êtes qui ? Vos papiers !

Mock sortit sa carte de police. Il la montra aux gardiens de l'ordre et maudit son bas-ventre, toujours sensible aux charmes des demoiselles. Il pesta également contre son cerveau, qui ramenait toutes les femmes à leurs fesses et leurs poitrines, et surtout agonit la canicule qui avait transformé le visage joufflu et rustre de la photographie des archives de la police en un mince et joli minois.

La chaleur augmentait. Une voiture avec du goudron traversa la rue brûlante et presque vide en la saturant d'une fumée irritante. Dans cette nuée ardente, tous les sons furent étouffés. Les excuses des policiers, les cris de stupeur de la demoiselle

Meyer et même les commentaires du propriétaire de la boutique de confitures, M. Pohl, qui décida de profiter de l'occasion pour vanter sa marchandise et conseiller aux policiers et à Mlle Meyer les produits Abram. Dans la fumée noire du goudron, Mock fixait la tour du Tribunal, qui émergeait derrière le musée de l'Artisanat et de l'Antiquité. Il n'écoutait pas ce qu'on lui disait parce qu'il fut soudain frappé par le contraste entre ce qu'il faisait et ce qu'il aurait dû faire. La tour du Tribunal, ou plutôt de la prison dont elle était un élément décoratif, venait de lui en faire prendre conscience. Il aurait dû se trouver là-bas en ce moment. Il aurait dû écouter le récit des malheurs humains, des humiliations et des vengeances. Ces choses-là étaient autrement plus importantes que de chercher à savoir si une demoiselle débauchée fréquentait le lit du vendeur ou celui du pasteur.

Breslau, vendredi 6 juillet 1923,
treize heures

Mock était devant la porte de la prison et regardait ses chaussures d'été en vachette claire. Il avait soigneusement enduit le bout de la droite avec de la cire Kiwi marron pâle. Hélas, même une épaisse couche n'avait pas couvert la griffure, souvenir de sa dernière visite en ce lieu. Désormais maître de lui, Mock ne se laissait pas emporter par la fureur, mais se contentait de taper de son majeur à la vitre épaisse du judas. Personne n'ouvrait. « Il doit encore être aux chiottes », se dit Mock. Il regarda autour de lui. Tout était comme l'autre jour. Une chaleur sans le moindre souffle de vent pesait sur la ville. Elle abrutissait certaines personnes et en rendait d'autres furieuses. Les gens qui entouraient Mock faisaient plutôt partie de la seconde catégorie. Ils faisaient la queue depuis le matin pour rendre visite à un proche. Ils serraient très fort des boîtes en carton d'où émanait une odeur de saucisson, de tabac et de gâteau fraîchement cuit, préparé avec de la levure de boulanger. Ces gens savaient que tout le monde ne pourrait pas entrer et que ceux qui réussiraient seraient soumis à une fouille humiliante, lente et méthodique. Il ne leur resterait alors que quelques minutes pour la visite proprement dite. Dès lors, tout intrus qui voulait entrer dans la maison d'arrêt au mépris de la file d'attente éveillait chez eux une rage difficilement étouffée.

Mock vacilla sous un coup puissant reçu à l'épaule. Il perdit l'équilibre et ses fesses heurtèrent la porte. Il se trouva face aux visiteurs qui l'entouraient d'un demi-cercle étroit.

— La queue est pour tout le monde ! cria un homme chauve et moustachu.

Prêt à se battre, il fronça les sourcils et posa sur Mock un regard imperturbable. Le policier jeta un coup d'œil circulaire aux visages des autres gens. Ils étaient pareils à des chiens dont les cordes vocales auraient été sectionnées. Ils montraient les dents sans grogner. Des dents jaunes, noires, cariées, pointues. Ils voulaient attaquer. Sans crier gare. Sans aboyer. Mock pouvait les bloquer d'un seul geste.

Pour cela, il lui suffisait de tendre la main pour leur montrer sa carte et les réduire à une meute effrayée et glapissante. Cela ne lui apporterait pourtant que peu de satisfaction car, l'instant d'après, une nouvelle difficulté serait à surmonter. Elle viendrait de l'œil mauvais du caporal Otto Oschewalla collé au judas. Mock devrait alors cogner longtemps à la porte, y donner quelques coups de pied peut-être, au risque de faire de nouvelles éraflures à sa chaussure. Et tout cela pourquoi ? Mock pénétrerait dans la prison pour y rencontrer un Hans Priessl avili qui ne piperait mot sur sa déchéance, mais le supplierait de parler à sa jeune femme Louise. Mock écouterait ses suppliques larmoyantes et respirerait la puanteur de son corps recouvert d'une carapace molle de saleté putride. Et ensuite ? Furieux, il irait peut-être jusqu'à la cellule de Priessl pour interroger les codétenus et découvrir qui avait fait de Hans un paria ? Et puis ? Il ne pourrait rien apprendre. Il se heurterait à un silence méprisant. Il n'avait pas d'armes contre des individus pareils. Il faudrait les tuer, mais ce n'était pas en son pouvoir.

Mock frappa très fort et par surprise le chauve moustachu à la poitrine. L'homme perdit l'équilibre. Son corps musclé recula et la foule s'écarta en profondeur autour de lui. Mock s'enfonça dans la brèche ainsi formée et, avec des gestes puissants comme s'il nageait à contre-courant, il se fraya un passage puis s'éloigna d'un pas décidé. Un pas hélas trop rapide pour faire peur à la foule et gagner son respect.

Mme Elsa Woermann venait de rentrer du bureau de poste de la Breitestrasse où elle louait une boîte aux lettres et se laissa tomber lourdement sur un siège du hall, face au trumeau encadré de dorures. Elle observa son propre reflet un moment et, pour la première fois de son existence, se trouva repoussante. Sa voilette noire de veuve était sale et effilochée, sa robe démodée et mal coupée. Ce jour-là, Mme Woermann voyait la vie en couleurs sombres. Elle avait toujours été une personne aimable et particulièrement compréhensive pour autrui, surtout s'il avait des « faiblesses du bas-ventre ». Rien ne l'étonnait jamais et elle était heureuse d'aider les gens à réaliser leurs désirs les plus secrets. Elle tenait son travail pour aussi utile que nécessaire, et ses gains conséquents pour justifiés. Elle payait consciencieusement un impôt élevé et s'étonnait quand les fonctionnaires de l'hôtel des impôts de Silésie la convoquaient de temps à autre pour un complément d'enquête. C'étaient les seules personnes, mis à part le sergent-chef Mock et son équipe, qu'elle n'aimait pas, voire qu'elle méprisait. Il n'y avait que les employés du fisc et les policiers de la IVe Brigade pour se mettre en travers du bonheur des gens en la persécutant, elle, la « médiatrice d'un heureux destin », comme elle aimait à s'appeler.

Sa bonne humeur ne l'avait jamais quittée avant ce jour où, lors de sa visite quotidienne à la poste, elle fut interpellée par Heinrich Reich, le responsable du service des livraisons. Ce modeste employé, qui, d'ailleurs, avait plusieurs fois fait appel à ses discrets services, l'invita dans son bureau pour l'informer sur le ton du secret, à mi-voix, que le directeur lui avait ordonné de faire un double de la clef de sa boîte postale et de la remettre à un homme qui se présenterait comme étant le sergent-chef Eberhard Mock. Mme Woermann se sentit défaillir. Elle fit néanmoins le nécessaire auprès de M. Reich pour clôturer sa boîte postale, pourtant payée jusqu'à la fin du mois d'août. Elle lui remit également une demande pour que son courrier fût envoyé à son domicile. Après cela, elle sortit rapidement les deux lettres qui se trouvaient dans sa boîte, apprit aussitôt leur contenu par cœur et, avec la clef de service prêtée par l'aimable M. Reich, ouvrit la porte des toilettes du personnel pour y brûler les missives. Ensuite, les idées sombres comme jamais, elle quitta le bureau de poste pour aller attendre le tramway numéro 4, qui la mena à la Königsplatz, où elle prit le 26. En dépit de ce changement, une demi-heure plus tard, elle fut chez elle, Wilhelmsuferplatz, où, complètement secouée, elle se regardait sans joie dans le miroir accroché dans son hall. « Il n'y a qu'une seule solution, se dit-elle, ne faire confiance qu'à ma mémoire et ne plus utiliser le courrier. Il me faut trouver un moyen moins risqué pour transmettre les informations et les télégrammes… Tout au plus me limiter aux annonces dans la *Schlesische Zeitung*. La poste restante n'est pas du tout indispensable. J'aurai un peu plus de visites à la maison, c'est tout ! Par ailleurs, il me faut augmenter les tarifs de mes services. Je ne suis pas philanthrope, après tout ! »

Mme Woermann respira profondément et sourit à son reflet dans le miroir. Elle ôta son chapeau pour l'accrocher à une patère et arranger une fois encore avec préciosité les plis de la voilette. Elle entendit alors un pas lent monter l'escalier grinçant. Quelqu'un frappa très fort à sa porte. Elle approcha en silence du judas pour observer un moment l'homme masqué, coiffé d'un couvre-chef. Elle ouvrit. Son client portait un pantalon qui s'arrêtait à mi-jambe et un veston de sport. Sa bouche et son nez étaient dissimulés derrière un foulard de soie blanche, humide de transpiration et de salive. Sa tête et son front étaient, quant à eux, complètement cachés par un chapeau d'été blanc. Sans un mot, l'homme lui tendit une feuille de papier et pénétra dans l'antichambre avec l'assurance de quelqu'un qui était déjà venu.

Une fois la porte refermée, Mme Woermann se mit à lire à voix haute :

— Veuillez faire passer dans la *Schlesische Zeitung* de lundi l'annonce suivante : « Sincères condoléances à la famille Hader pour la perte d'Emma et à la famille Menzel pour la perte de Klara. *Requiescant in pacem.* Avec la faute de grammaire, surtout. *In pacem*, et pas *in pace.* »

Mme Woermann fixa un moment le petit mot avant de le rendre à son propriétaire.

— Vous pouvez le brûler, je m'en souviendrai, dit-elle. Cela fera trois millions de marks pour mes honoraires.

— Eh bien ! fit l'homme étonné tout en ouvrant son maroquin. Vous avez augmenté, madame.

Il aurait dû dire « vos services ont augmenté, madame », songea Elsa Woermann. Une faute de logique, de grammaire aussi, peut-être. Tout comme chez son compagnon, l'autre fois, quand il avait dit « deux lesbiennes pour une orgie chez moi ». La mémoire de Mme Elsa était excellente et elle se souvenait immédiatement des paroles entendues ou des textes lus. Ce qui lui revenait en mémoire pourtant n'était pas dû à l'erreur de logique ou de grammaire, mais à l'odeur. L'haleine de l'homme sentait les bonbons à la menthe.

Mme Woermann se rappela la petite phrase que répétait volontiers l'un de ses clients particulièrement bavard : « Utilise ce que tu ne peux vaincre. » Ne pourrait-elle « utiliser » le sergent-chef Eberhard Mock ? Ne pourrait-elle livrer à son plus grand ennemi plus d'informations que jamais et faire en sorte qu'il cesse de la harceler ? Ne lui suffirait-il pas d'aller le trouver et de tout lui dire ? Lui raconter que M. Menthe était venu la voir quelques semaines plus tôt en compagnie d'un autre monsieur. L'autre avait passé commande de « deux lesbiennes pour une orgie ». Elle l'avait transmise à Max Niegsch qui, par la suite, avait été agressé et kidnappé en bas de chez elle, alors qu'il venait chercher sa commission. Elle avait lu dans le journal un article sur l'assassinat des deux prostituées, puis l'appel du préfet de police qui invitait toute personne ayant connu Klara Menzel ou Emma Hader à se présenter au commissariat. À peu près deux mois plus tard, M. Menthe était venu chez elle pour adresser des condoléances très tardives aux familles des deux défuntes par son intermédiaire. Il évitait d'accomplir lui-même ce geste en apparence simple et ô combien naturel, préférant payer quelqu'un pour le faire à sa place sous le sceau du secret !

Mme Elsa fut tentée. Elle s'imagina face à Mock avec son sourire ironique, ses yeux marron-vert, tellement cyniques, cruels et pleins d'espoir. Elle comprit alors qu'il ne cesserait jamais de la persécuter même s'il avait, lui aussi, une conduite aussi immorale que celle de tous ses clients. Elle ne parvenait à s'expliquer la haine qu'il lui portait que par un instinct aveugle le poussant à poursuivre n'importe qui, parce qu'il n'existait qu'à cette condition. Or, pareil instinct est impossible à combattre. « Utilise ce que tu ne peux vaincre. » Utiliser ce dont on a une peur panique est impossible. En outre, la devise d'Elsa Woermann était : « Soyons discrets ! »

— Mes services ont augmenté, dit-elle. Vous souhaitez toujours en bénéficier ?

Son client ne répondit pas. Il triait les billets dans son portefeuille pour réunir la somme.

Breslau, lundi 20 août 1923,
onze heures

Wilhelm Zeisberger était assis sous la capote de son fiacre et s'éventait avec sa casquette dont la visière était décorée du blason écartelé de gueule et d'or de la ville de Breslau. Il contemplait la tête coupée de saint Jean-Baptiste, gravée sur l'un des champs, et se demandait en quoi la canicule que connaissait actuellement la ville était différente de celle qu'avait connue son saint patron au désert de Judée, où, selon la Bible, il priait et se nourrissait de miel sauvage et de sauterelles. Zeisberger ignorait ce qu'étaient les sauterelles et se le demandait chaque fois qu'il retirait sa casquette et voyait le blason de Breslau. Il lui arrivait d'interroger ses clients, surtout ceux qui avaient un air de curé ou de pasteur. Jusque-là, aucune explication satisfaisante ne lui avait été donnée. Un jour, un professeur de lycée ivre lui avait expliqué que c'étaient des sortes d'insectes. Cela ne suffisait pas à la soif de connaissance du cocher, qui y revenait chaque fois qu'il ôtait son couvre-chef de sa tête en sueur.

Il ne pensait pas que le nouveau passager qui arrivait du côté de la communauté luthérienne puisse l'éclairer. Celui-ci n'avait pas l'air d'un de ces hommes instruits qui — l'été serait-il des plus torrides — sortent toujours en pantalon long. Outre son pantalon de golf, l'homme portait une veste beige clair, une chemise et une cravate blanches, et un chapeau beige clair en tissu fin. « Une tenue appropriée pour la belle saison », se dit le cocher.

Le passager grimpa sous la capote, Zeisberger s'assit à l'avant et le questionna du regard.

— Au jardin zoologique, marmonna le passager en gratifiant le cocher de son haleine mentholée.

Le coup d'œil de Zeisberger fut peu amène. « Une cuite d'hier ou déjà du matin ? » se demanda-t-il en faisant partir son cheval. « De la liqueur de menthe par cette chaleur ? C'est peut-être pas mal si elle est bien fraîche ? Mieux que le miel sauvage et les sauterelles sans doute », pensa-t-il en souriant. Le fiacre prit lentement par la Tiergartenstrasse. Les premières gouttes de pluie tombèrent alors qu'il dépassait le consulat du Mexique. Elles éclataient sur les pavés brûlants pour s'évaporer aussitôt, tombaient dans les joints du pavement et disparaissaient instantanément, ou bien rebondissaient sur la capote tendue du fiacre et se transformaient en brume dans l'atmosphère. Le pont traversé, le cocher arrêta sa calèche, ôta sa casquette et regarda le ciel. Il aspirait avec bonheur la pluie chaude. Son cheval, tout comme lui, en faisait ses délices. L'eau tombait sur la ville pour la première fois depuis deux semaines.

Puis Zeisberger se souvint d'avoir un passager. Il se retourna pour s'excuser à cause de l'arrêt, mais il n'y avait plus personne. Un billet de un mark était déposé sur le siège, près de la *Schlesiche Zeitung* ouverte à la page des annonces et dont l'une avait été entourée au crayon.

« Nous remercions chaleureusement tous ceux qui nous ont adressé leurs condoléances après la mort d'Emma et de Klara. Une prière pour le repos de leurs âmes aura lieu au carré 23 du cimetière protestant de Giersdorf près de Hirschberg, le 22 août à quatorze heures. »

Zeisberger était très surpris que son passager fût descendu sous une pluie battante. « Les ivrognes, y sont pas à comprendre », se dit-il en hochant la tête

127

avant de se mettre à l'abri de l'averse, sous la capote. Pour tuer le temps, il feuilleta le journal. Brusquement, il poussa un cri de triomphe. Dans la grille des mots croisés, il venait de lire en vilaines lettres mal tracées le mot « sauterelle ». Il regarda la définition. « Insecte volant caractérisé par des ailes droites. »

Giersdorf, mercredi 22 août 1923,
quatorze heures trente

L'homme alluma une cigarette et se mit à lire pour la centième fois les dates de naissance et de mort des membres de la famille Hader. Elles étaient toutes gravées sur la pierre en granit de l'immense tombe familiale du cimetière protestant de Giersdorf. Outre celle des Hader, deux douzaines d'autres sépultures se trouvaient dans le carré 23. L'homme les avait toutes examinées avec précision. Il était là depuis trois quarts d'heure et essayait de s'occuper. Il restait sous les grands chênes qui laissaient à peine passer la bruine, légère mais insistante, fumait cigarette sur cigarette et prenait connaissance de la généalogie des habitants de la localité. Toutes les classes sociales étaient représentées. Il y avait des pasteurs, des enseignants, des juges et des ouvriers, des artisans et même des paysans. Il n'y manquait pas non plus de jeunes gens fauchés sans doute par la tuberculose, d'enfants morts en bas âge et de jeunes mères mortes en couches.

Lassé des histoires de famille, l'homme écrasa sa cigarette pour glisser un bonbon à la menthe dans sa bouche afin d'atténuer l'odeur de tabac. Protégé par son parapluie, il appuya un pied contre un vieux chêne et, bougeant habilement sa main dégagée, sortit une mince brochure de son cartable avant de le refermer et de le poser sur le banc humide de la tombe des Hader. Il ouvrit l'opuscule à la page marquée par une carte postale représentant l'étang du Südpark de Breslau. Pour la énième fois, tout en protégeant le livret des rares gouttes de pluie que le vent faisait s'envoler des frondaisons, il lut le passage qu'il connaissait presque aussi bien que la généalogie des familles du coin.

« Après avoir commis son crime, l'assassin fait passer dans la presse locale des condoléances. Elles doivent contenir une phrase latine avec une faute de grammaire, par exemple *Non omnis moriar* devient *Non omnis moriur*. La faute est primordiale. Sans elle, personne ne prêtera la moindre attention à la notice et le contact ne se fera pas. Quelques jours plus tard, une réponse aux condoléances paraît dans le même journal. La date et l'endroit de la rencontre y sont indiqués. Celle-ci n'a jamais lieu la première fois. De temps à autre, le candidat reçoit, par les petites annonces, une indication sur les rencontres suivantes. J'insiste sur le fait que les points de rendez-vous sont toujours dans des cimetières. Si le candidat veut vraiment rejoindre la confrérie criminelle, il doit être patient. Seuls les criminels n'ayant aucun scrupule, d'une bestialité impitoyable et d'une patience sans limites, sont admis. Qui d'autre pour-rait supporter pareille oscillation permanente entre espoir et doute lorsque, par exemple, le quatorzième rendez-vous n'aboutit pas ? Le candidat ignore quand la rencontre aura enfin lieu. Il me semble qu'il est surveillé dans tous les endroits où il doit se rendre et que dans chaque cimetière se cache un observateur. Je n'en suis pas certain, néanmoins. Alexander Geiger n'a pas eu le temps de me le rapporter avec précision avant de se suicider... ou d'être suicidé. »

L'homme regarda autour de lui. Il n'y avait personne. « Oui, se dit-il, ce n'est que le premier rendez-vous. » Il referma le livre, le glissa dans son cartable, secoua son parapluie des dernières gouttes et partit par l'allée de gravier. À la sortie du cimetière, il se dirigea vers le tout nouvel arrêt du tramway qui reliait Giersdorf à Hirschberg. Dans le wagon, il sortit à nouveau l'opuscule. Avant de s'y plonger, il s'arrêta à la couverture. Anton Freiherr von Mayrhofer, *La confrérie criminelle des Misanthropes*. Publié à compte d'auteur. Naumburg 1903. Il recommença à lire dès le début. C'était inutile. Il connaissait tous les chapitres par cœur.

Le tramway s'arrêta. Le conducteur signala par une sonnerie qu'il redémarrait. Un homme se précipita alors vers la sortie. Au moment de sauter, il jeta dans le livre ouvert de Mayrhofer une boulette de papier. Son propriétaire, qui suçait un bonbon mentholé, suivit d'un regard consterné la silhouette qui disparaissait à l'angle avant de défroisser le feuillet. Des lettres découpées dans un journal y avaient été collées. La phrase disait : « Demain midi à l'arrêt de la gondole à Breslau, près du mont Holteihöhe. »

Strehlen, mercredi 17 octobre 1923,
quatre heures et quart

Un mauvais pressentiment réveilla Willi Staub,
un de ceux qui vous tirent du sommeil le plus profond. Le roucoulement des pigeons au grenier où il
dormait, les piqûres des poux et des punaises ou
même l'aboiement des chiens ne le réveillaient
jamais. Ah ! Ces cabots qui agrippaient si souvent
son pantalon quand il traversait un village de basse
Silésie ! Depuis deux semaines qu'il avait élu résidence au grenier de la remise du cimetière, il lui
semblait que son intuition s'était assoupie et ne lui
envoyait plus ces mises en garde, toujours si justi-
fiées. Lui en tenir grief eût été injuste, il le savait.
Il ne prévoyait aucun danger, n'avait aucune raison
d'avoir peur. À son habitude, il mendiait près de
l'église et dans les villages. Puis, au crépuscule, il
mettait dans son balluchon la nourriture collectée
— du pain sec, une écuelle de farine, parfois un
œuf — et gagnait le cimetière et l'abri confortable
qu'il s'était trouvé au-dessus de la pièce où les fossoyeurs remisaient leurs pelles pour creuser les
tombes, leurs sécateurs pour couper les haies et toute
sorte de matériel. Staub se glissait entre deux gerbes
de paille, se couvrait de vieilles loques et s'endor-
mait d'un sommeil paisible. Il n'avait pas à s'inquiéter, personne ne se risquerait au cimetière la nuit
pour lui faire du mal. Avec les défunts, il vivait en
bonne intelligence. Tout comme avec les rats, ses

colocataires. L'un d'entre eux, Muselet, allait jusqu'à partager sa couche.

Un soupçon d'inquiétude venait de poindre en lui. Il ouvrit les yeux. Muselet se réveilla, lui aussi. Il faisait très sombre. Dans l'obscurité, les sons portaient tout particulièrement. Il entendit des murmures, mais aussi un frou-frou de manteaux rigides comme ceux que mettent les fossoyeurs par temps de pluie. Il pensa d'abord que des amoureux s'étaient réfugiés dans la chapelle et qu'ils se débarrassaient de leurs vêtements, mais il rejeta vite cette idée. D'abord parce qu'un rendez-vous à cet endroit était peu vraisemblable à la mi-octobre, ensuite parce qu'il n'entendait pas de respiration haletante, de souffle court, ni aucun de ces bruits qui précèdent l'amour. Ne lui parvenaient que des ordres donnés d'une voix grave et des bruissements suspects. Staub se figea pour éviter d'éveiller l'intérêt des visiteurs par le moindre bruit.

Soudain, il sentit un chatouillement à la luette. Il ne pouvait pas tousser ! Son visage se mit à gonfler et les larmes lui montèrent aux yeux. Il ne pouvait pas s'empêcher de tousser ! Bien qu'il collât son visage contre la paille, il lui sembla que sa quinte était aussi bruyante que le tir d'un canon. Il tourna légèrement la tête — les yeux de Muselet brillaient dans le noir —, et il entendit que quelqu'un grimpait à l'échelle. Les solives s'éclairèrent dans l'ouverture rectangulaire. Staub aperçut une bougie, puis un chapeau avec un large bord comme en portaient les fossoyeurs. Il plaça doucement Muselet contre sa poitrine et se crispa. Ses doigts s'enfoncèrent dans la fourrure de l'animal. Mais ce qu'il vit apparaître sous le chapeau fit qu'il serra le rat avec force. Il ne sentit pas la morsure par laquelle son petit ami tentait de se protéger. Il était obnubilé par le profil à bec d'oiseau. Un masque en cuir avec un long bec et de petites vitres rondes qui laissaient percevoir des yeux luisants. À toute volée, Staub lança son rat favori sur le spectre masqué. L'apparition disparut et Muselet fila se réfugier dans un coin.

— Des rats, fit une voix tout bas.

Staub entendit une porte se fermer, plusieurs respirations saccadées et la voix du spectre à nouveau : « Nous sommes venus à toi. Entre dans ce cercueil. Nous allons t'emmener vers un endroit où tu sauras toute vérité. »

Le silence retomba. Staub commença à trembler de peur. Il y eut le bruit d'un couvercle de cercueil que l'on ferme, le froissement des manteaux, un coup contre la porte, le dépôt sourd du cercueil sur une charrette, un cheval qui s'ébroue, le martèlement des sabots sur le gravier mouillé. Le silence à nouveau. Muselet revint en courant vers Staub. Muselet, son ami qui l'avait sauvé du spectre ! De l'envoyé des Enfers ! Du porteur de peste ! Le vagabond se frottait les yeux, il n'arrivait pas à en effacer l'épouvantable fantôme. Il ne parvenait pas à comprendre ce qu'il avait entendu. La voix du père Pfeffer, curé de Strehlen, résonnait dans sa tête. C'était au cours du prêche de carême quand Staub mendiait à l'entrée de l'église. « Au quinzième siè-cle, tonnait l'ecclésiastique, notre ville a connu la peste ! L'Enfer avait ouvert ses portes et fait sortir ses envoyés ! C'étaient des démons à bec d'oiseau ! Ils sortaient du tombeau pour y ramener des gens avec eux ! » Staub serra très fort ses paupières. Tel un enfant, il voulait croire qu'une fois les yeux fermés le danger disparaîtrait. Aucun démon de la peste n'avait pris vie dans le cimetière. Il ne devrait pas se chercher un autre gîte. Les morts restaient amicaux à son encontre. Il s'endormit d'un sommeil agité. Il se réveilla bientôt. Ce fut le pire de ses réveils.

Buchwald près de Breslau,
mercredi 17 octobre 1923,
vingt heures trente

Il était assis dans le noir complet et terminait la dernière cigarette de son étui. Il inspira profondément la fumée avant de chercher à tâtons la cuvette des toilettes pour y jeter son mégot. Ensuite, il ôta son pantalon, baissa la lunette, s'assit et urina. Il l'avait déjà fait deux ou trois fois depuis son arrivée en cercueil dans cette salle d'eau assez vaste mais sans fenêtre. En passant ses doigts sur les murs, il avait tantôt senti du carrelage lisse, tantôt des briques rugueuses. L'une d'elles était couverte de quelque chose de visqueux, mais il ne put se contraindre à en approcher son nez ou à y goûter pour savoir ce que c'était. Il eut un frisson de dégoût et fut saisi d'une peur panique, cette même peur qui s'était emparée de lui tard la nuit, au cimetière de Strehlen, à sa première rencontre avec la confrérie des Misanthropes.

Conformément aux instructions de l'annonce insérée dans la *Schlesische Zeitung* — la quinzième lui semblait-il —, il s'était présenté au cimetière de Strehlen à minuit. L'heure et le lieu ne l'avaient pas étonné. Il avait lu dans le Mayrhofer que les Misanthropes soumettaient les candidats à de pénibles épreuves d'initiation. Les instructions précisaient comme toujours le moment. Le texte disait : « Une messe grégorienne, suivie d'une veillée nocturne pour Klara et Emma, disparues tragiquement, aura lieu à la chapelle du cimetière de Strehlen le 1er octobre de cette année à minuit. » Au cimetière donc, comme à l'habitude, et ce sera d'abord une épreuve de patience. Sans s'étonner de rien, il attendit la suite des événements, même s'il savait que ce serait mortellement ennuyeux. Une fois de plus ! Et comme prévu, de nouvelles instructions l'attendaient à l'endroit indiqué ! C'étaient, là encore, des lettres découpées dans des journaux et collées sur une feuille. Hormis la première boulette de papier que lui avait jetée l'homme du tramway, les pages avaient toujours été glissées dans une fissure. Un autre endroit était toujours désigné pour la rencontre du lendemain. L'homme suivait les consignes, se présentait, mais c'était tout le temps pareil : il ne se passait rien. Personne ne venait, il n'y avait aucune autre instruction. Il rentrait chez lui pour acheter la *Schlesische Zeitung* du lendemain. Il se procurait le journal tous les jours suivants jusqu'à ce qu'il y lise une nouvelle annonce lui indiquant où aller et quand. Il s'y conformait et rien n'arrivait. Un cycle vide. Après les quinze premiers rendez-vous, il commençait à se lasser.

La veille, à minuit, dans la chapelle du cimetière de Strehlen, il avait connu un moment d'espoir. Derrière une gouttière, il avait trouvé une feuille avec un message différent des précédents. On ne lui disait plus de se présenter le lendemain dans un autre endroit. Les lettres mal découpées stipulaient : « Interdit de bouger d'ici. On viendra te chercher. On t'observe. » Il avait attendu, fumé, croqué des bonbons à la menthe, eu froid et secoué son parapluie de ses gouttes. Vers quatre heures du matin, il entendait surtout claquer ses dents et rien d'autre. Incapable de remarquer les pas dans l'argile détrempée. Il frissonna quand il fut soudain conscient de la présence de plusieurs personnes à ses côtés. Il alluma son briquet et sa gorge se noua. Ils étaient devant lui. Quatre hommes dans de longs manteaux dégoulinants de pluie. Des chapeaux coiffaient leurs têtes, des masques de protection contre le gaz couvraient leurs visages. Les tuyaux ou les filtres proéminents avaient été remplacés par des becs d'oiseau crochus. Il avait déjà vu ce genre de personnages en peinture. Le nom du peintre ne lui revenait pas en mémoire, mais il se souvenait du nom du tableau : *L'Enfer*.

Il suivit les démons sans un mot. Il se retrouva tout d'abord dans une remise qui sentait l'urine. On lui dit de s'allonger dans un cercueil. Ensuite, il pesta et poussa de lourds soupirs tandis que son corps en heurtait les planches mal rabotées, secoué pendant le trajet en carriole dans un premier temps, puis en automobile. Il avait reconnu le mode de transport en entendant le cheval s'ébrouer, puis le moteur pétarader. Il poussa un franc juron quand le cercueil toucha le sol. Plusieurs minutes s'écoulèrent, plusieurs quarts d'heure peut-être, avant qu'il ne soulève le couvercle et étire ses bras. Le dessus repoussé fit un bruit sourd en tombant et l'homme aspira l'air humide qui sentait le moisi. Il s'extirpa de sa boîte et tenta de se repérer. Il découvrit les pommeaux des douches fixés au plafond bas et fut heureux de trouver la cuvette des W-C. Il devait être dans une salle d'eau. Mais savoir où il se trouvait ne lui disait pas ce qui allait lui arriver.

Des chaînes grincèrent et la porte s'ouvrit. Une lumière verte pénétra dans la pièce et, sous cet éclairage glauque, il vit le cercueil, les toilettes et une grille dans le sol. Il était dans des bains qui pouvaient accueillir simultanément de nombreuses personnes. Des ouvriers peut-être ou des garçons de ferme ? Peut-être était-ce dans une usine ou une propriété agricole ?

L'homme au bec d'oiseau enfonça son chapeau plus profondément sur son crâne et lui fit un signe de la main. Le candidat se leva et le suivit. Il marcha dans un couloir en pierre avec, au plafond, des ampoules peintes en vert. Elles diffusaient si peu de lumière qu'il ne pouvait discerner que le dos de son guide et les joints de ciment entre les pierres. À plusieurs reprises, à droite et à gauche, il croisa un escalier mal éclairé. Son guide finit par lui faire emprunter l'un d'eux. Les marches s'arrêtèrent. Le

Misanthrope poussa une lourde porte blindée de fer et ils se retrouvèrent dans une grande pièce éclairée en son centre par un faisceau lumineux blanc. L'accompagnateur le poussa doucement dans le cercle de lumière et disparut.

L'homme commença par cligner des yeux avant de les ouvrir très grand. Il était entouré par des hommes aux profils acérés d'oiseaux. Leurs longues pèlerines et leurs chapeaux remuaient comme s'ils débattaient et gesticulaient fébrilement. Les lucarnes des masques laissaient apercevoir des regards coléreux et impatients.

— Ta persévérance a été récompensée, fit la voix puissante de l'un d'eux, et maintenant dis ce que tu attends de nous.

— Vous les Misanthropes, à l'inverse des philanthropes, vous haïssez les gens et vous pensez que la peur est le meilleur des ciments entre eux, commença-t-il en prononçant lentement les phrases qu'il avait retenues du livre de Mayrhofer. Vous avez peur les uns des autres. Chacun de vous a tué quelqu'un. Un marginal. Chacun de vous a commis un crime et livré aux autres compagnons les preuves de celui-ci. N'importe lequel d'entre vous peut se rendre à la police à tout moment pour y déposer les preuves incriminant chacun de ses compagnons. À cause de cela, vous ne vous disputez pas, vous vivez en bonne intelligence et vous êtes prêts à commettre n'importe quel acte, du plus vil au plus noble, pour venir en aide à l'un d'entre vous. Vous ne buvez pas d'alcool, vous ne prenez pas de morphine pour ne jamais dénoncer l'un de vous dans un état second. Chacun de vous a prise sur tous les autres. La peur est votre ciment. Vous ne croyez pas à la noblesse de l'homme, mais à sa bassesse. N'importe quel individu peut être corrompu par la peur, et vous êtes tous corrompus. Les pessimistes qui ne croient pas en l'homme et les assassins qui commettent des crimes parfaits. Parfaits car tous les autres membres de votre fraternité le savent. Parfaits car aucun ne parlera. Vos meurtres ne seront jamais découverts…

— Tu as bien travaillé le Mayrhofer…

— Voilà longtemps qu'il était une Bible pour moi. Je sais également tout ce que l'auteur dit de l'origine du nom de votre confrérie. Son sens remonte à la Grèce ancienne et non pas à Molière, et veut dire « ennemi de l'homme ». Mais dans la suite de ce qu'écrit Mayrhofer, il apparaît que vous êtes avant tout les ennemis des marginaux.

— Pourquoi les tuons-nous ?

— Parce que vous occupez des postes importants dans la société. Vous ne tuez personne de votre espèce, personne qui vous ressemble. Vous n'éliminez pas les gens instruits et riches comme vous, ils sont les pièces maîtresses de la société et ce serait comme si vous vous éliminiez vous-mêmes.

— Et toi, tu es une pièce maîtresse ?

— Vous savez où je travaille…

— Oui… pour la Justice. Pourquoi veux-tu rejoindre notre confrérie ?

— Vous vous soutenez mutuellement. Vous faite carrière, vous vous aidez l'un l'autre à satisfaire vos désirs, seraient-ils des plus insolites et des plus singuliers. Je veux être riche, je veux faire carrière, je veux satisfaire librement mes pulsions, dit-il avant d'avaler sa salive et de lancer très haut : je veux vendre mon âme au diable !

Le silence tomba, les Misanthropes remuaient mains et pieds sous leurs capes. Certains tournaient en rond. C'était comme un chœur de démons qui se serait livré à une danse muette. Mais tout cela n'était peut-être qu'un rêve ? Juste les ténèbres qui créaient une vision ?

— Nous avons besoin de recruter de nouveaux membres, mais ils doivent savoir entrer en contact avec nous au moyen d'un latin corrompu, dit le Misanthrope qui parlait avec lui. Mayrhofer n'existe pas et n'a jamais existé. La brochure a été rédigée par l'un de nous. De nombreuses choses n'y sont pas consignées. Tu ne sais pas à quel point l'initiation qui t'attend sera difficile. Tu ne sais pas qui tu devras tuer et à quelles abominations tu devras te livrer… Comme il n'y a rien là-dessus dans le Mayrhofer, tu as encore le droit de te retirer. Tu peux dire « non ». Nous te banderons les yeux pour te reconduire au cimetière de Strehlen. Quelle est ta réponse ?

— Ma réponse est : avant de répondre, puis-je poser une question ?

— Une seule.

— Merci, dit-il en avalant péniblement sa salive parce qu'il avait soif. La police a pu lire votre brochure de recrutement. Qui sait si elle ne piège pas les assassins qui veulent rejoindre vos rangs. Vous savez tout de moi, je ne sais rien de vous…

— Ce n'est pas une question ! résonna sous la basse voûte une voix caverneuse. Pose une question !

— Je la pose. Est-ce que vous faites partie de la police ?

La lumière s'éteignit, une lueur verte et froide pénétra un moment dans la pièce par la porte entrouverte. Deux hommes se précipitèrent dans le couloir. Puis tout redevint brusquement sombre. Le postulant fut poussé tellement fort qu'il en tomba. Quelqu'un l'attrapa par le col pour l'attirer vers le mur. Il entendait la respiration accélérée des membres de la confrérie. Une demi-heure sans doute s'écoula. Le temps s'éternisait impitoyablement. Soudain, tout reprit un rythme fou. La porte claqua, la lumière verte apparut, deux hommes revinrent avec un cercueil, le cercle de lumière blanche jaillit et il y eut le fracas du cercueil qui tombait sur le sol.

— Je dois m'y allonger et vous allez me ramener au cimetière ? demanda-t-il d'une voix tremblante en montrant la caisse. Tout cela pour rien ? Trop de doutes de ma part ?

— Pas assez de place pour toi là-dedans, dit lentement un Misanthrope, et tu ne veux pas t'y trouver.

Ces paroles prononcées, il souleva le couvercle. Une puanteur d'excréments humains s'en échappa et quelque chose bougea à l'intérieur. Un visage barbu couvert de pustules se souleva jusqu'au bord du cercueil, et, soudain, un rat bondit pour disparaître dans les ténèbres. L'un des Misanthropes attrapa la tête par ses cheveux crasseux. De son autre main, il sortit un long coutelas de sa cape pour taillader lentement la gorge de l'homme entravé.

— Te sauves pas, Muselet, bégaya encore celui-ci entre les bulles de sang qui éclataient sur ses lèvres.

— Tu nous soupçonnes toujours d'appartenir à la police ? demanda le Misanthrope, tandis qu'il enfonçait la pointe du couteau dans la trachée du vagabond.

Breslau, jeudi 18 octobre 1923,
dix heures

Au cimetière de la paroisse Saint-Henri, de rares personnes entouraient la tombe fraîchement creusée et à peine recouverte de Hans Priessl. Il y avait quelques filles galantes du casino qui ne pouvaient pas dissimuler, même sous leur voilette noire, des sourires ironiques et des regards professionnels. Elles épiaient très attentivement Eberhard Mock. Elles avaient évalué le contenu de son portefeuille quand il avait dédommagé le curé pour son triste office. Un vieux camelot, qui, pendant la guerre, avait été responsable d'un poste de distribution de nourriture et s'était remarquablement enrichi, l'observait aussi. Le sergent-chef faisait l'objet de toute l'attention des voleurs à la tire, que trahissaient des regards nerveux et des mouvements répétitifs de la main. Le contenu du maroquin de Mock intéressait tous ces gens, mais ils se demandaient également pourquoi ce bourre, connu pour sa brutalité, était endeuillé comme s'il avait perdu un parent proche. Tout le monde savait qu'une sorte d'amitié existait entre lui et Hans Priessl. Qu'il ait payé pour l'enterrement et fait pression sur le curé, par des moyens connus de lui seul, afin que la tombe fût dans le cimetière et non pas hors les murs, le prouvait. Par ailleurs, il n'était pas surprenant que Mock fût venu à l'église puisqu'il était au mariage, un an plus tôt. Toute la petite pègre de Breslau l'y avait vu et, soit dit en passant, n'avait pas manqué de subodorer que le malfrat de petite taille était un indicateur de la police. Pourtant, autre chose encore devait unir les deux hommes, puisque le sergent-chef n'avait pas su retenir ses larmes au cours de la cérémonie. Hans et Eberhard étaient-ils parents ? L'attitude de Mock n'obérait en rien la vigilance des participants aux funérailles, tant leur mode de vie était en conflit avec sa profession. Ils veillaient à ne pas attarder leur regard sur son visage marqué par les beuveries. Tous savaient, et les gourgandines tout particulièrement, que la faiblesse du sergent-chef pouvait être éphémère, que son visage en larmes pouvait présager d'étranges réactions à leur égard, dont certaines très déplaisantes.

— *Salve regina, mater misericordiae...*, entonna le curé.

Les voleurs et les putains ne se trompaient pas. La colère grondait en Mock. Cette émotion destructrice et incontrôlée l'incitait souvent à des actes violents. Il le savait, aussi s'efforçait-il d'endiguer sa rage en se récitant les vers latins qu'il avait appris par cœur au lycée classique de Waldenburg. Face à un personnage qui mettait ses nerfs à rude épreuves, il lui fallait occuper son esprit par les phrases rythmées des anciens Romains tant elles avaient la qualité merveilleuse de refréner son agressivité jusqu'à la faire disparaître. Ce jour-là, pourtant, ni le mont Soracte blanchi d'Horace, ni le Tytire de Virgile jouant sur sa flûte sylvestre, ni les incantations du curé n'y parvenaient. Ce jour-là, Mock n'avait pas envie de se calmer. Ce jour-là, s'il le pouvait, il se serait jeté à la gorge de deux lascars dont il venait d'apprendre les noms. Malheureusement, c'était impossible car ces derniers se trouvaient derrière les barreaux, à la prison de la Freiburgerstrasse. Sans ces deux-là, il n'y aurait pas eu d'enterrement et Mock aurait été en train de soigner, à la bière fraîche, l'indisposition que lui avait valu un verre bu la veille. Le fameux « verre de trop » était cause de sa gueule de bois, même si Mock savait parfaitement que le premier verre avalé par un alcoolique était déjà le « verre de trop ». Les deux lascars, Schmidtke et Dziallas, avaient privé Mock du merveilleux bénéfice d'un petit coup matinal et l'avaient contraint à cette cérémonie sinistre, à être le point de mire des regards veules de prostituées ou de voleurs, et surtout à supporter sa frustration dévorante. Oui, il se sentait frustré de ne pas pouvoir régler leur compte à ces deux types qui avaient poussé Priessl au suicide. La prison de la Freiburgerstrasse était inaccessible pour Mock, qui pleurait moins son ancien informateur que sa propre impuissance.

— *Ad te clamamus, exules, filii Hevae. Ad te suspiramus gementes et flentes*, chantait le curé.

Mock n'écoutait pas. Il s'appuyait au catafalque et lisait le mot d'adieu que lui avait remis Mme Priessl, la veuve éplorée, qui tenait dans ses bras un petit garçon âgé d'un an, lui aussi en larmes, même si c'était pour des raisons différentes. La lettre était accompagnée d'une petite image pieuse avec l'inscription : « Sainte Edwige ». Mock, le regard vide, voyait les gouttes d'eau dissoudre l'écriture et mouiller le visage de la sainte silésienne.

« Monsieur le sergent-chef, en prison, les détenus Dieter Schmidtke et Konrad Dziallas m'ont piné et j'ai perdu mon honneur. Je vous en supplie, tuez-les. Si vous les tuez, mon fils Klaus ne saura jamais pourquoi je me suis suicidé. Ils sont les seuls à savoir. C'est ma dernière volonté. Si vous me jurez de leur solder leur compte, jetez l'image pieuse dans ma tombe. Avec tout le respect que je vous dois. Votre dévoué Hans Priessl. »

Mock essuya ses larmes du revers de sa manche avant de jeter un œil à la vitre du corbillard. Il y vit le reflet de son visage, ses yeux gonflés par les pleurs et par l'alcool, son teint gris, ses rides. « Du veau bouilli, se dit-il. Je suis comme de la viande oubliée sur le feu ! »

— *O clemens, o pia, o dulcis Virgo Maria*, disait le curé pour terminer son psaume.

Mock déglutit, sa salive était tellement dense qu'elle lui fit mal quand elle passa dans sa gorge sèche. Qui était responsable de cette mort ? « La réponse est simple, se dit Mock, c'est moi. Priessl est mort parce que je n'avais pas envie de l'aider. Je n'avais pas envie d'attendre sur le trottoir, avec ce soleil et ces regards hostiles. Hans espérait ma visite, et moi je l'ai abandonné. Il attendait que je lui promette de m'occuper de Louise, et moi je repoussais d'une semaine à l'autre, dans mon agenda, ma visite à la prison. L'odeur de Hans me dégoûtait. Je suis reparti le jour de la canicule et je ne lui ai même pas permis de quitter sa cellule un moment, un bref moment où il n'aurait pas été obligé de faire face à ses bourreaux. Dieter Schmidtke et Konrad Dziallas ne sont pas les coupables. Mais moi, si. C'est moi qui l'ai tué. »

— Et je vais solder le compte de cette culpabilité, dit-il au curé qui venait de lancer une motte de terre sur le cercueil.

Mock ne lança pas de terre, mais fit un grand geste de la main. Indigné, le curé vit une image pieuse voler en direction de la tombe. Une image bon marché, comme celles que l'on vendait dans les pardons ou qui emplissaient les poches des curés ou du chapelain de prison supposé apporter une consolation à laquelle personne ne croyait. Sainte Edwige tomba sur le cercueil.

Mock se retourna pour rejoindre l'entrée du cimetière. Il jeta encore un regard à la fenêtre du corbillard. Son visage ne faisait plus penser à du veau bouilli, mais à un rosbif. Très saignant.

Breslau, jeudi 25 octobre 1923,
vingt heures

L'hôtel, Le Manoir de Varsovie, situé au 16, Antonienstrasse, était bien connu de Mock et des hommes de la IV⁰ Brigade. Ils pouvaient en identifier chacune des nombreuses infiltrations d'eau sur

146

les murs, retrouver n'importe quel trou de cigarette dans les édredons ou les matelas, énumérer, détailler les éclats d'émail des cuvettes dans lesquelles les filles de Corinthe lavaient leur intimité fatiguée. Combien de fois Mock, Smolorz ou Domagalla n'avaient-ils pas fait une descente dans ce relais pour y coincer, en flagrant délit, les prostituées qui s'obstinaient à ne pas se faire enregistrer ! Combien de fois n'avaient-ils pas été pris d'un fou rire quand un quidam, coincé avec une fille levée dans un *Tingeltangel*, voulait les convaincre qu'il prenait juste un cours de danse !

Rien d'étonnant à ce qu'Eberhard Mock s'y sentît chez lui et ne fût pas obligé de compter les marches qui menaient aux diverses chambres où souvent se déroulaient d'authentiques tragédies conjugales. Il connaissait aussi les escaliers qui aboutissaient aux toilettes situées à mi-étage et où l'on pouvait fréquemment entendre les soupirs de satisfaction des morphinomanes. Mock pouvait se rendre à n'importe quel endroit de l'hôtel les yeux fermés. Les deux hommes qui l'accompagnaient ce jour-là ne se repéraient pas aussi bien, mais ils n'en avaient nul besoin. Ils ne savaient qu'une chose : ils devaient obéir aux ordres du sergent-chef, leur patron, lui fournir toutes les informations qu'il demandait et refréner leur propre curiosité. En échange, ils pouvaient espérer qu'il ferme les yeux sur leurs trafics. En outre, Mock leur rendait un autre service de taille : il savait convaincre, certes de diverses manières, les propriétaires des maisons closes cossues d'acheter des produits onéreux dans la firme que dirigeaient ces deux compagnons. L'un d'eux, le petit maigre à la langue bien pendue, était le cerveau d'un trafic de marchandises de luxe. Grâce à cet individu, les magasins de Breslau, Stettin et Berlin étaient fournis en tabac de Turquie, café d'Éthiopie, cognac de France, fourrures d'Afghanistan, caviar de Russie et parfums de Syrie par voie maritime, ce qui leur évitait des droits de douane prohibitifs. Grâce à la protection de Mock, une partie de ces importations atterrissait dans les bordels pour les citoyens les plus riches de la partie orientale de la « République de Weimar incivile et pourrie ». L'autre compagnon de Mock, un muet corpulent et fort, était Heinrich Zupitza, le garde du corps qui veillait à ce que rien de fâcheux n'arrivât au premier, son patron, Cornelius Wirth.

Le souffle court, Mock grimpa l'escalier jusqu'au quatrième étage, où se trouvaient les chambres les moins chères. Il se posta à une fenêtre donnant sur une rue étroite, alluma une cigarette dont il fit tomber la cendre dans un flacon posé sur le rebord. Il observa un moment une scène qui se déroulait dans l'immeuble d'en face. Un homme, en gilet et maillot de corps, était assis devant une soupière fumante. Il ne mangeait pas, mais tapait du poing sur la table. En face de lui se tenait un garçon d'une dizaine d'années qui se recroquevillait tout tremblant, comme si chaque coup lui faisait mal. Le petit devait être rentré de l'école avec de mauvaises notes. Près de la cuisine où brûlait un feu, une femme, les yeux baissés, s'essuyait tellement fort les mains dans son tablier que celles-ci devaient être propres et lisses comme le carrelage du poêle. Un grand chien à poil long, inconscient de la tragédie scolaire, jouait dans les jambes du garçon. Mock laissa tomber sa cigarette et, très contrarié, vit qu'elle roulait dans une fente du plancher. Une fine torsade de fumée s'éleva aussitôt.

— Faites ce que je vous ai dit, chuchota-t-il à ses compagnons. Moi, je vais essayer d'éviter un incendie à ce bordel. Ce serait dommage que tout flambe. Où notre directeur sanitaire irait-il tirer sa crampe ? Pas dans son bureau à la prison, tout de même ! Chambre 28. Prenez la clef, ajouta-t-il en tendant le bras.

— On y va, dit Wirth à Zupitza.

Mock commença par repousser du pied le tapis en corde dont la couleur brune était mouchetée ici ou là de taches blanches dues à des substances corrosives. Il posa ensuite lourdement un genou à terre et, haletant, glissa un doigt dans l'espace entre les planches desséchées. Il sentit la chaleur du mégot, mais ne parvint pas à le saisir. Ses doigts étaient trop courts, trop gros, et la chevalière en or à l'un d'eux ne facilitait pas les choses. Il essaya de l'autre main et gémit de douleur. Il venait de se brûler. Il se releva, ôta les grains de sable et les moutons de poussière de son pantalon, enleva son chapeau melon, et déboutonna son manteau. Furieux, il vit de la saleté sous ses ongles parce qu'il venait de jouer au pompier. Aussi sortit-il de sa poche une lime dans un petit étui en cuir. Avec la pointe de celle-ci, il voulut les récurer, mais la crasse était grasse, collante et réfractaire. Il s'éventa avec son chapeau et regarda longuement Wirth et Zupitza qui, contrairement à ce qu'ils avaient dit, étaient toujours là et l'observaient avec un certain amusement. Une fumée de plus en plus importante montait du plancher. Mock connaissait les deux hommes depuis cinq ans. Parfois, il les aimait bien, allant jusqu'à les considérer comme ses amis. Mais, pour l'heure, c'était loin d'être le cas !

— Vous vous amusez, mes cochons ? dit-il lentement. À mon tour de rire ! Éteignez-moi ça et sur-le-champ ! Vous pouvez même pisser dessus ! Et plus vite que ça ! Qu'est-ce que je viens de vous dire !

Les deux hommes lui lancèrent un regard noir mais s'activèrent. Zupitza glissa ses doigts entre les lames de parquet et tira l'une d'elles d'un coup sec. Wirth s'empara d'un flacon posé sur le rebord de fenêtre, de l'asparagus y trempait dans une eau trouble, et lança le tout dans l'interstice. Mock savait que des paroles fermes ne feraient que renforcer son autorité sur Zupitza et Wirth. Ces deux hommes n'étaient que de simples malfrats qui, à Amsterdam ou Hambourg, assassinaient ceux qui ne leur versaient pas le tribut escompté. Ils auraient déjà été pendus haut et court s'ils n'avaient pas rencontré Eberhard Mock. Celui-ci s'était montré magnanime, évidemment pas à titre gratuit, et avait la ferme intention de les utiliser, cependant la reconnaissance ne durait pas chez des bandits de cette espèce. Il fallait leur rappeler régulièrement où était leur place et faire preuve, devant eux, de brutalité envers d'autres personnes. Sans cela, entre le policier qui abusait de son autorité et les criminels qui lui rendaient des services, rien n'irait plus. Ces hommes-là n'avaient aucun sens de la réciprocité !

— C'est éteint ? demanda-t-il à voix basse.

Ils hochèrent la tête de concert.

— Bon, eh bien maintenant, vous allez voir comment on serre une canaille. Vous allez la voir implorer pitié. Après ça, elle fera tout ce que je lui dirai et elle me suppliera humblement de lui donner d'autres ordres. Regardez attentivement et prenez-en de la graine ! La clef !

Wirth, dont le regard ne quittait pas la flaque d'eau, tendit la clef à Mock. Le sergent-chef retira son chapeau et son manteau, qu'il jeta à Zupitza avant de se diriger vers la chambre 28 pour glisser la clef dans la serrure aussi silencieusement que possible. Il la tourna ensuite rapidement, et ce fut la fin du silence quand il envoya un coup de pied dans la porte avant de se précipiter dans la chambre. Il accompagna son irruption d'un hurlement destiné à terroriser ses victimes.

Un regard lui suffit pour savoir qu'il avait atteint son objectif. La femme qui s'était recroquevillée à la tête du lit, et avait tiré à elle le duvet sans parure, avait les yeux écarquillés d'effroi. L'homme, très maigre, s'en trouvait complètement dénudé, aussi fit-il un geste éloquent pour se couvrir le bas-ventre des deux mains et le cacher aux yeux de Mock. Le sergent-chef, peu curieux de la chose, comprit, s'en amusa et passa à l'action. Poussant à nouveau un cri sauvage, il bondit sur le lit tel un Indien qui saute des rochers sur les colons effrayés, et plaqua l'homme contre le matelas en l'écrasant avec ses genoux. Avant que ce dernier ne parvienne à se débarrasser de son poids de quatre-vingts kilos, il lui passa une menotte au poignet qu'il fixa au cadran métallique du lit.

Un changement intervint alors chez la femme. La douce colombe apeurée devint une harpie. Elle envoya sa main, tous doigts écartés, au visage de Mock, qui ne parvint pas à éviter ses ongles. Il fut griffé au coin de l'œil et derrière une oreille. Il sauta sur le plancher pour reprendre le dessus. L'homme se débattait, ce qui secouait violemment le lit. La femme, désormais peu soucieuse de sa nudité, sifflait comme une vipère. À genoux, elle rampait vers Mock, qui venait de sentir couler un filet de sang dans son cou.

— Le sang a taché mon col ? demanda-t-il à Wirth.

— Oui…, répondit celui-ci, embarrassé.

— Tu m'as sali mon col, putain ! s'écria Mock, dont les mâchoires se crispèrent. Tu as fait ça ? Tu sais ce que ça fait de me salir ma chemise ou mes chaussures, putain ? Ça me met dans une rage, putain ! Une rage terrible…

Mock n'avait pas lésiné sur les qualificatifs, mais pour ce que valait l'insulte, il devait s'être trompé. La femme semblait trop laide et trop âgée pour être une prostituée. Sa poitrine était plate et tombante, sa toison pubienne débordait sur ses cuisses. Quant à sa peau, elle était capitonnée de bourrelets de graisse inégaux saillants comme autant de grains de sable. Le dégoût que Mock ressentait à sa vue, sa colère à cause de son col taché n'eurent pourtant pas raison de son instinct de vie et il le démontra aussitôt.

La femme venait de changer de tactique. Elle ne s'en prenait plus à Mock toutes griffes dehors. Elle ne l'avait fait que pour le chasser du matelas. Tandis que le sergent-chef se préoccupait de sa tenue, elle glissa la main sous le drap pour en sortir un petit revolver. Elle appuya sur la détente au moment où Mock saisissait son avant-bras. Il sentit une brûlure au coude et eut un mouvement tellement violent que quelque chose craqua. Une jambe appuyée contre le sommier, il tourna alors sur lui-même en un demi-cercle comme celui des lanceurs de disque dans l'Antiquité. Le corps de la femme heurta les barres métalliques avec une telle violence que tout s'effondra. Le silence retomba. Mock regarda le lit, qui rappelait désormais un animal auquel on aurait coupé les pattes avant, puis il dévisagea la femme étendue, inanimée, et, enfin, la manche trouée de sa veste qui, taillée dans un des meilleurs tissus de Bielsko, avait été faite sur mesure chez Leo Nathan. Tout en poussant des jurons, il se dirigea vers la femme inconsciente pour la tirer vers la tête de lit.

— Reste ici et ne t'avise pas de bouger, dit-il à l'homme.

Wirth et Zupitza se tenaient à la porte et regardaient Mock prendre l'un des bracelets pour le refermer sur le poignet de la harpie. Une fois le couple réuni par la même paire de menottes, le policier regarda de plus près sa manche trouée. Il avait le souffle court.

— Continuez à bien regarder, vous deux, articula-t-il lentement. Vous allez voir le directeur sanitaire me manger dans la main.

Les deux lascars s'assirent pour fumer une cigarette. Le portier, inquiet, arriva du rez-de-chaussée en courant. Tout informateur permanent de la police qu'il était, il balaya d'un regard circulaire la pièce sens dessus dessous, puis fixa le sergent-chef tout en sueur. D'un signe de tête, Mock lui signifia que tout allait bien. Le concierge sortit et le policier referma la porte derrière lui avant de s'approcher de l'homme, qui ne cachait plus ses parties génitales que d'une main.

— Chers amis, je vous présente M. le docteur Theodore Goldmann, dit-il en s'adressant à Wirth et à Zupitza, le directeur sanitaire du centre pénitentiaire de la Freiburgerstrasse. Trente ans, marié. Je ne connais pas la dame qui se trouve en sa compagnie, mais je peux deviner qu'elle frise la cinquantaine. Avez-vous lu Lucrèce, docteur ? dit-il soudain à l'homme emmenotté.

— Non, répondit Goldmann d'une voix forte et ferme comme si le titre de docteur lui avait redonné de l'assurance. Je vous prie de m'enlever ces menottes ou du moins de me donner quelque chose pour me couvrir. Qui êtes-vous enfin ? Que me voulez-vous ? Et d'ailleurs, comment me connaissez-vous ?

— Quelle honte ! soupira Mock en s'asseyant au bord du lit pour ouvrir son étui à cigarettes. Quelle honte ! Un homme qui a fait des études et ne connaît pas l'un des plus grands philosophes romains… Une honte, vraiment !

— Nous ne l'avons pas lu au lycée ! D'ailleurs, je n'ai aucune raison de m'en justifier devant vous ! lança Goldmann, qui refusa la cigarette que lui proposait Mock. Et détache-moi maintenant, vaurien, et plus vite que cela ! lança-t-il avec un regard méprisant au policier.

— Regardez-moi cela, il ne connaît pas Lucrèce, reprit Mock en secouant la tête d'un air désolé. Ah ! s'il connaissait Lucrèce, il me ferait gagner un temps précieux, n'est-ce pas les garçons ?

Wirth et Zupitza regardaient, interloqués, un Mock qui, tel un animal en cage, s'était mis à faire les cent pas dans la petite chambre, passant entre les chaises pour aller du lit à la fenêtre. Il se donnait des allures de professeur qui modulait sa voix en déclamant, levait les yeux au ciel et pointait les choses du doigt.

— Au tout début de son poème *De natura rerum*, Lucrèce décrit une scène d'amour entre Mars et Vénus. Le poète explique que le dieu de la Guerre dénude son torse puissant et beau tandis que son souffle se pose sur les lèvres de la déesse. C'est magnifique, non ?

Wirth et Zupitza acquiescèrent sans trop comprendre ce que voulait dire « son souffle se pose sur les lèvres de la déesse ». Cornelius le Trafiquant concentrait toute son attention sur le petit Browning M. 1910 avec lequel la prisonnière avait tenté de tirer sur le sergent-chef, et son garde du corps observait chaque geste qu'elle faisait.

— Lucrèce ne raconte pas la suite de l'histoire, poursuivait Mock tout en s'assurant avec soulagement qu'il n'avait pas cassé le bras de la femme. La suite, nous la connaissons par Homère, je vais donc utiliser les noms grecs des dieux. Les deux amants, Arès et Aphrodite, étaient en pleine étreinte quand arriva Héphaïstos, le mari d'Aphrodite. Il jeta sur eux un filet dont il s'était muni avant de convoquer tous les dieux de l'Olympe pour qu'ils puissent témoigner de l'infidélité de son épouse. Écoutez la suite attentivement car je vais vous moderniser le mythe…

Eberhard Mock observait le couple nu. La femme tentait de dissimuler son visage sous ses cheveux gras à la teinture négligée et aux racines grises apparentes. L'homme tremblait.

— Regardez-moi cela, dit Mock à ses compères, il a déjà peur ! Et de quoi a-t-il peur ? Du mythe, évidemment. Un mythe est éternel. Le docteur est Arès, sa dame est Aphrodite, et moi je suis Héphaïstos. Reste à savoir à qui, moi le dieu boiteux, je vais montrer les amants pris dans mon filet. Eh bien ? À qui ? Qui sera le témoin de votre honte ? Votre épouse peut-être ? Elle n'est pas très loin…

Mock alla à la fenêtre pour l'ouvrir et regarder au-dehors. L'Antonienstrasse était une rue étroite surchargée d'enseignes de diverses institutions et lieux publics. Tout au bout de celle-ci se trouvait le monumental immeuble de la bibliothèque municipale, devant lequel stationnaient un fiacre et un individu à la silhouette trapue à ses côtés. Mock porta les doigts à sa bouche pour siffler très fort comme le font les voyous. L'homme au loin leva la main, une lampe de poche s'alluma brièvement. Mock eut une pensée chaleureuse pour Kurt Smolorz avant de se tourner à nouveau vers le docteur Goldmann, dont le tremblement et le claquement de dents pouvaient désormais être mis sur le compte de l'air froid et humide qui pénétrait dans la pièce.

— Un de mes hommes se trouve à quarante mètres d'ici dans un fiacre, dit Mock tout sourire. Il n'est pas seul. Il apprécie la compagnie des dames, celle de votre épouse en particulier, docteur. Un petit signe de moi, et nous aurons de la visite.

Goldmann se mit à sangloter, son corps était agité comme s'il était en proie à une crise d'épilepsie. Il se tordait et faisait des bonds sur le lit sans plus chercher à cacher son membre viril tout fripé. Sa compagne lui lança un regard méprisant avant de s'adresser à Mock toute mielleuse :

— J'aime les vrais hommes comme vous, pas les chiffes molles comme celui-là, fit-elle en montrant son amant de la tête. Vos collègues m'ont l'air d'être eux aussi de vrais gaillards. Nous pourrions passer un bon moment ensemble ? Laissez tomber ce minable ! Inutile de le compromettre, sa femme se pose là comme mégère. Elle aura sa peau. Moi, je suis un bon coup, j'ai vu pas mal de choses dans la vie...

— Vous n'êtes pas mon genre, très chère, répliqua Mock, qui jeta un regard aux habitants de l'immeuble d'en face que le coup de feu avait attirés à leur fenêtre jusqu'à leur faire oublier les soucis scolaires du petit. (Même leur chien s'accrochait au rebord pour voir.) Le genre qui me plaît, c'est lui, poursuivit le sergent-chef en indiquant Goldmann. Oui, oui, docteur, vous ne vous tirerez d'affaire que par vos propres moyens...

— Comment ça ? demanda la femme.

— Il ne sait pas parler, lui ? rétorqua Mock.

— Il fera ce que je lui dirai, répondit-elle en fixant Mock sans la moindre gêne, alors que ce dernier évitait son regard gluant comme les immondices d'un cloaque.

— C'est vrai cela, docteur Goldmann ? fit le policier.

— Je vous en supplie, laissez-moi partir. Mon épouse ne doit rien savoir, sanglotait de plus en plus fort le directeur sanitaire de la prison. Je ferai tout ce que vous voudrez !

— Vous voyez cela, dit Mock en s'adressant à Wirth et Zupitza, qui en avaient manifestement assez de tout ce bavardage et semblaient désireux d'utiliser leurs propres méthodes, bien plus radicales. Il me mange dans la main, il est mûr... L'éradication des poux, mon cher docteur, voilà la solution à votre triste situation ! Le dépouillage. Vous irez chercher des poux à deux prisonniers : Schmidtke et Dziallas. Vous allez leur trouver des poux qui transmettent le typhus. Vous les convoquerez. Ils viendront s'asseoir, menottes aux poignets, dans votre cabinet et vous sortirez faire un tour. J'entrerai et, deux petits quarts d'heure plus tard, je ressortirai. C'est tout ce que j'attends de vous, mon cher docteur.

— Et vous ferez quoi avec eux pendant ces petits quarts d'heure ?

— Je discuterai, rien de plus.

— Ne le crois pas, croassa la femme. Tu vois bien le genre de voyou que c'est ! Il doit avoir des comptes de bandit à régler ! Tu vas perdre ton poste. Te retrouver en prison, peut-être même…

— Impossible, sanglota l'homme, tout ce que voudrez, mais pas ça !

— Suite du cours appliqué, dit Mock à ses compères. Attendez-moi ici, je reviens tout de suite.

Il sortit et descendit l'escalier du Manoir de Varsovie complètement vide : les amants qui se cachent n'aiment pas les coups de feu. La rue était sombre et l'air gorgé d'humidité. Mock regarda vers le haut où, dans la lumière du lampadaire à gaz, les gouttes de pluie semblaient se disperser en éventail. Il entendit les hurlements d'une voix masculine et en conclut que le père en gilet avait recommencé à faire la leçon à son fils. Mock sortit sa lampe de poche pour donner le signal convenu à Smolorz et celui-ci le rejoignit aussitôt en se fondant dans l'obscurité.

— Je ne peux pas les tenir plus longtemps, déclara le sergent. Il fait trop froid. La mère et la fille piaillent furieusement. Y en a encore pour longtemps ? Quand est-ce qu'on y va ? À la maison ou à l'hôtel ?

— Amène-les toutes les deux devant le Manoir de Varsovie. Hurle sur la petite pour qu'elle se calme. Fais-le de manière à fâcher la mère pour qu'elle te crie dessus, qu'elle parle très fort. Il faut que cela s'entende de la chambre.

— Entendu, marmonna Smolorz avant de retourner au fiacre.

Mock regagna l'hôtel. Il grimpa l'escalier rapidement, s'engouffra dans la chambre sans refermer la porte derrière lui. La fumée des cigarettes obscurcissait l'air. Cela sentait la sueur, le bordel à bas prix et le stupre à quatre sous.

— Attention, fit Mock, attentif aux réactions des deux amants entravés. On change de musique. J'arrête de jouer à l'aimable universitaire qui parle d'Homère et deviens une brute. Le docteur va me manger dans la main d'ici deux minutes !

Mock s'approcha de Goldmann et baissa la voix.

— Combien de temps encore comptes-tu obéir à cette vieille peau ? Tu choisis : ou les poux ou ta femme, ici, dans la seconde !

— Pas ça, je vous en supplie ! Tout, mais pas ça ! lança le docteur Goldmann, dont le désespoir était tel que son corps était pris de spasmes tandis que sa voix rappelait celle d'un chef de chœur entamant une supplique.

Mock alla à la fenêtre, qu'il ouvrit toute grande.

— Ta femme et ta fille sont en bas, vois-tu. Tu en es où pour l'histoire des poux ?

— Impossible ! Je ne peux pas, brailla le directeur sanitaire.

Mock passa rapidement la tête par la fenêtre pour être arrosé par la pluie, puis il sortit un petit peigne en corne de sa poche pour coiffer ses boucles denses et humides. Ce fut alors qu'il entendit le pas rapide dans l'escalier et vit une fillette de dix ans coiffée d'un béret et vêtue d'un manteau galonné… Zupitza agita les bras comme les ailes d'un moulin à vent pour l'arrêter, mais la petite dépassa le gros homme maladroit d'un bond et se précipita dans la pièce.

— Papa, j'ai entendu ta voix, cria-t-elle. J'en ai assez de rester dans le froid avec ce monsieur. Tu fais quoi ici, papa ?

Mock jeta le duvet sur le lit et parvint ainsi à recouvrir les deux corps nus mais pas les visages. Les deux autres hommes restèrent figés sur place. La femme secoua vite la tête pour se voiler la face le plus possible avec ses cheveux sales.

— Mais papa, cria encore la gamine, pourquoi est-ce que tu es tout nu ? Pourquoi grand-mère est toute nue, elle aussi ?

Le docteur Goldmann pleurait en silence. La femme agitait la tête de droite à gauche jusqu'à se cogner les tempes aux barres du lit. Wirth et Zupitza fixaient bêtement la fillette, dont le jeune visage n'était pas sans rappeler celui de la vieille qui tentait de se cacher sous le duvet.

— Si c'est ça, vous manger dans le creux de la main ! lança Wirth à Mock avant de faire signe à Zupitza et de quitter la pièce avec lui.

Le sergent-chef libéra la belle-mère et le gendre, puis s'en alla lui aussi, entraînant la fillette abasourdie. Il ne voulait pas perturber plus longtemps l'ambiance familiale.

Breslau, jeudi 25 octobre 1923,
vingt-deux heures

Aux alentours du Manoir de Varsovie, les tro-quets et buvettes étaient nombreux. Sans prendre congé de ses hommes, Eberhard Mock, mû par l'instinct infaillible qui lui faisait chercher de l'apaisement à ses humeurs, poussa la première porte venue pour se retrouver dans un estaminet dont il ignorait tout, mais où le destin voulait qu'il entrât. Bas de plafond, l'endroit était le sombre royaume de gens aux attitudes rudes, aux conversations sim-ples, et qui ignoraient la gueule de bois. Tout en se démenant avec le lourd rideau de l'entrée qui faisait barrage à l'air automnal froid et humide du dehors et en étant pris à la gorge par la fumée très dense qui saturait le troquet, Mock savait que, là, il oublierait le chantage raté qu'il avait exercé dans l'hôtel borgne sous le regard méprisant de Wirth et Zupitza. Après quelques bonnes gorgées, l'humilia-tion du directeur sanitaire de la prison, le regard de la fillette sur les maigres fesses de son père, ainsi que les tentatives désespérées de sa grand-mère pour se cacher derrière ses cheveux seraient oubliés. Il boirait bientôt l'eau de l'oubli de ces bouteilles vert sombre dont les voyageurs solitaires, au pays de l'alcool, connaissaient parfaitement la marque de brasserie.

C'était précisément en tant que voyageur que venait de se définir Mock alors qu'il s'installait à la

162

seule table libre du petit couloir qui menait à la cour intérieure, là où se trouvaient les W-C. Il commanda au garçon souriant deux bouteilles de bière Haase et quatre vodkas qui, comme le rappela le jeune et serviable barman, ne tachait ni l'honneur ni l'uniforme. Le sergent-chef aligna les verres devant lui et dégrafa sa montre-gousset de son veston pour la poser sur la table. Il voulait que son périple dans la contrée des émotions éthyliques fût rapide et dans un temps contrôlé. Il buvait une dose tous les quarts d'heure, puis allumait une cigarette. Dans l'intervalle, il consommait une bière à petites gorgées et observait ses voisins, dont les yeux et les gestes étaient chargés d'une antipathie retenue. Il pouvait y avoir deux raisons à cela, se disait-il : soit les habitués n'aimaient pas voir un étranger s'installer dans leur troquet sans enseigne, un endroit confidentiel et mystérieux ; soit les prostituées avaient fait passer à tous l'information sur le métier du type costaud, sombre et élégant, en veston à la manche déchirée. Mock avait envie de solitude, mais après avoir descendu deux doses de vodka et une bière en une demi-heure, il ressentit le brusque désir de parler à quelqu'un. À n'importe qui. Ce n'était pas un besoin de se confier, mais juste de discuter un peu de la révolte communiste de Hambourg ou de la création de la république rhénane d'Aix-la-Chapelle. Il en avait assez de la compagnie du paravent en osier proche de sa table qui cachait la sortie sur la cour d'où l'air froid s'engouffrait jusque dans le bas de son pantalon. Il regarda le petit couloir et la partie visible de la salle. La lumière diffusée par les lampes électriques était très discrète et n'éclairait guère le bar. Il n'y avait trop rien à éclairer d'ailleurs, juste deux roses fanées dans un pot en métal qui avait contenu auparavant des chocolats Frankonia. À l'évidence, le personnel composé du garçon et du barman suffisait pour s'occuper du menu et des consommations. Mock pensait avoir déjà vu l'homme qui se trouvait derrière le zinc, sa gueule idiote et son crâne couvert de cheveux courts et touffus. Mais les serveurs n'étaient pas le genre de compagnie qui l'intéressait. Il regardait ses voisins proches et tendit l'oreille pour écouter ce qu'ils disaient. Deux hommes d'âge moyen, leurs chapeaux melon repoussés vers l'arrière, engloutissaient de nombreux bocks de bière. Cela leur valut la sympathie de Mock. Le sujet de leur conversation eut pourtant sur lui un effet contraire. D'abord il fut question des omnibus de Breslau, puis de la qualité du ciment de la célèbre usine Gogolin-Gorasdze. Ni les commentaires de l'un sur la difficulté de diriger une entreprise où travaillaient plus de deux cents chevaux, soixante-deux contrôleurs et cent deux cochers, ni les ravissements de l'autre sur la qualité du ciment silésien n'intéressèrent Mock. Il continua à se taire et à observer les aiguilles de sa montre pour ne pas rater, à la seconde près, le moment de consommer. Il était très ponctuel pour fournir à son organisme sa vodka, sa bière et sa dose de nicotine ! Ses pensées n'étaient plus du tout amicales : elles se focalisaient sur les chances à jamais perdues de faire chanter le directeur sanitaire et les conséquences qui en découleraient.

Trois quarts d'heure plus tard, quand tout ce qui avait été posé devant lui fut vide, Mock se leva, rangea sa montre-gousset dans son gilet et se dirigea vers le bar, non sans vaciller légèrement sur ses jambes. Il commanda quatre nouveaux verres de vodka et deux bouteilles de bière. Informé que le seul plat servi était de la côtelette de veau panée froide, il se hâta de commander cette spécialité mais exigea qu'elle fût accompagnée d'un œuf à cheval. Il prit ensuite la clef des W-C et se dirigea vers le paravent en osier qu'il dépassa pour se retrouver dans la petite cour sur laquelle donnaient les vitrines de plusieurs ateliers, éclaboussées de pluie et de boue. Il ouvrit la porte des toilettes quand un poids pesa sur son cou. C'était si lourd que Mock s'effondra sur ses genoux. S'il n'y avait eu sa résistance physique, sa pomme d'Adam lui serait rentrée dans la gorge. Il étouffa. Sa bouche s'emplit de vomi. Son chapeau melon tomba et roula au loin. Il comprit que quelqu'un était sur lui. Vint alors une douleur aveuglante. Il lui sembla entendre craquer sa boîte crânienne. La dernière idée qui lui traversa l'esprit fut que son chapeau devait être sale et qu'il avait peut-être roulé au fond des cabinets ou dans les crottins de chevaux qui jonchaient la cour.

Dix kilomètres au sud de Breslau,
vendredi 26 octobre 1923, deux heures

Le véhicule filait rapidement sur des routes défoncées et, comme il penchait violemment à droite et à gauche, le postulant à la confrérie des Misanthropes en conclut qu'il devait se trouver dans une automobile à trois roues. Les rues de Breslau n'en manquaient pas. Lui-même en avait conduit une naguère. Il n'était pourtant pas certain que ce fût ce genre de véhicule car, peu avant de s'y retrouver, une cagoule en feutrine rêche et sans trous enfilée sur sa tête lui avait fait perdre tout repère visuel. Elle traînait sur l'un des bancs de l'Ostpark quand il y était arrivé à onze heures comme on le lui avait indiqué, et il avait obéi aux deux autres injonctions qui lui avaient été données : l'enfiler et attendre patiemment, sans fumer. Au bout d'un long moment, quelqu'un s'était approché de lui, l'avait pris sous le bras et conduit quelque part sans prononcer un mot. Le postulant avait d'abord senti le gravier sous ses pieds, puis les pavés lisses de la rue. Ensuite, on l'avait aidé à monter dans le véhicule. La porte métallique une fois claquée, le conducteur l'avait prié de ne pas enlever sa cagoule et avait démarré.

L'arrêt fut brusque. Le postulant soupira profondément. Le trajet avait été long et les secousses incessantes. À plusieurs reprises, le véhicule avait ralenti et s'était même arrêté. Le postulant ne s'attendait donc pas à ce que cette nouvelle pause fût définitive. Tel était pourtant le cas. Le moteur fut coupé, le conducteur descendit pour ouvrir la porte. L'homme encagoulé sentit alors l'air humide de la forêt. Quelqu'un le prit par le coude et ils avancèrent. Leurs chaussures crissèrent sur du gravier puis glissèrent sur des pierres pour enfin marteler le bois d'un plancher. Après les fragrances de la forêt, cela sentait la bougie. Il avait d'abord fait froid, mais désormais une chaleur agréable régnait.

— Ôte ta cagoule, fit la voix grave qu'il avait déjà entendue.

Il obéit et commença par se dire que c'était du déjà-vu : des hommes à masques d'oiseau penchés les uns vers les autres gesticulaient. Il comprit qu'il ne s'agissait pas d'un mouvement de danse mais d'une sorte de langage par signes. Les bougies étaient posées à même le sol, près des murs tendus d'un tissu vert sombre. Les ombres portées des silhouettes, démesurément agrandies, s'élargissaient vers le haut.

— Il y a presque deux semaines de cela, tu as passé la première épreuve, fit la voix tonitruante. Tu as supporté la vue d'un homme-détritus auquel je tranchais la gorge avec sang-froid. Tandis que tu étais reconduit au cimetière de Strehlen, nous avons parlé de toi. Ta présence ici est la preuve que tu as passé avec succès l'initiation du premier cercle de l'Enfer.

Il y eut un silence puis un éclat de rire général. Les regards derrière les verres circulaires des masques avaient des lueurs amusées et les becs d'oiseau se heurtaient les uns les autres. Le candidat osa un sourire.

— Une nouvelle épreuve t'attend, annonça le maître de cérémonie avec une voix encore un peu enjouée. Tu veux toujours rejoindre notre confrérie des Misanthropes ?

— Oui.

— Tu connais la condition posée pour la rejoindre ?

— Je la connais. Il faut assassiner un rebut de la société, un type que personne ne pleurera. Vous avez appelé cela un homme-détritus...

— Tu as tué qui ? tonna la voix.

— Deux femmes de mauvaise vie et leur souteneur. Des putes syphilitiques et un pédéraste dévoyé, répondit-il lentement.

— Fournis-nous la preuve que tu les as trucidés !

Le postulant glissa la main dans la poche de sa veste. Il chercha un petit sachet en parchemin qu'il sortit et ouvrit.

— Désolé, ce sont des bonbons à la menthe, dit-il. Ce n'est pas ce que je voulais vous montrer.

Il sortit de sa poche opposée un sachet similaire. Il l'ouvrit pour en déverser le contenu dans sa main. Il écarta les doigts, trois dents et un morceau d'os se trouvaient dans sa paume tendue.

— Tu es dentiste ? demanda le Misanthrope.

— J'ai cassé les dents à ces traînées, dit-il après un silence. En voici la preuve.

— Ce n'est pas une preuve. Tu ne nous prouves rien. Une preuve, c'est mathématique, ce qui est à gauche est égal à ce qui se trouve à droite. Tu dois aligner les deux côte à côte. Toi, tu nous as juste montré la partie de gauche. Où est la droite ?

— Les cadavres pourrissent sous terre depuis six mois, répondit-il sans être certain d'avoir vraiment compris la démonstration mathématique. Comment je pourrais mettre les choses côte à côte ?

— Tu peux !

— Comment ?

— Nous irons au cimetière où ils sont enterrés. Nous déterrerons leurs cercueils. Tu les ouvriras et tu nous démontreras que les dents correspondent à ce qui reste des mâchoires. Après quoi tu nous lanceras : *Quod erat demonstrandum !* Tu sortiras de la tombe et tu nous remettras les dents. Chacun de nous a offert à la Confrérie un souvenir pareil pour preuve. Je suis le seul à savoir où les *corpus delicti* se trouvent. Ils sont à l'origine de notre peur, ils sont notre lien.

— Je ne peux pas ! J'en suis incapable ! Je me trouverai mal ! À la guerre, je ne supportais pas l'odeur des cadavres. Je peux vous indiquer à quel endroit j'ai jeté le marlou dans l'Oder. Je paierai un plongeur…

— Silence, le bleu ! lança la voix de stentor avec un soupçon d'amusement. Écoute bien maintenant.

Le Misanthrope fit signe de sa tête d'oiseau à l'un de ses confrères, qui leva un bougeoir, et un membre de l'assemblée prit la parole d'une voix stridente, insupportable, monocorde, comme si, lors d'une cérémonie sacrée, un livre pieux était lu. Néanmoins, de nombreuses hésitations inarticulées signalaient clairement que le texte était énoncé de mémoire.

— Trois entrées permettent de rejoindre notre confrérie. Voici la première. Tuer un misérable, prendre une partie de son corps — appelons cela *pars pro toto* — puis pratiquer une exhumation pour prouver que la *pars pro toto* provient bien du défunt. Cette approche s'appelle le *Quod erat demonstrandum*. La deuxième entrée commence également par l'assassinat d'un miteux, mais le crime est aussi public qu'impuni. Tout le monde sait qui a tué, mais le criminel n'est pas inquiété. Dans la brève histoire de notre confrérie, nous n'avons eu qu'un seul cas de ce genre. Le régisseur d'un domaine bavarois a tué de ses propres mains un valet de ferme qui avait violé sa femme dans l'écurie. Le criminel a accordé des entretiens aux journaux et clamé partout : « J'ai tué et je suis prêt à recommencer ! » Le Tribunal l'a acquitté et, au lendemain de ce jour, nous sommes allés le voir avec une pétition pour lui demander de rejoindre notre confrérie. Il a commencé par refuser, aussi lui avons-nous offert le livre de Mayrhofer. Un mois plus tard, nous lui avons de nouveau rendu visite et il n'a plus refusé. Si cet homme avait eu un peu plus d'instruction, il serait devenu notre maître. Un homme qui déclare à la face du monde : « J'ai tué et personne ne me fera rien ! » est digne de devenir notre chef. Cette approche s'appelle l'*Impune interfecit*. Il est une troisième entrée pour nous rejoindre : contraindre quelqu'un au suicide. Cela s'appelle : *Coactus manu se ipsa interfecit*.

— Tu as donc trois possibilités, dit la voix tonitruante au candidat troublé. Le *Quod erat demonstrandum*, l'*Impune interfecit* ou le *Coactus manu se ipsa interfecit*. Que choisis-tu ? La preuve, le crime impuni ou le suicide provoqué ?

Breslau, samedi 27 octobre 1923,
quatre heures

Au petit cimetière de l'An der Gucke, le vent agita les frondaisons des arbres et déversa leurs feuilles sèches sur les individus penchés au-dessus d'une tombe ouverte. Aucun d'eux n'en fut gêné parce qu'ils portaient tous des masques à gaz prolongés de becs d'oiseau. Ils avaient aussi de longues capes noires en toile cirée qui leur descendaient jusqu'à terre et contre lesquelles rebondissait le gravier soulevé par les rafales. À leurs mains se balançaient des lampes à pétrole, seuls points lumineux dans l'obscurité du lieu si l'on exceptait quelques bougies qui finissaient de se consumer sur des tombes.

Les hommes masqués sautillaient et tapaient des pieds pour lutter contre le froid pénétrant que le vent rendait encore plus pénible. Le seul à ne pas souffrir de la fraîcheur de la nuit était l'homme couvert de sueur qui rejetait des pelletées de sable humide du fond du trou qu'il creusait. Quand son outil cogna le bois du cercueil, il interrompit son travail, alluma une cigarette et s'appuya au manche de la pelle. L'un des personnages qui le regardaient lui tendit un marteau de charpentier. L'homme finit tranquillement de fumer, jeta au loin son mégot, puis glissa, pour faire levier, le bout dédoublé de l'outil sous le couvercle du cercueil. Il y eut un grincement discret, de longs clous se descellèrent et le couvercle fut repoussé sur le côté. À la vue de tous s'offrit un visage enflé, d'une teinte verdâtre, avec des taches bleu-violet aux oreilles. L'homme dans le trou enfila des gants pour se servir du marteau une fois encore, et desserrer la mâchoire du cadavre. Il souleva ensuite la lèvre supérieure pour découvrir une gencive couverte de taches brun sombre. Les hommes qui entouraient le caveau firent presque pencher leur lampe au-dessus du corps. Il en résulta suffisamment de lumière pour que tous puissent voir que deux incisives manquaient à la défunte.

— Cela ne suffit pas ! tonna la voix de l'un des observateurs. Montre-nous que les dents qui sont en ta possession correspondent aux espaces vides !

L'homme au fond du trou lâcha la tête de la morte. Il s'essuya les mains dans un chiffon et chercha dans l'une de ses poches le mouchoir contenant les dents. Il le posa sur le couvercle du cercueil. Au moment où il se penchait pour choisir le fragment arraché au cadavre, une pluie de particules dures tomba sur le cercueil. L'homme leva la tête et ouvrit la bouche d'effroi. Il voulut crier, mais avala de la terre. Il se mit à trembler lorsqu'il sentit l'humidité du sol glisser le long de sa colonne vertébrale, sous sa chemise… À la faible lueur des lampes à pétrole, il percevait la tempête de sable qui s'était levée au-dessus de sa tête. Et puis tout s'arrêta brusquement pour ne laisser place qu'au ciel étoilé !

— Nous allons t'enterrer vivant, murmura la voix dont la puissance était facile à deviner. Nous savons que tu travailles pour la police. Tu as fait semblant d'être greffier de justice. Nous ne nous laissons pas berner. Il y a parmi nous quelqu'un qui occupe un poste très élevé. Il a vérifié ton dossier. C'est ta dernière chance d'avouer. Si tu ne le fais pas, tu seras enterré vivant sans la moindre pitié. Dans quelques heures, la vermine délaissera le cadavre en décomposition de cette pute pour s'occuper de toi. Et toi, tu ne pourras pas bouger.

Tu avaleras le reste d'oxygène avec la terre. Si tu avoues, tu t'épargneras cela.

La pluie de particules sablonneuses recommença à tomber. L'homme bondit et tenta de grimper sur le rebord. Il sauta sur le cercueil pour prendre appui quand il sentit une vive douleur aux orbites. Il n'en vit pas la cause parce que le sang inonda ses yeux agressés par le sable. Il eut encore le temps d'apercevoir les masques aux cercles vitrés, les becs d'oiseau et les mains sortant des capes et s'activant avec les pelles dont les bouts aiguisés brillaient comme des couteaux.

— Avoue et tu seras épargné, hurlait la voix. Si tu n'avoues pas, tu seras enterré vivant !

— Oui ! brailla le malheureux, tout en essuyant le sang de son visage. Je suis un indic de la police. Pitié !

Le silence s'installa. Les hommes masqués plantèrent leurs pelles en terre pour s'appuyer sur elles. Ils observèrent le postulant au fond du trou à travers les ouvertures en verre de leurs masques perlés de sueur.

— La police ne nous a encore jamais approchés de si près, entendit le postulant. Et cela n'arrivera plus. Voilà ta grâce !

Quelque chose heurta le cercueil. L'homme se pencha pour ramasser la boîte métallique. Il la reconnut : c'était celle des pastilles à la menthe de chez Neumann. Il entendit les pelles à nouveau et le trou recommença à se remplir. Il s'appuya sur le cercueil pour sauter, s'agrippa au tas de terre sur le rebord du caveau, mais le métal aiguisé d'une pelle crissa alors sur les os de sa main. Il lâcha prise tandis que le sang giclait. Son petit doigt n'était plus rattaché que par un bout de peau, les autres étaient à moitié entaillés et comme de travers.

— Pitié ! cria-t-il encore.

On n'entendait plus que le mugissement de la terre qui tombait, mais l'homme put encore saisir les derniers mots qui lui venaient du monde qu'il quittait.

— Dans la boîte, il y a du cyanure. Pour te rendre la mort agréable, nous l'avons mis dans tes pastilles à la menthe préférées. Ce sont celles de chez Neumann, n'est-ce pas ? Nous t'en avons acheté. Apprécie comme nous sommes magnanimes et ô combien miséricordieux !

Breslau, samedi 27 octobre 1923, midi

Au réveil, Eberhard Mock eut trois sensations, toutes aussi violentes que désagréables. Son corps nu, couvert d'une matière rêche, fut parcouru par un frisson glacé, son nez fut agressé par une odeur de vomi et d'urine, et ses yeux furent aveuglés par la lumière électrique. Il ne manquait plus qu'un accordéoniste gitan lui jouât du csardas aux oreilles pour que son calvaire fût complet ! Mock se souleva de sa dure couche et ouvrit grand les yeux. Le premier choc passé, il vit alors plus nettement ce qui l'entourait, dans des couleurs et des proportions plus justes. Une couverture grise traînait sur le lit. Un seau rempli de matières fécales était mal fermé.

Une énorme ampoule inondait de lumière blanche la cellule sans fenêtre. Oui, il était emprisonné. A priori, à la prison du poste de police. Sur la paillasse en face de lui ronflait quelqu'un dont la tête chauve, qui dépassait de la couverture, était couverte de bleus et de croûtes de sang séché.

Mock se passa la langue sur le palais et constata, surpris, qu'il n'était ni desséché ni malodorant comme c'était toujours le cas après une nuit d'ivresse. Le sergent-chef déglutit et, là encore, sa gorge ne lui fit pas mal comme cela arrivait toujours. Il fit le compte précis des verres de la veille. Il se souvenait. Deux vodkas et deux bières. Ensuite, il était allé aux toilettes dans la cour... et là tout était devenu noir. Il ne se rappelait plus rien. Il bougea la tête et, aussitôt, la douleur le paralysa. Il se toucha le crâne et, inopinément, découvrit une blessure collante et molle qui, au premier frôlement de ses doigts, le fit hurler de douleur. Il se sentit perdre connaissance. Avant que cela n'arrive, le flash d'un souvenir lui vint. Il se remémora l'attaque près des toilettes, le coup à la nuque. Au moment où il retombait sur sa couchette, il détourna la tête dans un mouvement défensif qui permit à sa joue et non à son crâne de heurter le bois ébréché. Il vit trente-six chandelles sous ses paupières fermées, mais ne sombra pas dans les ténèbres. Quelques minutes plus tard, il ouvrit de nouveau les yeux. Son camarade de cellule le dévisageait d'un œil abruti. À la différence de Mock, il avait la gueule de bois et était tout endolori. Le sergent-chef avait juste mal.

Il y eut le bruit de la porte que l'on ouvrait. Un policier trapu apparut sur le seuil. Des années s'étaient écoulées depuis que son uniforme avait été taillé. Son shako lui aussi avait connu des temps meilleurs !

— Toi, là ! dit-il en montrant Mock du doigt avant de relever sa moustache. À l'interrogatoire ! Et que ça saute !

Mock se leva à grand-peine, se retint au mur, et, le premier vertige passé, il s'enroula dans la couverture sale et puante avant de quitter la cellule. Le gardien referma la porte en la poussant.

— Avance, pochetron ! lui cria-t-il. Dans mon bureau !

Mock se trouva projeté en avant et parvint de justesse à éviter de se cogner à la porte. D'une main, il retint sa loque crasseuse au niveau de la poitrine et poussa la poignée de l'autre. Il se retrouva dans une pièce qui lui était familière car toutes les salles d'interrogatoire des commissariats se ressemblaient. En s'asseyant sur le tabouret réglable, il parcourut du regard les murs aux boiseries vertes, le sol recouvert de gros linoléum étanche, le bureau vide, les barreaux aux fenêtres et, sur un haut présentoir, le pot et la bassine en fer servant à se laver les mains. Mock était familier d'un tel lieu et l'appréciait. C'était propre, stérile et inhumain.

Il était en proie à diverses émotions, mais celle qui dominait était la colère. Le policier qui l'avait fait entrer venait d'ôter son shako pour s'essuyer le front couvert de sueur. Mock savait que cet homme pouvait le prendre pour un ivrogne et, en conséquence, le bousculer, le traiter avec mépris et suspicion. Tandis qu'il observait le visage rouge du représentant de la maréchaussée taillant son crayon et apprivoisant sa feuille de papier, il élabora une stratégie. Il n'allait ni tenter de prouver que la veille il ne s'était pas enivré, ni révéler qu'il travaillait au commissariat central. Évidemment, cela lui épargnerait quelques heures pénibles dans l'immédiat mais, à plus long terme, ne pourrait que lui nuire. En dévoilant son métier, il serait obligé d'aller s'expliquer directement auprès d'Ilssheimer ou, pire, devant Kleibömer, ce qui, à coup sûr, les conforterait l'un et l'autre dans l'opinion qu'ils avaient déjà de lui : il était un ivrogne toujours prompt au scandale. Cela ne l'aiderait pas à être muté à la Criminelle. Par ailleurs, s'il prenait de haut le brave policier qui allait l'interroger, s'il l'insultait copieusement, ce dernier, effrayé et désorienté, pourrait lui rédiger un rapport gentillet et, cela, Mock n'en voulait absolument pas. Il désirait savoir ce qui lui était vraiment arrivé à partir du moment où il avait été à la porte des toilettes derrière le troquet discret de l'Antonienstrasse et, surtout, il ne souhaitait rien tant qu'attraper le forban qui l'avait agressé. Il ne pensait à rien d'autre qu'à enfoncer la tête de ce porc dans la fosse d'aisances ! Sa colère montait, mais elle ne concernait pas le fonctionnaire assis au bureau.

Le crayon enfin taillé, ce dernier relu attentivement les questions qu'il avait laborieusement rédigées.

— Nom ? demanda-t-il pour commencer.

— Udo Dziallas, répondit Mock.

— Profession ?

— Cordonnier.

— Date et lieu de naissance ?

— 18 septembre 1883, Waldenburg.

— Domicile ?

— Breslau, Gartenstrasse 77, appartement 18, dit Mock, qui donna ainsi l'adresse du directeur Scholz.

— Prénoms des parents ?

— Hermann et Dorothea.

Une fois que le brave policier eut tout consigné, il s'essuya le front, se leva, mit ses mains dans le dos et, ventre en avant, se mit à tourner autour de Mock.

— Raconte ce que t'as fait hier !

— J'ai bu deux vodkas et deux bières dans un troquet de l'Antonienstrasse. Je suis allé aux toilettes et, là, j'ai été attaqué. Je suis tombé dans les pommes.

— Espèce de connard ! cria le policier en s'apprêtant à frapper. Tu veux me faire croire que tu te souviens de rien pour ne pas être tenu responsable de l'agression, c'est ça ? Je vais t'apprendre à mentir, moi ! Ton nom !

— Uwe Dziallas.

Le policier stoppa le coup qui allait partir, fit le tour de son bureau, regarda le compte rendu d'interrogatoire et fit un bond.

— Ah t'es un sacré merdeux ! brailla-t-il. Je te prends en flagrant délit de mensonge ! Avant, t'as dit « Udo » ! Tu crois que je suis bête au point de

pas savoir ce que c'est que « Hermann et Dorothea » ?

— Tout le monde peut se tromper, marmonna
Mock, qui voyait le visage et le cou du gardien
enfler au-dessus de son col d'uniforme trop étroit.

Mock était furieux contre lui-même, cette fois,
pour cette distraction. En voyant le policier arriver
sur lui le poing fermé, il sentit vibrer sa blessure à
la tête tandis que du sang coulait derrière son
oreille. Il se rappela les griffes de la belle-mère du
docteur Goldmann. La fureur le gagna, pareille à
une sueur froide, puante et visqueuse. Il banda ses
muscles dans l'attente du coup. À cet instant précis,
le téléphone sursauta sur le bureau en sonnant. Le
policier réajusta son uniforme sur sa bedaine et prit
l'écouteur.

— Salle des interrogatoires. *Reviervorstehender*
Schulz, dit-il.

Il écouta ensuite une voix sévère un long moment.

— Exact, monsieur le directeur, dit-il, jetant un
regard rapide à Mock. Il a donné un faux nom et il…
Oui, oui… Je comprends. Le sergent-chef Eberhard
Mohr. Euh, non, Mock, se reprit-il en lançant un œil
noir au détenu. Je comprends. Tout de suite… Je lui
transmets… Oui, j'y veille… J'attends…

Il reposa l'écouteur avant de fixer longuement
Mock.

— Pourquoi vous ne m'avez pas dit qui vous
étiez, sergent-chef ? demanda-t-il en rentrant le
ventre.

— Je voulais voir comment vous vous débrouilliez,
répliqua Mock, qui ajouta d'un trait : Je voulais vous

cacher mon identité parce que je voulais que vous me disiez tout ce qui m'est arrivé avec un maximum de précisions. Le plus brièvement et le plus clairement possible. Vous pouvez ?

— J'aime pas qu'on joue avec moi au chat et à la souris, marmonna Schulz. Si j'avais su qui vous étiez, qu'est-ce que ça aurait fait ? Je vous aurais pas dit ce qui vous était arrivé, peut-être ?

— Alors, vous me le dites ou vous ne me le dites pas ?

— Je vous le fais bref et clair.

Schulz s'assit et offrit une cigarette à Mock.

— À minuit, le téléphone a sonné. Une voix anonyme a informé mon homme de garde que, près du troquet L'Heure joyeuse de la Bräuergässchen, deux hommes ensanglantés étaient étendus. L'un d'eux tenait un couteau et avait une blessure à la tête. L'autre avait des blessures sans gravité. Le premier, c'était vous. L'autre, le type qui partageait votre cellule. Nous vous avons déshabillés et, vlan, un seau d'eau ! L'autre était tellement ivre qu'il n'avait pas bronché. Vous, vous étiez inconscient. Impossible de vous réveiller. Voilà tout.

— Désolé, dit Mock d'une voix paternelle tout en avalant la fumée de sa cigarette. Vous avez fait du bon travail.

— Merci, marmonna avec réticence Schulz, je respecte toujours la consigne.

— Ce sera tout, dit Mock, qui écrasa sa cigarette et se leva. Mes vêtements, s'il vous plaît. Je m'en vais.

180

— Désolé, je ne peux pas vous laisser partir, dit Schulz, qui se leva lui aussi pour barrer la porte de son corps massif. Les consignes d'abord. Tout le monde sait que le vieux Schulz respecte le règlement. Or, l'amendement au dernier règlement stipule clairement qu'il faut relever les empreintes de tout prévenu non identifié et les porter sans tarder au commissariat central. Je le fais toujours. Je prends les empreintes à tous les suspects et même, que Dieu me pardonne, aux défunts ! C'est ce que j'ai fait dans votre cas. J'ai tout envoyé par coursier tôt ce matin.

— C'est très bien, mais la consigne ne vous interdit pas de me rendre mon caleçon, dit Mock, que l'impatience gagnait. Si ?

— Voyez-vous…, commença Schulz sans quitter la porte, au téléphone, j'ai reçu un autre ordre. Nous devons attendre les hommes du Central. Ils viennent vous chercher.

Un bruit de chaussures cloutées raisonna dans l'escalier. On frappa brutalement à la porte et, après un puissant « Entrez ! » de Schulz, un policier en uniforme apparut.

— Les hommes du commissariat central viennent d'arriver, monsieur le *Reviervorstehender* ! lança l'homme de faction avec une prononciation saccadée de militaire.

Quatre hommes pénétrèrent dans la pièce. Mock ne les connaissait pas, pas même de vue. Qu'ils arrivent ainsi en nombre était surprenant, mais ce qui l'était plus encore, c'étaient leurs cartes. Celles de la police des prisons. Le plus étonnant de tout fut leur conduite. L'un d'eux s'approcha de Mock pour lui tendre la main. Mock tendit la sienne par réflexe, et quelle ne fut pas sa surprise quand une menotte se referma sur son poignet !

Breslau, samedi 27 octobre 1923,
douze heures trente

Bien qu'il fût midi, Breslau était plongée dans une semi-obscurité à cause du mélange d'eau et de neige humide qui tombait pour la première fois de la saison. Une bouillasse épaisse et collante couvrait les omnibus, les tramways et les fiacres pour ensuite glisser par plaques sales de leurs vitres embuées ou du dos échauffé des chevaux. Les gens se hâtaient dans la grisaille dense qui était suspendue au-dessus des pavés et s'efforçaient de retenir qui son chapeau melon, qui son parapluie. Sur la Schuhbrückestrasse, entre l'atelier de mécanique de précision et le refuge pour les sans-abri, deux hommes-sandwichs portaient sur le dos de grands rectangles avec un dessin de machines à écrire. Ces « réclames en marche » étaient supposées tenter les enseignants de l'Université, nombreux dans le quartier. Pour l'heure, ces deux gaillards ne se préoccupaient guère de la production mécanique de H. Wagner, mais fumaient une cibiche qu'ils protégeaient de la neige en la couvrant de leur main. Du troquet Pudelka sortirent deux étudiants qui manifestement avaient trouvé mieux à faire qu'assister aux cours. La neige se déposait sur leurs uniformes.

Heinrich Mühlhaus, le commissaire divisionnaire de la police criminelle, détacha ses yeux des fumeurs et des étudiants, de la neige larmoyant sur la vitre, et regarda Mock assis en face de son bureau, qui se frottait les poignets. Le commissaire divisionnaire se pencha sur son subalterne comme s'il voulait dénombrer la moindre ride sur son visage fatigué, le plus petit vaisseau sanguin dans ses yeux ou chaque gerçure de ses lèvres sèches. Il ne parvint pourtant pas à deviner quelle était l'humeur du sergent-chef. Le visage fermé, la mâchoire inférieure en avant, les yeux mi-clos ne dénotaient rien de particulier, peu importait l'heure, l'état d'esprit ou la quantité d'alcool avalée. Il n'y avait guère que la tête entourée de bandages qui différait.

— Nous allons nous regarder en chiens de faïence combien de temps, monsieur le directeur ? demanda Mock en fixant l'immense carte de Breslau accrochée derrière le bureau. Vous ne serez pas surpris si je vous pose une question importante au sujet des menottes, n'est-ce pas ? Mais je ne voudrais pas me montrer impoli… La priorité pour prendre la parole revient aux aînés. Eh bien ? Vous avez des questions ?

— Vous n'êtes pas raisonnable, Mock, dit lentement Mühlhaus en ouvrant une boîte en métal avec du tabac danois. Vous faites des amabilités rhétoriques… Vous posez une question sans la poser… Le temps n'est plus aux politesses, Mock, il est aux menottes.

— Parce que vous ne faites pas d'exercices rhétoriques, peut-être ? fit Mock qui se pencha pour essuyer avec un mouchoir la boue de la pointe de sa chaussure. Homère déjà pratiquait l'effet d'attente, la retardation...

— Vous voulez manger quelque chose ? demanda brusquement Mühlhaus. Une miche de pain avec du saumon fumé et de l'oignon mariné ? De chez Altona. Je l'ai acheté aujourd'hui en venant... Je sais que vous aimez particulièrement le poisson.

— C'est quoi le problème ? demanda Mock très lentement sans regarder le pain au cumin et les fines tranches rosées de saumon. Pourquoi m'a-t-on mis les menottes ?

— Je m'attendais à une autre réaction de votre part, Mock, commença Mühlhaus, qui porta le feu d'une allumette au fourneau de sa pipe. De la fureur, des cris, de l'agacement pour le moins... Et vous voilà très calme... Je ne sais pas ce que je dois en penser... J'ai deux possibilités. Dire : Mock, pourquoi as-tu tué ces femmes ? Pourquoi as-tu assassiné Klara Menzel et Emma Hader ? Pourquoi leur as-tu ouvert la bouche et arraché les dents ? Oui, je pourrais débuter l'interrogatoire ainsi. Je pourrais également faire autrement et tout te raconter par le commencement... Te dire que ce matin l'homme de faction du XIIe district est venu dire au policier de service qu'il y avait chez eux, aux arrêts, deux hommes ivres, blessés et non identifiés, suspectés d'avoir pris part à une rixe grave dans la nuit. Schulz, le chef du secteur, qui est très à cheval sur le règlement, nous a envoyé leurs empreintes digitales pour identification. Comme Kleinfeld n'avait rien à faire ce matin, il s'est occupé des empreintes. Il a commencé par les comparer à celles du dossier des affaires non résolues. Et sais-tu ce qu'il a découvert ? Que l'un des poivrots avait des empreintes qui correspondaient à celles trouvées sur la ceinture avec laquelle Klara Menzel et Emma Hader ont été étranglées. J'ai pris la décision qui s'imposait. J'ai donné l'ordre d'arrêter immédiatement cet ivrogne aux empreintes identiques à celles du meurtrier des deux gourgandines pour le ramener dans mon bureau. Ce fut fait et tu sais qui m'a été amené ? Toi.

Mühlhaus regardait Mock et voyait enfin ce qui se passait dans son esprit. Le sergent-chef fut soudain dégoulinant de sueur. L'humidité fit onduler ses cheveux toujours si lisses, de la transpiration coula de sous son bandage et son front se couvrit de gouttes. Il ôta sa veste et son gilet pour s'appuyer fermement contre sa chaise. Il retroussa ses manches de chemise sans boutons de manchettes et dégrafa brusquement son col raide dont les bouts se dressèrent aussitôt jusqu'à son menton. Mühlhaus savait que ses paroles avaient fait mouche.

— Dis quelque chose, Mock, le pria Mühlhaus. Donne-moi une preuve convaincante pour que je ne te renvoie pas menotté à la prison. Dis-moi quelque chose pour que je classe cette journée dans les cauchemars nocturnes sans lendemain ! Je t'écoute, Mock.

— En été… (Mock ne contrôlait toujours pas le réchauffement de son corps.) Je ne sais plus quand c'était. Si, si, je me rappelle… Le jour où l'on a trouvé ces deux jeunes filles… Klara Menzel et

Emma Hader. La veille, j'avais trop bu… J'avais bu à mort. Je me suis réveillé à Deutsch Lissa, dans une clairière. Quelqu'un m'avait dévêtu et ne m'avait laissé qu'un vieux manteau. Mes doigts étaient couverts de peinture rose. C'était comme si quelqu'un avait voulu me piéger…

— Quand tu es venu me rejoindre sur le lieu du crime, dit Mühlhaus en lâchant une longue bouffée de fumée dans sa barbe hirsute, pour identifier les prostituées en tant qu'expert, tu n'avais pas les doigts roses…

— Je les avais nettoyés au diluant.

— Quand ?

— Quelques heures plus tôt.

— Au bordel ? demanda-t-il en martelant le bureau de ses ongles. Chez Mme Zimpel. Là où mon homme t'a trouvé en train de forniquer comme une bête… Ilssheimer lui avait indiqué l'adresse. Tu aimes baiser les putes, Mock ? Quand elles n'ont pas d'argent, tu te paies en nature, hein ?

— J'aime les femmes, répondit Mock, qui ne transpirait plus mais tremblait de tout son corps. J'adore les femmes, quel que soit leur métier…

— Et tu aimes profiter de l'argent licencieux, poursuivit Mühlhaus en reposant sa pipe éteinte. Il n'y a pas très longtemps, tu as enfermé tous les proxénètes chez nous en cellule, en bas. Ils ont vomi comme des chats. Ne me demande pas comment je le sais. Je sais tout ce qui se passe, Mock. L'un des marlous a avoué que tu as essayé de leur faire peur parce qu'ils ne voulaient pas partager leurs bénéfices avec toi… Ne me demande pas comment je le sais ! Tais-toi ou je te fais boucler ! hurla Mühlhaus à la vue de son subordonné qui bondissait de son siège. Assis ! Tu te tais et tu écoutes ! Le petit Maxou Niegsch refusait de partager. Tu as voulu l'intimider en amochant ses filles, deux putes déjà en fin de course, la Menzel et la Hader. Tu as voulu leur arracher des dents. Mais ça a déraillé. Tu t'es énervé. Tu avais la gueule de bois... Il faisait très chaud et chacun sait que tu n'aimes pas la canicule... Tu ne t'es pas contrôlé... L'une des filles ne s'est pas laissé faire. Tu as étranglé la pute récalcitrante qui braillait. L'autre t'a vu faire... Eh bien, tu l'as étranglée aussi. Cela c'est passé ainsi, Mock. Exactement comme ça ?

— Et les dents, je les leur ai arrachées quand ? *Post mortem* ? Après les avoir tuées ? Et pourquoi ? En souvenir ? interrogea Mock, dont une jambe était secouée de rapides sursauts nerveux.

— Ce n'est pas toi qui pose les questions ! siffla Mühlhaus, qui fit traîner la dernière syllabe à la mode silésienne. Tu m'expliques !

— Quelqu'un m'a piégé ! Vous pouvez comprendre cela ? Cet été, quelqu'un m'a fait boire, a pris mes empreintes et ma ceinture ! Il voulait les empreintes les plus vraies possibles, immédiatement repérables sans avoir recours à toute cette technique dactyloscopique, et c'est pour cela qu'il m'a mis de la peinture aux doigts... Il n'était pas obligé. Il avait déjà mes empreintes... Sur la ceinture... Ensuite, il a assassiné les deux filles et il a mis mes empreintes sur l'instrument du crime.

Hier, quelqu'un m'a agressé à la sortie du troquet...

— Quel troquet ?

— Un bistrot sans enseigne sur l'Antonienstrasse. Quand je suis allé pisser dans la cour, j'ai été assommé puis transporté dans le secteur du *Reviervorstehender* Schulz, lequel est connu pour être particulièrement pointilleux avec le règlement. Mon agresseur m'a volé mes papiers dans le seul but d'amener Schulz à relever mes empreintes digitales « pour identification », selon l'expression consacrée. Qui pouvait savoir toutes ces choses sur les méthodes d'identification et les habitudes du chef Schulz du XIIe ? Un voyou qui a eu affaire à Schulz et à moi-même. Il a sans doute été mis aux arrêts dans ce poste. Maintenant, il se venge de moi. Vous comprenez ? Il faut vérifier tout cela. Je vais le faire. Après tout, je suis directement concerné. Une affaire *pro domo mea* !

— Dis-moi d'abord si quelqu'un a vu tes doigts couverts de peinture rose. Est-ce que quelqu'un peut confirmer ton histoire ? Comment es-tu rentré de Deutsch Lissa ? Tu étais nu et ivre !

— Le chef de poste de Deutsch Lissa m'a bouclé. Je ne connais pas son nom. Je lui ai dit que j'étais du commissariat central. Smolorz est venu me chercher et m'a ramené.

— Ce policier de Deutsch Lissa ou Kurt Smolorz pourraient-ils confirmer la peinture rose ?

Mock recommença à transpirer et son genou à tressauter. Il se prit la tête entre les mains. Des taches humides s'élargissaient sous ses aisselles.

— Personne ne peut le confirmer, répondit-il. Je dissimulais la main dans ma poche. J'avais honte de cette peinture rose.

— Pourquoi ?

— Smolorz aurait pu penser que j'étais un inverti, que je me peignais les ongles… Que je m'étais enivré avec des travestis…

Mühlhaus se leva de son bureau pour en faire le tour et aller à une grande armoire contenant des classeurs noir et blanc. Des chiffres étaient inscrits avec soin sur leur tranche. Il passa les doigts sur ces numéros mystérieux.

— Écoute-moi bien, Mock, dit-il d'une voix basse. J'ai élucidé la plupart des affaires qui se trouvent ici. Beaucoup comportaient des éléments contradictoires, des versions d'événements qui s'excluaient. C'est le cas de ton affaire qui sera, elle aussi, classée ici. La place est prête.

Mühlhaus frappa un classeur du fourneau de sa pipe.

— Ici ! Ici je rangerai l'affaire Eberhard Mock. Écoute-moi bien. J'ai deux versions, et la mienne est que tu as tué ces femmes. Par hasard, sans le vouloir, dans une attaque de fureur, parce que tu avais trop bu et qu'il faisait chaud… Peu importe que tu leur aies arraché les dents avant ou après… Tu les as assassinées parce que tu voulais intimider le Petit Maxou, qui ne partageait pas ses bénéfices avec toi. Ensuite, il a disparu. Je te soupçonne de l'y avoir aidé. Peut-être parce qu'il était au courant de ton rendez-vous avec les belles. Sous prétexte de vouloir identifier les deux victimes, tu as regroupé tous les proxénètes de Breslau chez nous, en bas. Toujours pour les intimider, en vrai. C'est ce qu'a raconté l'un d'eux. Peu importe lequel. Tu le verras peut-être à ton procès. Voilà ma version, Mock.

Mühlhaus desserra le nœud de sa cravate et prit son stylo-plume, qu'il leva comme pour en vérifier la pointe à la lumière avant de revenir à la page blanche posée sur le bureau.

— Je vais inscrire ma version sur ce feuillet et la tienne sur cet autre, dit-il. La mienne sera brève et logique alors que la tienne sera surchargée de tournures vagues : « quelqu'un me déteste », « un troquet sans enseigne », « je me suis enivré à mort quelque part », « personne n'a vu mes doigts couverts de peinture rose ». Je vais montrer ces deux rapports à des policiers et à des juristes choisis au hasard. D'après toi, quelle version leur semblera la plus vraisemblable ? Garde ! cria-t-il brutalement.

La porte s'ouvrit devant le gardien de prison Otto Oschewalla, qui eut un regard indifférent pour Mock. Mühlhaus signa un document qu'il lui remit. Ensuite, il se leva de son bureau, s'approcha de Mock et posa la main sur son épaule.

— Tu as quatre jours, lui annonça-t-il. Quatre jours à passer dans une cellule individuelle de manière à ne pas te trouver en proie à la haine et à la vengeance des autres détenus parce que tu es policier. Après ce délai, je viendrai te voir et tu me feras un aveu qui me convaincra que tu n'as tué personne. Par tous les diables, Mock, voilà ce que je veux entendre !

Il se pencha alors vers le détenu qui sentit son souffle chargé d'odeur de tabac.

— Mock, je veux vraiment, mais vraiment entendre que tu ne les a pas tuées ! Emmenez-le ! lança-t-il au gardien.

Oschewalla mit les menottes à Mock. Il lui posa sur les épaules son gilet et sa veste avant de le prendre délicatement par le coude. Mühlhaus et Oschewalla se regardaient tandis que le sergent-chef, doucement poussé devant, sortait, les yeux baissés. Qu'aurait-il vu s'il les avait levés ? De la tristesse ou du mépris chez ses collègues ? Dans la pièce voisine, il croisa sans les voir le peu loquace Kurt Smolorz, le stagiaire Isidore Blümmel en état de choc, la main tendue en signe d'au revoir, ou Herbert Domagalla qui tenait plusieurs paquets de cigarettes Ihra, les préférées de Mock. Achim Buhrack, debout à la porte, ôta sa casquette à son passage.

Le fourgon cellulaire était dans la cour. Une neige humide tombait abondamment. Les pieds de Mock et d'Oschewalla glissaient dans la mousse dense et sale. Le gardien ouvrit la porte du véhicule et y poussa courtoisement le prisonnier. Mock grimpa les quelques marches pour s'asseoir sur le banc. Debout devant la porte ouverte, Oschewalla eut un large sourire.

— Tu te souviens de moi, chevalier au grand cœur ? Tu te souviens comment tu m'as traité, il y a six mois, à cause de ce Priessl ? Tu penses que tu vas avoir une belle cellule pour toi tout seul parce que le chef de la police en a décidé ainsi ? Que nenni ! Pour la cellule, c'est moi qui vois où tu te retrouveras !

Moi, seul ! Ce que je sais, moi, c'est que les cellules sont particulièrement surchargées. Y en a juste une où il reste un peu de place. Je vais t'y coller. Tu seras en bonne compagnie. Tu veux savoir avec qui ?

Oschewalla lâcha les noms et referma les battants du fourgon de toutes ses forces. Le bruit en résonna dans la cour. Les collègues de Mock arrivèrent. Il les vit par les fenêtres enneigées. Smolorz regardait, furieux, le véhicule qui s'éloignait, Blümmel était triste, tandis que Domagalla et Buhrack n'en croyaient pas leurs yeux. Le violent bruit de la porte qui claqua leur restait dans les oreilles. Il n'était pas assez puissant pour avoir étouffé les deux noms lancés par Oschewalla, « Dziallas et Schmidtke », et qui étaient tombés dans l'oreille de Mock.

Breslau, samedi 27 octobre 1923,
quinze heures

Devant l'entrée de sa future cellule, Mock accommodait son regard à la pénombre qui régnait à l'intérieur. Des flocons de neige d'un gris sale pénétraient par la fenêtre entrouverte. Les murs étaient couverts d'un crépi lépreux qui avait gonflé sous l'effet de l'humidité, de sorte que d'étranges lignes dessinaient des chaînes de montagnes miniatures avec, parfois, des sommets effondrés devenus des cratères aux bords déchiquetés. Mock frissonna et se demanda si des punaises nichaient dans ces cavités. Il trouva immédiatement la réponse quand il vit les boîtes de conserve remplies d'eau autour des pieds de deux des lits. La troisième couchette était fixée au mur.

Il continuait à entendre la targette qui se ferme, le rire du gardien et ses dernières paroles, tandis qu'ils passaient sur la passerelle métallique le long des cellules. Oschewalla lui avait décrit les pratiques indécentes et vulgaires auxquelles était soumis tout nouveau prisonnier qui avait été policier. Mock en avait des crampes d'estomac et un hoquet violent et douloureux. Il hoquetait bruyamment tandis qu'il se tenait là, avec deux couvertures posées sur ses bras tendus et, à la main, une cuvette ébréchée et un gobelet, en piteux état lui aussi, contenant une cuillère en bois avec de multiples traces de dents. La vapeur qui sortait de sa bouche disparaissait rapidement dans l'air froid.

Il y avait un autre souffle dans cette cellule. Du lit sous la fenêtre se leva un homme de grande taille. Il était à contre-jour et son visage se trouvait dans l'ombre, Mock n'en percevait que les contours taillés à la serpe. Un instant plus tard, il découvrit des yeux gonflés très rapprochés, un menton fuyant, des tatouages qui dépassaient du col de la veste de prison mal boutonnée, une balafre qui filait en travers de sa joue pâle vers la lèvre et se perdait dans les rares poils de barbe. Ce visage mais aussi les mains de l'homme étaient couverts de bosses à croûtes sombres. Ses poings difformes étaient immenses. Ses ongles courbes étaient noirs de crasse et jaunis par le tabac.

— Bonjour, dit Mock, qui posa ses affaires sur la table au plateau tout rayé. Mon lit, c'est lequel ?

Il fut frappé sous le menton. Au cours de l'une de ses formations, Mock avait appris que c'était un endroit où de nombreuses terminaisons nerveuses se croisaient. Il le vérifiait douloureusement. La nuit tomba dans la cellule. La clarté ne revint que lentement et permit à Mock de voir le plafond et le seau recouvert derrière sa tête. Il bougea et prit un nouveau coup. Un coup de pied. Une semelle en bois sur sa pomme d'Adam. Il étouffa. Le hoquet revint lui déchirer les entrailles. Il y eut encore un nouveau coup qui lui tomba dessus d'en haut. Le lit en fer, accroché au mur par des anneaux métalliques, venait de s'abattre sur lui. Au bord de l'étouffement, il ouvrit la bouche. Il cracha un peu de sang sur le sol en pierre. Des spasmes violents l'agitèrent, mais le saignement s'arrêta. Il ne pouvait ni respirer ni repousser le poids énorme qui l'écrasait. Il tourna un peu la tête et comprit ce qui lui arrivait. Il était collé au sol par la couchette sur laquelle son compagnon de cellule était assis.

— Le v'là ton lit ! lui lança son bourreau. Tu vas dormir près des chiottes, par terre, sous le pucier, salope de cogne !

Il se leva, alla jusqu'à la table puis revint vers Mock. Il tenait à la main la cuillère remise à l'arrivée et la plongea dans le seau d'aisances. Une odeur d'excréments gagna la pièce. Le malfrat referma la cuvette, traça un cercle brun et puant sur le sol autour de Mock, souleva le lit et aspergea le policier avec ce qui restait sur la cuillère. D'une voix grinçante, trahissant aussi une absence de dents, il dit :

— Te voilà baptisé avec de la merde, salope, et je t'ai dessiné ta porcherie à la merde. À partir de maintenant ton nom, c'est « salope ». T'as pas le droit de sortir de ta porcherie. Sauf si j't'autorise à me sucer, salope !

Il alla s'asseoir sur son propre lit, alluma une cigarette bon marché et, un sourire mauvais aux lèvres, regarda Mock se relever péniblement et attacher sa couchette avec une courte lanière à l'anneau en fer, puis s'appuyer contre le mur, la tête entre les mains, dans l'espoir de stopper ainsi les pales de ventilateur qui martelaient son crâne. « Je suis bon pour l'hôpital, songea-t-il. Il y a longtemps que je n'ai pas pris une dérouillée pareille. » Mock en voulait au monde entier. Sa rancune l'empêchait de réagir, le paralysait. Il ne contrôlait plus l'expression de son visage. Des larmes lui coulaient des yeux. Il vit le sourire satisfait sur les lèvres balafrées de son bourreau. Le bandit se moquait de la « salope » pleurnicharde qui ne quittait plus le cercle tracé avec des matières fécales. Mock bénissait l'interdiction faite aux prisonniers de retirer leur bonnet. Sans elle, son compagnon de cellule aurait pu voir sa blessure. Il lui aurait suffi d'appuyer son doigt tordu dessus pour faire de Mock un agneau soumis. Le policier était moins figé par sa propre peur que par sa difficulté à se rendre maître de son propre corps et de son esprit. Il n'arrivait plus à prendre la moindre décision sur la conduite à tenir. Il n'était qu'une pelote de nerfs à vif.

— Je suis Dziallas, siffla l'autre par les trous de ses dents manquantes. Pour toi ce sera « Son Excellence le comte von Dziallas ». Compris ? Répète.

— Son Excellence le comte Dziallas, répéta Mock en reniflant.

— Encore une fois ! cria Dziallas en bondissant de sa couchette. Y avait pas « von » ! Répète, salope ! Répète tout !

— Son Excellence le comte von Dziallas, redit Mock, non sans se coller contre le mur.

Dziallas, satisfait, s'installa confortablement, appuya ses mains sur ses genoux et poursuivit la leçon.

— Nos règles, c'est que, sans ma permission, t'as pas le droit d'sortir de ta porcherie. T'as pas le droit d'chier, d'pisser, d'fumer, d'te coucher sous le lit ou dessus. Pas le droit d'me toucher ou d'toucher à ma bouffe. Tu nettoies la piaule, tu laves mon calebar et mes molletières. Tous les colis qu'tu reçois, c'est pour moi. Et t'oublies pas de t'adresser à moi avec du « Son Excellence le comte von Dziallas ». À dater d'aujourd'hui, t'es mon larbin. Quand que mon compère Schmidtke va rentrer de l'épouillage, tu s'ras aussi le sien. Y s'ra là dans moins d'une heure. Des questions ?

— Puis-je m'allonger, Votre Excellence le comte von Dziallas ? demanda Mock.

— Tu l'mérites pas encore, salope, répondit Dziallas, dont la lèvre s'étira tellement vers le bas que la cicatrice rose s'élargit. Tu d'mandes pas comment tu pourrais l'mériter ?

— Non, Votre Excellence le comte von Dziallas.

— Sous le lit et vite ! Et silence ! J'vais m'faire une p'tite sieste.

Dziallas s'étendit face au mur, mais soudain il sursauta et hurla :

— Ici, trou du cul ! Et plus vite qu'ça !

Sans se hâter, Mock approcha de Dziallas qui bondit de sa couchette, s'appuya, les mains contre le mur, et tendit ses fesses. L'air froid de la cellule résonna d'un pet bruyant.

— Ah ! belle sortie ! ricana le malfrat. Ah, pas mal du tout !

Mock retourna à son mur et s'assit sur sa couche sans regarder Dziallas. Il savait que ce dernier ne le quittait pas des yeux. Sans trahir la moindre émotion, Mock fixait le mur humide, les cratères laissés par la peinture écaillée, les pointillés des excréments de punaises et de blattes.

— Salope, salope, lui cria l'autre d'une voix suave presque en chantant. Tu m'as quitté sans un mot... qui t'as permis d'me quitter ? T'as désobéi... Il va t'en coûter, il va t'en coûter... Mais pas tout d'suite, quand qu'mon compère y s'ra là...

Mock s'allongea face au mur. Il savait que la vermine sortait la nuit. De toutes les fissures et de tous les trous possibles. La lune éclairait alors de son linceul argenté leurs petites têtes et leurs pattes velues. Les punaises étaient plus lentes. Elles trottaient moins bien. Elles compensaient en enfonçant profondément leurs mandibules dans les pores de la peau pour en extraire la sève humaine avant d'y laisser des pustules et des croûtes qui démangeaient. Les poux nichaient dans les plis des couvertures ; ils avaient leurs habitations dans les coutures où ils pondaient leurs lentes.

— T'aimes te branler, salope de policier, hein ? poursuivait Dziallas toujours doucereux. Cette petite pute de Priessl aimait bien aussi, ce cafard ! Ah il aimait bien, ah ça oui ! Il se jetait d'lui-même l'matin sur nos couilles. T'aimes, hein, t'aimes ! On va attendre l'nuit. L'collègue se mettra sur ton dos et moi j'te fourragerai... T'aimeras, salope... Tu couineras et d'main t'en redemanderas de toi-même ! Et moi j'te dirai, si t'en veux vraiment salope, ben tourne t'un cul troué vers moi !

« Certaines blattes sont pataudes, songeait Mock. Elles sont noires. Elles restent au rez-de-chaussée. Elles n'arriveront pas ici. Au dernier étage. Dans l'enfer des sodomites. En revanche, ici, il y en aura d'autres. Les rousses. *Blattella germanica*. C'est nous, les Allemands, qui leur avons donné ce nom. Elles ont des pattes accrocheuses. Elles peuvent courir sur du verre. La nuit, elles vont nous chatouiller dans le cou, et entrer dans notre nez et nos oreilles. »

Dziallas s'était endormi. Il était allongé sur le ventre dans le lit écarté du mur. Ses mains pendaient de chaque côté. Il était sans défense. Sans son compère qui s'était assis sur le dos de Priessl. Le jeune Hans avait-il été dans ce lit que Mock occupait désormais ? Lui était-il également interdit de bouger ? L'esclave Hans Priessl devait sans doute demander l'autorisation de ses maîtres, y compris pour se glisser une couche dans le pantalon quand le sang dégoulinait sur ses cuisses. À quoi rêvait-il quand les cafards le chatouillaient derrière les oreilles ? À son fils Klaus ? À quoi avait-il pensé juste avant de se passer la corde au cou ?

Mock entendit les gouttes de pluie qui tombaient sur le cercueil de Priessl. « Monsieur le sergent-chef, en prison, les détenus Dieter Schmidtke et Konrad Dziallas m'ont piné et j'ai perdu mon honneur. Je vous en supplie, tuez-les. Si vous les tuez, mon fils Klaus ne saura jamais pourquoi je me suis suicidé. Ils sont les seuls à savoir. C'est ma dernière volonté. Si vous me jurez de leur solder leur compte, jetez l'image pieuse dans ma tombe. Avec tout le respect que je vous dois. Votre dévoué Hans Priessl. » Mock entendit les cris étonnés de filles du casino qui, surprises, le voyaient jeter l'image pieuse avec sainte Edwige dans la tombe de Priessl. Mock vit ensuite son appartement vide, mais tellement propre de la Plesserstrasse. Son père n'était plus là depuis quelques années, mais la ceinture de cuir sur laquelle il aiguisait la lame de son rasoir vacillait, accrochée à la fenêtre qui laissait passer des rafales de vent. Les mouches s'arrachaient à la toile. Un verre de vodka était rempli très précisément jusqu'au trait qu'il y avait gravé un jour.

Mock prit une décision.

Il se leva, hésita. Et si ce Schmidtke était petit et faiblard ? Peut-être que les deux malfrats n'auront pas raison de lui, même en s'y prenant à deux ?

« Je suis pas en forme aujourd'hui, c'est pour cela que je me suis laissé faire par ce salopard ! »

La porte s'ouvrit devant le maton Oschewalla, qui balaya la cellule du regard avant de se tourner vers quelqu'un dans le couloir.

— Regagne ta cellule après l'épouillage !

Un homme immense, d'une corpulence athlétique, pénétra dans la cellule. Mock vit ses tatouages, sa mâchoire prognathe, ses petits yeux mi-clos et son sourire. Oui, le géant souriait à Mock. Il lui montrait ses dents cariées et noircies. Mock se décida.

Quand, plus tard, on demanda à Eberhard Mock comment il avait fait en si peu de temps, il fut incapable de répondre. Lorsque la police interrogea Schmidtke, celui-ci ne fit que bégayer et répéter qu'il n'avait rien vu. Le gardien Oschewalla qui, une semaine plus tard, perdit son poste pour ne pas avoir rempli ses fonctions correctement, n'avait rien vu, lui non plus. Aucun d'eux ne pipa mot et pourtant ils avaient été témoins de tout. Ils avaient vu Mock bondir sur le dos de Dziallas qui se réveillait, pousser le lit en travers de la cellule tandis que l'eau des conserves se renversait, écraser les omoplates du voyou en y appuyant ses genoux, lui saisir la barbe et lui soulever la tête d'un mouvement brusque. Ils avaient alors entendu Dziallas brailler : « Oschewalla m'a payé pour te piner ! » Ils avaient aussi entendu une vertèbre se briser dans un craquement sec. Enfin, ils avaient entendu Mock hurler en agitant les mains sur lesquelles avait jailli le sang de Dziallas :

— Je l'ai tué et personne ne me fera rien ! Je l'ai tué et je suis le maître, ici ! Je vais tuer toutes les personnes qui s'approcheront trop près de moi ! La nuit, je leur briserai la nuque comme à celui-là !

— C'est l'Intouchable, dit lentement Schmidtke avant de se tourner vers Oschewalla. J'reste pas là-dedans.

Breslau, vendredi 18 janvier 1924,
trois heures

Mock se réveilla au beau milieu de la nuit et s'assit brusquement sur son lit. Le froid le saisit. Il s'entoura de sa couverture et regarda le reflet de lune qui entrait par les barreaux. Dans le rai de lumière glacée, il vit les ombres minuscules de la vermine qui bougeaient sur le sol. Il lui sembla entendre le bruissement de leurs pattes velues. Il se gratta sous l'aisselle et ressentit une légère douleur. Une petite pustule, souvenir d'une punaise, venait d'éclater. Il se laissa retomber sur la dure paillasse et, rempli de joie, voulut glisser la main en dessous pour sentir le chatouillement des pattes de ses petits amis. Il avait ressenti cette joie pour la première fois presque trois mois plus tôt quand il avait brisé la colonne vertébrale de Dziallas et entendu les paroles de Schmidtke : « J'reste pas là-dedans. » Au moment où il essuyait ses mains ensanglantées sur son pantalon en toile, il savait qu'il avait trouvé la parade contre la peur et l'avilissement qui le menaçaient en prison. Il était comme une grenade vivante, comme l'inventeur des gaz de combat portant des échantillons sur lui. Au mitard, la joie ne l'avait pas quitté. Il avait alors trouvé en lui l'amour qu'avait saint François d'Assise pour les bestioles qui apparaissaient dans l'obscurité de sa cellule basse de plafond. Il les avait aimées comme de vrais amis, traité leurs piqûres comme une manière de se dire bonjour un peu brutale et considéré leur chatouillement comme des câlins raffinés. Quant au frôlement des moustaches de rat, c'était pour lui une consolation de ses malheurs.

Sans se lever, Mock toucha le poêle qui chauffait deux cellules à la fois par mesure d'économie. Il ignorait combien il fallait de charbon, parce qu'il ne le chargeait jamais. C'était la tâche de son voisin. Dans cette prison, Mock ne faisait rien, surtout après être sorti du mitard. Le moindre travail lui était épargné. Un grand nombre de prisonniers voulaient se mettre à son service. Par admiration et par peur. Chaque fois qu'un maton le conduisait à l'interrogatoire, sur son passage, on murmurait « l'Intouchable ! ». Au retour des séances où Mock n'ouvrait d'ailleurs pas la bouche, les prisonniers tapaient leur cuillère dans leur écuelle. C'était la musique qui accompagnait la victoire, le panégyrique cacophonique en l'honneur de celui qui a triomphé.

Mock avait organisé sa vie à la prison de la Freiburgerstrasse. Comme tout pédant de naissance, il appréciait la régularité du train-train quotidien. Il considérait que trois repas identiques par jour, c'était parfait. Ancien gourmet et connaisseur, il savait instinctivement filtrer les odeurs et les goûts. Son palais et son odorat ne transmettaient à son cerveau que des stimuli qui étaient agréés. Dès lors, contrairement aux autres prisonniers, matons, juristes et même habitants des immeubles proches, Mock ne sentait jamais l'odeur fétide qui se répandait à neuf heures du matin quand on sortait les tinettes dans la cour et qu'on déversait leur contenu dans la voiture au tonneau. Le gruau était toujours trop cuit, mais Mock s'efforçait d'en extraire — ou plutôt d'y incorporer — tout ce qu'il adorait : un lointain et indéfini fumet de lard et d'oignon frit, une saveur cachée de petit salé. Il avait d'ailleurs appris un petit tour pour anéantir le goût exécrable des carottes ramollies à la sauce de betteraves et de céleris dans laquelle surnageaient des nerfs et, parmi les plus détestables, de minces parcelles de viandes. Il se bouchait le nez en mangeant, tout simplement. Le goût présent disparaissait et ses sens prêtaient au plat une saveur imaginaire. Parfois le filtre ne fonctionnait plus. Mock ne s'énervait pas, ne se plaignait pas, ne maudissait personne. Il se remémorait sa dernière conversation avec Hans Priessl. Il voyait le regard suppliant du jeune homme et se répétait avec le sourire doux d'un curé : « Telle est ta pénitence, Eberhard Mock, à cause de Priessl. Glorifie Dieu de ne pas t'en avoir envoyé de pire. S'il Lui plaît de t'éprouver avec une douleur permanente ou une maladie incurable, tu l'accepteras avec humilité. Tu n'es pas Job, mais tu pourrais l'être. »

Il arrivait à Mock de sombrer dans la vanité. Il se sentait alors comme une sorte de surhomme nietzschéen, un *Übermensch* dispensé de respecter la morale bourgeoise. Avant de s'endormir, il élaborait virtuellement les audacieux manifestes d'une nouvelle éthique carcérale qui feraient du bruit. Quand il regardait son ventre chaque jour un peu plus creux, ses muscles endoloris par ses pompes quotidiennes, il se souvenait des élégies de Théognis, poète grec jadis méprisé, et de ce partage absolu de la société qu'il avait établi en « vilaine plèbe » et en « bons aristocrates ». Dans la seule lettre qu'il écrivit de sa prison, Mock pria Smolorz de lui procurer ces textes en version originale, mais aussi de glisser un petit détail entre les pages. Kurt Smolorz s'exécuta. Il envoya à son ami le colis demandé. De sa propre initiative, il y ajouta un sachet de tabac Ihra et un rouleau de cinq cents feuilles de papier à cigarettes.

Mock s'assit sur sa paillasse, ses pieds retombèrent sur le sol en pierre. Le rai de lune sculptait les murs de trous et de cratères et faisait apparaître des inscriptions indécentes. Il se posait également sur le livre ouvert et soulignait les lettres grecques si agiles. Mock les regarda et referma aussitôt les yeux. Sa mémoire était infaillible. Deux vers lui revinrent aussitôt :

Oude gar eideiês andros noon oude gunaikos
Prin peirêtheiês hôsper hupodzugiou

Mock portait un intérêt particulier à l'image pieuse que Smolorz, à sa demande, avait ajoutée aux pages de Théognis. Les matons, en revanche, ne lui avaient prêté aucune attention tandis qu'ils feuilletaient le livre à la recherche de quelque courrier interdit. Ils ignoraient que le petit carton rectangulaire, tellement innocent en apparence, était la manifestation d'un serment et d'une vengeance inévitable.

Mock traduisit les vers de l'aristocrate de Mégare avant de contempler un long moment l'image pieuse de sainte Edwige qu'il avait fixée au mur et que la lune éclairait.

« Impossible de connaître les intentions de la femme ou de l'homme tant que tu ne les soumets pas à une épreuve aussi pénible que celle des bêtes de trait. »

Breslau, mardi 12 février 1924,
dix-neuf heures cinq

Heinrich Mühlhaus, le commissaire divisionnaire de la police criminelle qui venait de dépasser la fontaine de la Junkernstrasse, sans eau à cette époque de l'année, aperçut aussitôt la brasserie Kissling. Il savait qu'elle se trouvait au 15 de la rue, mais n'avait plus à s'en inquiéter. Le nom, « Conrad Kissling », s'étalait en grand sur les fenêtres, une lettre par vitre. Mühlhaus, qui ne buvait jamais de bière, était peu coutumier des tavernes où celle-ci coulait à flots. C'est la raison pour laquelle il fut content de ne pas avoir à chercher longtemps l'endroit où il devait rencontrer des personnalités importantes de Breslau. Il entra donc le sourire aux lèvres. La chaleur qui l'accueillit était saturée de chants et il ne fut guère ravi d'entendre des voix masculines en liesse. Il n'était pas lugubre de nature, mais ne faisait certainement pas partie de ces gens qui, tout à leur ivresse, tournaient leur moustache, se balançaient en rythme et vociféraient des truismes du genre « Nous nous rencontrerons un jour sur les rives de l'Oder ». La première salle, très grande avec des voûtes et des lustres ronds, était remplie d'hommes qui s'amusaient.

Puis, lorsqu'un serveur plutôt petit mais des plus agiles se présenta devant lui, Mühlhaus lui demanda si ces messieurs chanteraient encore longtemps. L'ironie et l'agacement de sa question durent échapper au garçon car celui-ci eut un large sourire et déclara que le chœur masculin Polyhymnia allait rarement au-delà d'une heure de chants durant ses répétitions. Évidemment, si la demande lui en était faite, il pouvait poursuivre avec des airs plus rares de son répertoire. Mühlhaus en resta là et demanda, avec cette fois un agacement nettement perceptible dans la voix, qu'il lui indique la « salle bavaroise » où il avait rendez-vous. Le serveur l'accompagna dans une pièce plus petite et très peu décorée, si l'on exceptait les longues poutres auxquelles étaient accrochés des lustres ainsi que les bois de cerf qui ornaient les renfoncements des murs.

À la plus grande surprise du serveur, Mühlhaus commanda du thé Obst préconisé pour la sciatique. Quand on lui répondit qu'il en trouverait à la pharmacie Higie, il demanda un bon thé d'importation, après quoi il salua trois hommes assis sur des bancs en bois massif. Il accrocha son manteau et son chapeau melon aux patères qui couvraient tout un mur. Avec une condescendance compréhensive, il se fit la remarque que les personnes supposées montrer un tant soit peu l'exemple ne savaient pas non plus se passer d'alcool. Otto Langer, le directeur de la prison, buvait une Kulmbacher, le juge Ernst Weissig s'envoyait un bock d'un litre d'une cuvée locale, tandis qu'une bouteille de cognac « Vieux cépage » de chez Mampe était posée devant Otton Tugendhat, le rédacteur en chef des *Breslauer Neueste Nachrichten*. Mühlhaus chargea le fourneau de sa pipe et resta silencieux, ce qui n'était pas le cas de ses compagnons.

— Mon cher docteur, disait Langer en foudroyant le journaliste du regard, vous tenez vraiment Vater pour un homme d'honneur. Lui qui a écrit des lettres serviles à Lénine, lui promettant que les Allemands deviendraient une composante de l'Empire soviétique !

— Je le tiens pour tel, répondit calmement Tugendhat avant d'avaler une petite lampée de cognac. L'appartenance à un parti ou l'opinion politique d'une personne ne décident pas de son honneur, mais ses actes, cher monsieur, ses actes ! Quelqu'un qui se suicide est toujours un homme d'honneur.

— L'honneur n'est pas nécessairement en cause. La couardise peut, elle aussi, être à l'origine d'un suicide, intervint le juge Weissig en allumant son cigare.

— Il n'avait certainement pas peur, sourit Tugendhat. Qui aurait choisi un pleutre pour chef de la police de Magdebourg ! Un préfet de police peut-il être un poltron ? Je me tourne vers un spécialiste pour lui poser la question. Eh bien, Mühlhaus, dites-nous si Wilhelm Kleibömer, notre préfet de police, est un couard ?

— Vater était vraiment le préfet de police de Magdebourg ? demanda Mühlhaus, qui prenait, des mains du garçon, un thé chaud à l'agréable parfum.

— Hé, hé, regardez-le qui s'anime, notre divisionnaire ! s'exclama le journaliste. Mais ne vous inquiétez pas, cher ami, ne cherchez pas d'espions dans la salle, dites-nous franchement si Kleibömer est un couard ou non ?

— Mon cher Tugendhat, dit Mühlhaus en souriant, vous me permettrez de ne pas parler de mon patron et de son état d'esprit. Tel n'est pas l'objet de notre rencontre. Je sais que le récent suicide de Vater, ainsi que la mort de Lénine il y a trois semaines de cela, sont source d'émotions, surtout chez ceux qui, tel notre ami le rédacteur en chef des *Breslauer*, sont de gauche, mais ne sommes-nous pas ici pour parler de la regrettable affaire Eberhard Mock ?

Il y eut un silence. Tous les regards étaient fixés sur Mühlhaus comme pour lui déférer le droit de présider le conseil informel qui se tenait à la brasserie Kissling.

— Pardonnez mon retard, reprit Mühlhaus. Le cocher qui m'a amené ici était ivre et il a confondu la Junkernstrasse avec la Jahnstrasse. Passons donc directement à ce qui nous préoccupe. Eberhard Mock est accusé de trois assassinats. Ses deux premières victimes étaient des prostituées : Klara Menzel et Emma Hader. La troisième était l'homme qui partageait sa cellule et qui était coupable de viols sur des mineurs. Un certain Konrad Dziallas…

— Un pervers et un misérable comme il en est peu, intervint Langer. Je n'ai eu que des soucis avec cet homme. Un autre détenu s'est suicidé à cause de lui… Mock jouit d'un immense respect à la prison actuellement. Les prisonniers l'adulent parce qu'il est de la caste des « Intouchables », pour lesquels plus rien n'a d'importance et qui dès lors peuvent tout se permettre…

— Seriez-vous en train de suggérer, mon cher directeur, que le Tribunal devrait se montrer plus clément avec Mock parce qu'il a fait passer de vie à trépas une vermine ? demanda le juge Weissig.

— Je ne suggère rien, simplement…

— *Pax*, messieurs ! intervint Mühlhaus, qui souffla dans sa pipe pour en faire sortir un grand cercle de fumée douce-amère. Il n'y a que moi qui ferai des suggestions… même si, pardonnez-moi, je ne vais rien suggérer du tout, je vais plutôt vous adresser une prière. Elle est de taille… Il y est question de discrétion, de silence, de secret…

— Alors là, je vois mal ce que je fais ici, déclara le journaliste en se versant un nouveau verre. Le propre de mon activité est de tout révéler. Or, vous me demandez toujours le contraire ! Grâce à moi, en Allemagne, pas un seul journal n'a fait la moindre allusion à Mock dans cette affaire d'assassinat des deux prostituées… Je dois toujours me taire et me taire encore ! Monsieur le divisionnaire, vous me fatiguez !

— Vous avez raison, mon ami, dit Mühlhaus, qui resta silencieux un moment tandis que, devant chacun des convives, le serveur disposait des assiettes avec des saucisses bavaroises blanches, de la moutarde douce, ainsi que de petites coupelles contenant des navets marinés. Jusque-là, vous avez fait preuve d'une retenue admirable, poursuivit Mühlhaus. Je sais que c'est en contradiction avec vos obligations professionnelles. Mais vous ne perdez rien à attendre. Vous choisirez le moment propice pour tout révéler. Vous pourrez raconter l'affaire Mock avant qu'elle ne commence pour de bon et ainsi chauffer l'ambiance ou bien tout rapporter plus tard… Dans son entier… Votre journal sera le seul dans cette ville… Imaginez votre série d'articles après le procès… Les vendeurs de journaux qui crient « Toute la vérité sur Eberhard Mock ! ». Le tirage des *BNN* augmentera… Vous savez tout, vos concurrents ne savent rien…

— Votre démarche n'est pas habituelle, dit Langer. Vous annoncez la récompense avant d'avoir dit sur quoi il fallait faire silence…

— Me pardonnerez-vous une petite introduction, messieurs ? demanda Mühlhaus, qui, les voyant acquiescer d'un signe de tête, poursuivit. Le sergent-chef Eberhard Mock ne travaillait pas pour la Criminelle mais pour les Mœurs… Vous seriez donc en droit de demander ce que je fais ici. La réponse est simple : je représente le préfet de police Kleibömer. C'est lui qui m'a confié cette mission délicate.

Mühlhaus posa sa pipe, joignit les mains et dévisagea tour à tour chacun de ses commensaux. Il reprit d'une voix assurée :

— Messieurs, je vais le dire sans détour. La police souhaite éviter un scandale. Pour cette raison, le préfet est intervenu pour transférer le procès de Mock à Königsberg. Trois hommes de confiance du commissariat central de Prusse-Orientale vont venir chercher le détenu. Ils seront identifiés grâce à un mot de passe donné par Kleibömer. Le préfet téléphonera à deux personnes et pas plus. La première, ce sera vous, Langer. La seconde, moi. Vous recevrez l'ordre de vous occuper personnellement des policiers de Königsberg, de leur ouvrir la porte de la cellule de Mock et de le laisser partir avec eux. Mes hommes leur assureront une escorte discrète jusqu'à la gare centrale. Je dois veiller à ce qu'ils ne sachent pas qui ils convoient. Dans le train, le dernier wagon sera réservé pour l'accusé et ses accompagnateurs. Acceptez-vous de rester totalement discrets sur ce que vous venez d'entendre ?

— Oui, j'accepte, répondit le directeur de la prison entre deux gorgées de bière et en mordant dans un navet mariné. Je n'en parlerai à personne. La demande du préfet Kleibömer est un ordre pour moi.

— Merci beaucoup pour votre aimable coopération, dit Mühlhaus en souriant et il tassa le tabac dans le fourneau avec un bourre-pipe ciselé. Quant à vous, Tugendhat, le préfet insiste pour que vous fassiez preuve d'une discrétion sélective. Tant que Mock n'aura pas posé le pied au tribunal de Königsberg, diverses rumeurs vont courir parmi les journalistes. Vous allez les démentir, lâcher des informations contradictoires sur le lieu du procès, sur sa date… En échange…

— Je vais vous dire ce que je veux en échange, intervint Tugendhat. (Il alluma un cigare et envoya une bouffée de fumée vers les bois de cerf accrochés au-dessus de la table.) L'un de mes reporters sera le seul journaliste autorisé à assister au procès de Königsberg. Il relatera le procès jour après jour. Voilà ce que ce sera en échange !

— C'est d'accord, vous avez anticipé ma proposition, répondit Mühlhaus…

— J'ai encore une question… Vous dites que je dois disséminer des informations contradictoires sur la date du procès. Mais, pour ce faire, je dois connaître la vraie date… Je dois savoir quand envoyer mon reporter au bord de la mer… C'est une excursion un peu plus longue que d'aller à Zobten.

— De là vient la prière que je vais adresser au quatrième d'entre nous, le juge Weissig, dit Mühlhaus, qui dévisagea ce dernier en train de mettre des rondelles d'oignons sur une petite saucisse. Nous tous ici présents devons connaître la date du procès au moins quelques jours avant que n'arrivent les trois policiers en civil de Königsberg. Le directeur Langer doit planifier l'élargissement de Mock avec toute la prudence qui s'impose. Tugendhat doit lancer sa campagne de désinformation dans le monde journalistique et moi, je dois prévoir l'escorte jusqu'à la gare. Hélas, le juge Mann de Königsberg, nommé à la tête du tribunal qui jugera Mock, ne veut rien entendre. Il affirme avoir reçu de ses supérieurs l'ordre strict de garder un secret absolu et il refuse d'informer quiconque de la date du procès. Pouvez-vous me dire, monsieur le juge, s'il n'a vraiment personne à informer ?

— Nous connaissons tous le vieux Mann et savons combien il est timoré, farci de principes et têtu, répondit Weissig avant d'avaler une bouchée. Mais, serait-il le plus coincé du monde, le règlement stipule qu'il doit m'envoyer un document officiel dans lequel il me demande de libérer le prévenu pour qu'il assiste au procès… Ce courrier comportera également le mot de passe…

— Vous étiez déjà au courant de l'aimable supplique de Kleibömer ? questionna Mühlhaus.

— Je l'étais. Je veux savoir quand les hommes de Königsberg se pointeront…

— Et je veux connaître le mot de passe…

Weissig recouvrit de sa main celle de Mühlhaus posée sur la table. Langer posa la sienne sur les leurs et, après une hésitation, Tugendhat en fit autant. Puis les quatre hommes tapèrent de leurs mains libres sur celles qui étaient empilées.

Le serveur crut qu'on l'appelait dans la salle bavaroise, aussi s'y précipita-t-il. Il vit les quatre hommes qui avaient levé leurs mains et les avaient jointes et qui, à présent, s'observaient à travers la fumée. L'un d'eux lui fit signe avec son cigare.

— Dites-moi, garçon, il y a moyen de boire ici ou ce n'est pas possible ? lui lança-t-il en riant avant de se tourner vers ses compagnons pour leur dire sans plus prêter attention au serveur : Messieurs, à Breslau, seuls nous quatre et le préfet de police sommes au courant. Il faut que cela reste ainsi !

Breslau, dimanche 2 mars 1924,
cinq heures

Le train de Königsberg qui arrivait à Breslau via Berlin était à l'heure. Il siffla et lâcha de la vapeur avec une telle puissance qu'il réveilla tout le monde sur le quai numéro 4. Le porteur cessa de somnoler dans sa voiture à deux roues. Le vendeur de tabac et de journaux, qui comptait sur la faim matinale des passagers, plaça sur son étal des petits pains frais garnis de fricadelles tranchées, tous emballés dans du papier parcheminé des boucheries Carnis. La vieille pocharde, en apparence indifférente au monde, que le responsable du poste de police ferroviaire non seulement tolérait — allez savoir pourquoi ! —, mais à laquelle il allait jusqu'à donner parfois une bouteille de vodka, s'anima, elle aussi. Le chef de gare quitta sa cabine pour accrocher le tableau annonçant la présence de l'express. Il était persuadé, quant à lui, que la vieille clocharde informait les autorités sur ce qui se passait dans le milieu des prostituées et des voleurs à la tire que lui-même pourchassait avec pugnacité.

Trois jeunes hommes avec des écharpes blanches, des chapeaux « sport » à la mode et de longs manteaux chauds, à cause de l'hiver qui traînait, attendaient également le train de nuit de Königsberg via Berlin. Tous les trois frappaient nerveusement le sol de leurs cannes, ce qui ne manquait pas d'agacer quelque peu le vendeur de journaux. Eux exceptés, toutes les personnes présentes sur le quai 4 espéraient voir sortir du monde de l'express de nuit. Cela leur ferait gagner quelques deniers ou assurerait leurs besoins journaliers. Le vendeur comptait sur le fait qu'il y aurait des messieurs soucieux de la Bourse et de la politique qui voudraient acheter le *Berliner Morgen Post* en descendant du train ou des dames à la mode auxquelles il proposerait *Der Bazar*. Le porteur était certain qu'il y aurait des vieilles personnes riches qui, d'un geste nonchalant de la main munie d'un gros billet, lui confieraient leurs bagages. La poivrote envisageait de faire le tour des compartiments une fois les passagers sortis pour récupérer des fonds de bouteille abandonnés.

Seuls trois hommes plongés dans le mutisme, leurs cannes à la main, n'attendaient ni argent ni alcool.

Au quai 4, personne ne fut déçu. Sitôt après avoir salué, en ôtant sa casquette d'un geste déférent, le porteur reçut d'un personnage corpulent l'ordre de se charger d'une pyramide de paquets au sommet de laquelle vacillait une énorme boîte à chapeau. La vieille pocharde se précipita dans le train dès le départ des voyageurs. En quelques minutes, elle y récupéra deux bouteilles à moitié pleines de la fameuse eau-de-vie aux paillettes d'or de Gdansk et, en plus de la Goldwasser, elle trouva une demi-bouteille de Fortuna, une bière polonaise. Le vendeur de journaux vendit le *Berliner Tageblatt* à deux messieurs barbus, aux cheveux gris sous leurs bonnets ronds satinés, qui parlaient une langue n'étant ni du polonais, ni du russe, ni de l'allemand mais en comportait des éléments. Quand ils apprirent que les petits pains étaient tartinés au saindoux, ils n'en achetèrent pas et, tout en gesticulant, s'éloignèrent en direction du tunnel ferroviaire dallé de plaques luisantes. Trois autres passagers firent honneur aux sandwichs. Manifestement, ils avaient très faim car, après avoir demandé en plus de la limonade Sinalco, ils prirent le parti de tout consommer sur le quai. Le train devait avoir été particulièrement chauffé parce qu'ils retirèrent leurs chapeaux melon pour s'éventer. C'étaient des hommes grands et chauves. Avant qu'ils n'aient englouti leur collation et eu le temps d'allumer une cigarette, les trois jeunes messieurs aux cannes les entourèrent. Ce qui surprit le vendeur était que ces derniers ne s'étaient approchés qu'après plusieurs minutes, une fois le quai vide. « Bizarre, se dit-il, ils ne doivent pas très bien se connaître. Sans doute ne se sont-ils jamais rencontrés. Mais alors, comment les trois hommes aux cannes savent-ils que ce sont ces trois autres qu'ils attendent ? Les crânes chauves sont peut-être un signe de reconnaissance ? C'est vrai, ceux aux cannes se sont approchés quand les autres ont montré leur boule à zéro… » À ce stade de ses réflexions, le vendeur entendit un tintement métallique sur les dalles du quai. Il fixa aussitôt les tiges en fer de ses binocles sur ses oreilles et son étonnement disparut. Depuis qu'il y voyait mieux, c'était plutôt la peur qui s'emparait de lui. Les cannes traînaient sur le sol, mais les jeunes hommes pointaient désormais des pistolets !

— Allongez-vous à terre ! Vos gueules à même le sol ! brailla l'un d'eux.

Le vendeur détourna les yeux. Il aperçut la pocharde qui filait du quai avec des enjambées très agiles. Le chef de gare venait de se cacher dans sa cabine. La locomotive siffla longuement et lâcha un panache de vapeur. Le vendeur se dissimula derrière son comptoir et, une fois assis par terre, tira le loquet du volet de son kiosque. Il ferma les yeux et se colla les poings aux oreilles. Il ne voulait rien voir ni rien entendre. Il savait que ces deux groupes d'hommes, les chauves et ceux aux cannes, se rencontraient pour la première fois et qu'après s'être quittés ils n'auraient plus aucune envie particulière de se revoir.

Le train Breslau-Berlin-Königsberg,
dimanche 2 mars 1924, dix-huit heures

Eberhard Mock était assis dans un wagon en queue de train. Il tentait de s'occuper l'esprit pour ne pas penser au procès qui l'attendait à Königsberg et surtout à la sentence de mort qui ne manquerait pas de tomber. Attaché par ses menottes au banc de bois, il essayait de tourner la tête pour observer les trois hommes sinistres et silencieux qui l'escortaient. Ils étaient assis à l'arrière du wagon de troisième classe, non compartimenté, sur une banquette dure et inconfortable. Mock, qui ne supportait ni les voyages ni le train, sentait passer un air froid et humide par les fentes des fenêtres. Il perdait toujours toute assurance dans pareil environnement hostile et c'était ce qui lui arrivait une fois de plus. Il n'était plus « l'Intouchable » de la prison, mais un délinquant enrhumé, frigorifié et pitoyable qui était mené vers son bourreau.

Ses gardiens jouaient aux cartes et se moquaient les uns des autres. Ils devaient être de très bons amis car aucun d'eux ne se vexait. Parfois, ils baissaient la voix et Mock devinait qu'ils parlaient de lui. Il aurait aimé discuter avec eux de n'importe quoi pour oublier, ne serait-ce qu'un instant, la neige boueuse du dehors et le chapeau pointu du bourreau avec ses deux trous pour les yeux. Mais un silence méprisant répondait à ses tentatives pour nouer conversation. Quand il demanda à aller aux toilettes, l'un des convoyeurs se contenta de pousser vers lui un pot de chambre dont, ensuite, il vida le contenu par la fenêtre d'un air dégoûté.

Mock frissonnait de froid et essayait de se rappeler la ville sur le Pregel où, pendant la guerre, il avait passé quelques mois dans un hôpital militaire. Ce n'étaient pas de bons souvenirs. Ils ne l'aidèrent pas à atténuer ses mauvais pressentiments. Dans la prison où il s'était imposé en « Intouchable », la proximité de sa mort semblait irréelle. Les despotes arrogants ont rarement le sentiment de leur fin. Mais une fois dans un endroit comme une gare qui évoque tant les séparations, le train ou un wagon non chauffé et sentant les punaises, l'idée de sa mort proche s'imposa à Mock comme un événement concret et imparable. « Il me reste dix-sept heures, songeait-il, sept jusqu'à Berlin et puis dix jusqu'à Königsberg à rester attaché à ce banc en bois. Une automobile me conduira ensuite à mon lieu de perdition où la hache et le billot m'attendent. »

Le bruit du jeu de cartes, accompagné d'insultes amicales, cessa. Mock ne perçut plus que des murmures. Il n'arrivait pas à distinguer les paroles, même si à un moment donné il eut l'impression que les gardiens parlaient de montres et que l'un ou l'autre affirmait que la sienne donnait l'heure la plus précise. L'un des hommes alla ensuite à l'avant du wagon. Mock sentit que le sommeil le gagnait en dépit de son état de tension permanente. En s'endormant, il eut l'impression que quelqu'un lui enfilait une cagoule sur la place centrale de Königsberg. Vint ensuite le crissement déplaisant d'une scie, mais il n'était pas assez puissant pour le priver de la grâce du sommeil.

L'immobilité et un froid intense le réveillèrent. Le train était à l'arrêt, toutes lumières éteintes. De sa main libre, Mock prit sa montre dans le gousset de sa veste. En passant le doigt sur les aiguilles, il sut qu'il était vingt et une heures. Il avait donc dormi deux heures. Il se leva pour frotter ses cuisses engourdies et regarda autour de lui : les gardiens n'étaient pas là, pas plus que leurs manteaux ou leurs chapeaux. Ne restait d'eux qu'une canne rehaussée de métal suspendue à un portemanteau. « L'un d'eux l'aura oubliée, songea Mock. Où suis-je ? Pourquoi le train est-il arrêté ? Où sont mes convoyeurs ? »

Mock regarda vers l'avant du wagon et vit des flocons de neige pénétrer par la porte ouverte. Il se déplaça aussi loin qu'il put jusqu'à ce que son poignet entravé lui fît mal. Il ne se trompait pas. Par-delà le voile humide et fin de la neige, il apercevait la lisière sombre d'une forêt sur un fond de ciel plus clair. Il comprit que le crissement de scie entendu en rêve était celui du décrochage du wagon. Désormais, le train avait disparu. Il ne restait que la dernière voiture avec un prisonnier attaché à un banc. Mock regarda vers la gauche et vit une maisonnette de cantonnier avec une fenêtre éclairée par une lampe à pétrole. À cette faible lueur, il distingua un mouvement d'ombres qui se suivaient. Elles avançaient vers le train, approchaient de la porte. L'une d'elles monta sur le marchepied et alluma une torche. Mock sentit son cœur défaillir : ce que la lumière lui permettait de voir était un bourreau. Le nouveau venu portait un long manteau, une grande cagoule pointue, un masque avec de grosses ouvertures en verre à la hauteur des yeux et une sorte de nez d'oiseau très long.

Breslau, samedi 8 mars 1924,
dix-sept heures

Par la fenêtre de la salle de rédaction des *Breslauer Neueste Nachrichten*, Otto Tugendhat jeta un œil dans l'imprimerie de son journal. L'un des ouvriers qui ne se savait pas observé sortit furtivement de la pièce pour déballer son petit déjeuner. Cela donna à Tugendhat une idée pour le titre de son article. Il fit glisser sa page sur le rouleau de sa machine, de manière à faire descendre le texte avant de taper au-dessus de celui-ci, avec de grands espaces entre les lettres, *Mystérieuse disparition d'Eberhard Mock*.

Tugendhat retira ensuite la feuille de sa machine à écrire pour la remplacer par une autre encore vierge. Il alluma un cigare puis se mit à écrire vite et sans aucune rature comme s'il avait déjà tout le texte en tête.

« De source sûre, nous apprenons qu'Eberhard Mock, ancien fonctionnaire de la brigade des Mœurs auprès du commissariat central de Breslau, devait comparaître devant le tribunal de Königsberg. Eberhard Mock est accusé d'assassinat pour raisons crapuleuses ou licencieuses (le Tribunal devait en décider). Les victimes sont deux prostituées, Klara Menzel et Emma Hader. Elles ont été sauvagement étranglées le 30 juin de l'année dernière. Sur l'instrument du crime, une ceinture masculine placée sous main de justice, des empreintes digitales avaient été relevées. Elles se sont révélées être celles de Mock. La brebis galeuse de la police de Breslau avait été arrêtée et déférée à la prison de la ville.

« Une fois incarcéré, Eberhard Mock fut agressé et terrorisé par un codétenu qui voulut l'humilier et faire de lui son esclave. Mock tua son agresseur en présence d'un gardien et d'un autre détenu. Un troisième crime s'ajouta donc aux précédents. Le plus curieux a lieu ensuite, chers lecteurs.

« Wilhelm Kleibömer, le préfet de police de Breslau, désireux de préserver à tout prix la réputation de la police, décida de conclure un arrangement avec plusieurs personnalités importantes du ministère de la Justice pour que Mock soit jugé à Königsberg lors d'un procès à huis clos. Il fut décidé que le prévenu serait transféré dans la plus grande discrétion. L'opération ne devait être connue que de quelques personnes dont Otto Langer, le directeur de la prison où Mock était détenu, Ernst Weissig, le juge récipiendaire de l'acte de transfert du prisonnier, Heinrich Mühlhaus, le chef de la Criminelle, ainsi que moi-même. Il y a six jours de cela, le 2 mars, trois agents du commissariat central de Königsberg sont venus chercher le prisonnier à Breslau. Tout se déroula selon la procédure extraordinaire mise en place. Les trois agents firent monter Mock dans le train Breslau-Königsberg et s'installèrent avec lui dans la dernière voiture. Le train partit à l'heure.

« Le lendemain, donc le 3 mars, eurent lieu trois incidents, liés les uns aux autres.

« Dans la forêt proche de Binau, le cantonnier du passage à niveau remarqua un wagon de troisième classe vide qui était à l'arrêt sur une voie latérale. Il apparut que c'était celui dans lequel Mock voyageait avec son escorte. La voiture avait manifestement été décrochée, comme l'indiquaient les traces laissées par les crochets d'attelage.

« À Elbing, le même jour, l'agent de police qui attendait Mock et son escorte pour les conduire ensuite en automobile à Königsberg informa ses supérieurs qu'ils n'étaient pas arrivés à destination. Sa hiérarchie ne manqua pas de téléphoner au préfet de police Kleibömer.

« Et voici le troisième fait. Dans l'après-midi de ce même jour, un citoyen de Breslau rapporta que, dans une cave de la Flurstrasse, trois hommes furent trouvés ligotés. Cette personne ne leur vint pas en aide car elle les soupçonnait d'être des individus en cavale (ils avaient le crâne rasé). Une patrouille se rendit à l'endroit indiqué et les conduisit au commissariat, où leur identité fut rapidement établie. Il s'agissait des trois agents de la police de Königsberg. »

Tugendhat s'arrêta d'écrire, posa son cigare au bord du cendrier et devint songeur. Il n'avait pas de conclusion toute prête. Ne devrait-il pas exprimer une colère légitime contre les agissements secrets de la police, qui autorise la présence de brebis galeuses dans ses rangs ? Ne lui fallait-il pas informer ses lecteurs que lui-même dénonçait toute l'affaire parce que, dans une république qui se respectait, tous les citoyens devaient avoir accès à toutes les informations ? Il lui faudrait également lancer quelques piques à diverses personnes.

Des coups insistants à la porte l'interrompirent. Il poussa un juron très grossier. N'avait-il pas demandé à son assistant de faire barrage ? Cet idiot n'était pas toujours d'une grande efficacité et c'était ce qui arrivait une fois de plus !

Tugendhat alla ouvrir la porte de son bureau. Sur le seuil se tenait un homme qu'il connaissait parfaitement depuis le lycée. Dès le jour où il l'avait rencontré, dès l'instant où il s'était retrouvé à partager sa chambre d'internat avec lui, Tugendhat l'avait détesté. Sa haine n'avait fait que croître au fil du temps, après chaque coup de pied ou de poing reçu, après chaque nouveau harcèlement. Elle n'était ni révoltée, ni destructrice, ni violente, mais plutôt insidieuse, larmoyante et paralysante. Au début de l'année scolaire suivante, Tugendhat avait eu à nouveau à partager sa chambre avec ce garçon. Aussi décida-t-il de solder définitivement les comptes avec son persécuteur. La nuit venue, il sortit un couteau pour le plonger dans la poitrine de son compagnon de chambre, mais celui-ci tendit sa main pour qu'il l'embrasse. Tugendhat s'exécuta. Il n'avait pas trouvé d'autre issue. Quand, des années plus tard, il raconta à son épouse, une journaliste connue de la chronique des sports à l'esprit vif et d'une grande intelligence, que, dans ses cauchemars, il était torturé par un sentiment de paralysie haineuse, elle ne comprit pas. En effet, Tugendhat ne lui avait pas dit toute la vérité. Après leurs années communes passées à l'internat, son visiteur était devenu un homme très important qui, par ailleurs, connaissait sur Tugendhat des choses que celui-ci aurait souhaité oublier.

Otto Tugendhat recula d'un pas pour laisser entrer le nouveau venu, qui se dirigea directement vers la machine à écrire, dont il tira la feuille pour la lire avec attention. Deux de ses hommes enca-draient la porte.

— Tu n'as pas du tout l'intention de publier cet article, l'ami, n'est-ce pas ? dit tout bas l'intrus, ni aujourd'hui ni jamais…

— Je laisserai des colonnes vides à la une, arti-cula péniblement Tugendhat.

— Fais plutôt un article sur l'abolition récente du khalifat par les députés turcs, répondit l'homme en souriant. C'est bien plus intéressant et tu t'en tire-ras à merveille !

— Bien, monsieur le Vice-Préfet de police ! répondit Tugendhat.

À dix kilomètres au sud de Breslau,
samedi 8 mars 1924 à minuit
moins le quart

Eberhard Mock réajusta les draps de son lit moelleux installé dans une alcôve au plafond voûté, avant de dénouer les nœuds qui retenaient les deux tentures en taffetas de chaque côté. Elles retombè-rent dans un léger bruissement et séparèrent le ren-foncement du reste de la pièce. Mock avait déjà passé presque une semaine dans cet endroit et n'avait rien contre le fait d'y rester aussi longtemps que possible. La seule idée de quitter ce logis bien chauffé, propre et avec de l'eau courante provo-quait une crispation dans sa poitrine et lui faisait proférer un chapelet d'insultes. La grande chambre sans fenêtre, comme celles des domestiques dans tous les grands châteaux cossus, était l'endroit le plus confortable dans lequel Mock eût jamais vécu. Il ne voyait pas à quoi il pouvait la comparer dans son passé. Pas aux deux chambrettes où les petits Ebi et Franzi avaient passé leur enfance et leur adolescence, où l'odeur dégagée par des chaussures défraîchies se mêlait à celle de la colle d'os et qui, en dépit des efforts de leur mère, n'étaient rien de plus que des cachots aux murs moisis. Pas à la chambre de bonne sous le toit troué, occupée pendant ses années d'études, humide et pleine de ces petites puces, parasites des plumes de pigeon. Pas à son premier et dernier appartement de Breslau, dans la Plesserstrasse, une ancienne boucherie avec un petit étage exigu où deux lits et une table avec quatre chaises étaient à l'étroit près de la grande cuisinière carrelée. Quant à son dernier logement, celui des six mois derrière les barreaux, il ne susciterait que peu d'intérêt sur le marché de l'immobilier. Tous ces endroits où Mock avait vécu avaient un point commun : ils ne possédaient ni eau courante ni toilettes.

Rien d'étonnant à ce qu'en moins d'une semaine le sergent-chef se fût habitué à sa grande chambre avec sanitaires dissimulés dans un angle derrière un paravent, au lit avec des draps propres, à la nourriture chaude et savoureuse, aux bouteilles thermos remplies de thé à l'exquise odeur, et aux tuyauteries qui chauffaient la pièce. Il aimait jusqu'aux dossiers noirs qui traînaient sur le bureau, sous la lampe à abat-jour vert, et lui procuraient sa lecture du soir. Peut-être un peu ennuyeuse, s'avouait-il tout bas. Les fichiers enfermaient des documents et des rapports rédigés à la main. Chacun d'eux sans exception tenait un sceau avec le profil d'un homme coiffé d'un chapeau et portant un masque d'oiseau. Mock savait avoir déjà vu cet emblème, mais ne se souvenait plus où. En cours de lecture, il se rappela soudain cette représentation d'un médecin combattant la peste et qu'on appelait le *Docteur de la Peste de Rome*. Cela élucidé, une longue chaîne d'associations lui revint à l'esprit. Il ferma les yeux et se répéta en silence « Docteur de la Peste » pour fouiller dans ses souvenirs et trouver celui qu'il cherchait. Il y parvint. À un moment donné, il revit les paillasses couvertes d'échantillons physiologiques dans le laboratoire de biologie de son collège et entendit la voix tonitruante du professeur Rettig :

— Messieurs, un médecin met un manteau en toile cirée, un masque et un chapeau. Ces éléments de son habillement sont supposés le protéger de l'air vicié. Sans doute êtes-vous curieux de savoir pourquoi le masque est muni d'un bec d'oiseau. C'est très simple. Le bec, autrement dit le nez de l'oiseau, est l'organe de l'odorat, il doit percevoir l'exhalaison de la peste avec certitude…

Ces paroles résonnaient dans la tête de Mock tandis qu'il étudiait les documents des Misanthropes. Jusque-là, il ne comprenait pas pourquoi le Docteur de la Peste de Rome était le symbole de cette confrérie. Or, tout à coup, au moment où il allait s'endormir, tout s'éclaircit. Il éteignit la mèche de sa lampe à pétrole et s'étira confortablement sous la couette. Les Misanthropes se donnaient pour mission de chasser la peste des communautés humaines, qu'ils purgeaient de leurs groupes sociaux dégénérés et malades. « Tout comme moi », songea-t-il avant de refouler immédiatement, et pour la énième fois, la question qui s'imposait.

« Est-il tellement important de savoir ce qu'ils me veulent ? murmurait-il dans la nuit profonde. Ne vaut-il pas mieux ne rien demander et continuer à vivre dans cet endroit, de loin le meilleur que j'ai jamais connu ? Qu'il en soit ainsi à jamais ! Un jour, j'apercevrai peut-être l'homme qui me passe de la nourriture par la petite trappe dans la porte. Mais, après tout, pour quelle raison ? À quoi me servirait la présence humaine ? »

Cette dernière pensée l'effraya. Il bondit du lit et ses pieds nus claquèrent sur le sol en pierre. Il en eut un vertige. Les tournures métaphoriques qu'il avait lues dans les dossiers lui revinrent à l'esprit. Ne voulait-il vraiment plus voir personne ? se demanda-t-il. « Deviendrais-je un Misanthrope, un ennemi des gens ? Un de ces médecins de la peste humaine ? Vais-je accepter de vider les abcès de notre race ? Je serais alors en mesure d'approuver le geste commis de sang-froid par le dégénéré qui a étranglé deux filles de joie, après leur avoir arraché des dents, et pour lequel je suis en train de payer. Dois-je accepter qu'on tue un enfant souffrant de maladie psychique, comme l'a fait le chef des Misanthropes de Leipzig dont parle le premier dossier ? Qu'aurai-je en échange ? Tout ce que promettent leurs articles. Un soutien discret et efficace, la disparition de toutes les charges qui pèsent contre moi, une nouvelle identité, un nouveau nom, le pouvoir de décider de la vie des autres d'un trait de plume, des voyages dans les pays tropicaux, de belles dames soumises qui s'agenouilleront à mes pieds ! » Cette dernière évocation fut si violente pour un homme qui n'avait pas connu de femme depuis six mois que Mock dut s'appliquer un traitement efficace pour en atténuer l'effet. Il leva la main et se donna une claque bien sentie.

« Imbécile ! s'écria-t-il. Pour l'heure, personne ne t'a rien proposé. Profite bien de l'instant présent, crétin, et réjouis-toi de ne pas avoir à partager ta couche avec des blattes ! »

Ces paroles résonnaient encore à ses oreilles quand il entendit la porte s'ouvrir à grand bruit. Cela n'avait rien à voir avec la trappe que l'on poussait pour lui apporter de la nourriture. D'ailleurs, il était trop tard pour le dîner et trop tôt pour le petit déjeuner. Trois hommes déguisés en Docteur de la Peste se tenaient sur le seuil. Leurs silhouettes se détachaient dans la lumière pâle filtrée de l'extérieur. L'un d'eux entra dans la pièce et se dirigea vers la table pour ramasser les dossiers. Le deuxième alluma la lampe à pétrole. Le troisième leva les bras. Dans chaque main, il tenait un portemanteau, qu'il posa lentement. Puis il suspendit le costume et le pardessus de Mock à l'un, accrochant son chapeau melon dessus. Sur l'autre apparurent vite une longue pèlerine en toile cirée, un chapeau et un masque à bec d'oiseau.

— À toi de choisir.

Breslau, dimanche 23 mars 1924,
dix-sept heures

Lors du tournoi d'échecs dominical, au club Anderssen — ainsi appelé en l'honneur de l'un des plus grands joueurs allemands du siècle précédent —, toutes les tables étaient occupées. Une petite foule de supporters s'agglutinait autour de chacune d'elles. La présence d'un adversaire de taille, le célèbre club berlinois Le Cavalier, était à l'origine de ce surcroît d'intérêt. S'il était revenu à la vie, Adolf Anderssen aurait sans doute éprouvé une énorme déception devant le jeu des représentants du club qui portait son nom et les couleurs de sa ville natale. En effet, le gardien de prison Otto Oschewalla commettait erreur sur erreur face à l'un des plus faibles joueurs de Berlin. Il commença par accepter une ouverture italienne par les blancs, ennuyeuse et sans surprise. Ensuite, il subit de lourdes pertes en omettant de jouer en défense avec agressivité, et donc de bloquer avec son cavalier le petit roque de son adversaire. Après avoir perdu le jeu initial au centre de l'échiquier, il louvoyait avec obstination et ne prêtait aucune attention aux éclats de colère de ses supporters déçus.

Oschewalla était un joueur d'échecs tout à fait honorable. S'il était déconcentré ce jour-là, c'est parce qu'il avait d'autres projets. Tous les samedis et dimanches, son cousin Rudolf Glufke, qui avait noué des liens commerciaux à Breslau, arrivait de

Silésie polonaise pour régler ses affaires. Le cousin n'intéressait pas tant Oschewalla que l'épouse de ce dernier — l'adorable Lise aux courbes voluptueuses des femmes de Rubens. Une fois Rudolf parti à ses rendez-vous, ses tournois de cartes et ses libations, durant lesquels il s'évertuait à persuader les propriétaires des magasins et les fabricants de poêles de se fournir en carreaux de faïence chez Glufke & Szyndzielorz, son épouse connaissait de délicieux moments dans les bras de celui qu'elle appelait Otto le Grand. Oschewalla était fou d'elle. La veille de chaque rencontre, il ne pouvait plus dormir, manger ou boire. L'attente lui était une torture, et il ne cessait de penser à l'instant où il se précipiterait dans leur petit hôtel douillet de la Neue Taschenstrasse. À La Couronne de fleurs d'oranger où, en dépit du symbole que représentait le nom, les vierges étaient rares, Otto posait son billet en marks sur le comptoir et, sans remarquer le clin d'œil entendu du portier et son sourire grivois, il fonçait vers le petit nid, la chambre où la douce Lise, à la silhouette des temps jadis, l'attendait en négligé transparent et pantoufles à pompons.

Comment s'étonner dès lors qu'Oschewalla jouât aussi mal ou que, après avoir été mis en échec après six coups, il couchât son roi sur l'échiquier ? Il regarda sa montre et, sans un mot d'adieu et sans serrer la main du vainqueur, il quitta rapidement la salle par une porte dérobée. Tout le monde pensa qu'il avait filé parce qu'il avait honte. Devant une autre table, l'un des spectateurs connaissait pourtant la vraie raison de son départ précipité.

Cornelius Wirth veillait fermement à dissocier ses affaires personnelles des questions profession- nelles. Il faisait tout son possible pour éviter à ces deux pans de son existence de se croiser. Il ne racontait jamais sa journée aux activités peu catho- liques à sa maîtresse de longue date, toujours curieuse de tout, ni à la sœur encore mineure de celle-ci, bien plus curieuse encore et qu'il entretenait également. Il était d'ailleurs persuadé que leur avouer en quoi consistaient ses occupations quoti- diennes lui aurait valu de leur part des cris aussi bruyants qu'inquiets. À vrai dire, les deux femmes occupaient dans sa vie une place qui ne leur autori- sait aucune récrimination, mais, sans trop savoir pourquoi, il tolérait leurs colères et leurs crises d'hys- térie, auxquelles il répondait par des grognements ou des monosyllabes. Elles n'en étaient nullement surprises, bien au contraire. Cela les confortait dans l'idée qu'il était « un homme et un vrai » qui, cer- tes, ne cause pas mais fait ce qu'il a à faire. Avec les prostituées, dont il utilisait les services et qui l'interrogeaient parfois sur ses affaires de cœur, il se montrait plutôt taciturne et ne lâchait jamais la moindre bribe d'information. Il s'enfermait dans un mutisme quand une fille trop envahissante lui demandait combien de fois par jour le « doux Coni » honorait sa maîtresse. Celles qui insistaient trop et dépassaient les bornes l'impatientaient et il les éloignait définitivement. Il ne confondait pas le travail et le plaisir.

De ce fait, il n'aimait pas que Mock, à qui il devait rendre de nombreux services, lui propose des rencontres dans les bordels ou les petits hôtels de passe. Contrairement à Wirth, Mock considérait souvent ces endroits comme une sorte de chez soi. Il était célibataire, fréquentait volontiers les lupanars et, qui plus est, il n'avait pas de liaison stable depuis plusieurs années parce que, à l'inverse de Wirth, il était impulsif et ne tolérait aucunement les cris, les jérémiades, l'hystérie ou la mainmise sur sa personne. Les demoiselles de petite vertu avaient rarement de telles inclinations. Jamais, en fait. C'est pourquoi Mock les appréciait tant et c'était réciproque. Il n'y avait aucune implication affective dans ces relations. Il parvenait souvent à forcer leurs défenses, dont les plus communes étaient le mépris et la vulgarité. Il touchait alors à ce qu'il y avait en elles d'enfants blessées, de fillettes meurtries qui avaient besoin d'être consolées et protégées. Évidemment, il y avait aussi des belles de nuit — Mock affirmait que c'était une majorité — qui ronronnaient dans ses bras tels des chatons endormis, mais, une fois leur petit cadeau encaissé (souvent un tarif double), elles se raillaient du « pigeon sentimental » qu'il était dès qu'il avait le dos tourné. Savoir cela ne l'empêchait nullement de leur témoigner une infinie tendresse. En échange, il recevait d'elles — avec plus ou moins de sincérité et de façon plus ou moins mécanique — des attentions que Napoléon qualifiait de « repos du guerrier ».

Mock avait fixé rendez-vous à Wirth par téléphone, à l'hôtel La Couronne de fleurs d'oranger, à dix-huit heures précises. Il avait appelé au moment où l'horloge de l'hôtel de ville sonnait dix-sept heures quarante-cinq. Wirth était en train de déguster un dessert avec ses dames à la villa de la Dahnstrasse. Il gagna sa voiture en jurant et fit vrombir le moteur avec une telle violence que Heinrich Zupitza, son garde du corps, eut à peine le temps de prendre place à ses côtés dans la Protos de luxe.

À dix-huit heures quinze, ils étaient déjà dans la chambre 12 de l'hôtel, incrédules et tout à leur consternation de voir Mock confortablement installé dans un fauteuil, un cigare au bec, les pouces dans les poches latérales de son gilet. Le lit se trouvait dans un état déplorable, le drap était à moitié sorti et la couette en boule repoussée à la place des oreillers. Un parfum féminin bon marché flottait encore dans la pièce. L'air de Mock comme le sourire qu'il affichait étaient on ne peut plus éloquents. « Il s'est offert une bonne partie de jambes en l'air, songea Wirth, et maintenant il va me servir un long discours débile sur comment prendre quelqu'un en tenailles, faire ses digressions grecques ou latines habituelles, et pour finir j'aurai droit à du chantage comme travaux pratiques ! Et un dimanche, en plus ! Tout ça alors que je pourrais mettre un disque sur le gramophone et manger du strudel avec ma petite souris et sa sœur ! »

— Eh oui ! fit Mock en souriant comme s'il lisait dans les pensées de Wirth. Il faut s'instruire, les amis, toujours s'instruire un peu plus. Aujourd'hui, nous aurons une nouvelle leçon sur la manière de prendre quelqu'un en tenailles. Sauf qu'elle sera naturelle et plutôt improvisée. Je n'ai pas eu le temps de vérifier précisément les faiblesses de l'homme que nous allons bientôt rencontrer. Il va donc falloir que nous localisions son point faible *ad hoc*. Je suis certain que vous allez piger la leçon très vite parce qu'elle se déroulera dans les mêmes circonstances que la précédente. Un hôtel de passe à quatre sous. Le sujet est… Eh bien, Wirth, quel est le sujet ?

— Rechercher le point faible, répondit Wirth à contrecœur.

— C'était le préambule, venons-en au fait !

Sans lâcher son cigare, Mock se leva et fit signe à Wirth et à Zupitza de le suivre. Une fois dans le couloir, il se pencha à l'oreille de Zupitza pour murmurer quelque chose. Le factotum comprit. Il approcha d'une chambre et glissa un passe-partout dans la serrure. La porte s'entrouvrit. Ils entendirent des cris qui ne pouvaient être que ceux d'une femme comblée. Le bois grinça, mais rien ne s'interrompit, bien au contraire. Un ahanement mâle très rauque se fit également entendre. Mock entra. Il vit le dos et les fesses d'une femme qui bougeaient en rythme. Elle était plus que corpulente et d'une peau très blanche. Ses cheveux courts bouclaient sous l'effet de la transpiration. À regret, Mock arracha son regard des rondeurs féminines et chercha le visage de l'homme. Il n'y parvint pas. L'unique détail visible du corps masculin était l'épaule, une pomme d'Adam saillante et un menton. La tête, sur la tranche du matelas, retombait en arrière.

Mock fit signe à ses compagnons de ne pas bouger. Il contourna le lit et observa les deux amants qui ne s'étaient pas aperçus d'une présence dans la chambre. Ils gardaient les yeux fermés. Mock poussa le cri d'un enfant qui veut faire peur à quelqu'un. Il ne lâcha pas son cigare, mais saisit les oreilles de l'homme au visage rougi.

— Attrapez-le par les bras, cria Mock, qui serrait maintenant les joues d'Oschewalla entre ses mains comme s'il voulait démontrer qu'elles étaient prises en tenailles.

La femme se taisait. Elle fixait Mock et ses compères d'un regard effrayé. Son amant s'efforçait d'échapper à l'étreinte de Wirth et de Zupitza. Il se démenait comme un diable dans le lit, tentant en vain de se retourner sur le ventre. Après quelques dizaines de secondes, il abandonna et, tranquillement étendu, murmura :

— Lâchez-moi, je vous en prie ! Ça fait mal !

Il aurait tout aussi bien pu supplier ses agresseurs en déclamant *Le Roi des Aulnes* de Goethe.

— Cela fait mal, dis-tu ? demanda Mock le sourire aux lèvres et en appuyant tellement fort que le visage gorgé de sang touchait presque le sol. Et avant, ça ne faisait pas mal, Oschewalla ? Tu te sentais bien. Le bonheur de la luxure, hein ? Tu jouis mieux quand le sang te monte à la tête, hein ? Tu aimes bien la tête à l'envers, ah comme tu aimes ça !

— Lâchez-moi, je vous en prie !

— Lâchez-le ! ordonna Mock.

Oschewalla se mit debout, tout chancelant, pour enfiler son pantalon, mais il s'emmêla les pieds et s'effondra de tout son poids sur le lit. La femme se cacha sous l'édredon.

— Tu vois comme je suis gentil ? dit Mock qui s'était assis et avait glissé ses pouces dans les poches de son gilet. Je t'ai lâché... Le sang va descendre de ta cervelle... Tout va redevenir normal... Oui, oui, Otto, tout va redevenir normal.

Là-dessus, Mock tapota les joues enflées d'Oschewalla.

— Mais je pourrais être encore plus gentil... je pourrais te permettre de reprendre tes ébats avec cette Vénus de Willendorf...

— Que voulez-vous que je fasse ? dit Oschewalla, qui avait enfin bouclé son pantalon et s'était assis au bord du lit.

— Je voudrais que tu répondes à une question, dit Mock, devenu brusquement très sérieux. Une question simple. Mais commençons par le commencement. Je ne me suis pas ennuyé dans ta prison. Tu sais pourquoi ? Parce que je n'arrêtais pas de penser aux dernières paroles de ce dégénéré auquel j'ai tordu le cou. Tu veux que je te les rappelle ou tu t'en souviens ?

— Je ne me rappelle pas.

— « Oschewalla m'a payé pour te piner ! » Voilà ce qu'il a dit.

Mock jeta son cigare éteint dans la cuvette.

— Je me souviens parfaitement de ces paroles, mais je n'y vois pas clair pour deux sous. Tu comprends donc ce que je fais ici.

— Oui, répondit Oschewalla en enfilant sa chemise. Mais j'aurai quoi en échange, si je t'explique ?

— Je te ficherai la paix, répondit Mock. La paix ! Je vais m'en aller et je te laisserai tranquille avec ta dame dans ce petit nid d'amour. Pourquoi as-tu payé Dziallas pour qu'il m'en fasse baver et me déshonore comme le défunt Priessl ?

— Ce n'est pas moi qui l'ai payé, répondit tranquillement le maton. J'ai servi d'intermédiaire…

— À qui ?

— À Henrich Mühlhaus, le commissaire divisionnaire de la police criminelle…

Il y eut un silence. Mock fixait Oschewalla droit dans les yeux et ceux-ci semblaient s'assombrir de plus en plus tandis que les joues du gardien pâlissaient. Mock aurait pu demander que ce nom lui fût répété, mais ce n'était pas nécessaire. Le nom était associé au prénom qu'il connaissait bien, et à la fonction dans la police. Jusque-là, il était pour Mock celui d'un homme qu'il respectait et en qui il plaçait ses plus grands espoirs, un homme qui était un modèle pour lui et qui avait droit à de magnifiques adjectifs dans la presse, capables de remonter le moral des habitants de Breslau. Jusque-là. Désormais, ce nom devenait celui de l'homme qui avait excité la haine du dégénéré Dziallas contre lui, voulant le réduire à l'état de déchet. Non seulement

Mock n'avait pas besoin que le nom lui fût répété, mais il ne le souhaitait en aucune façon.

Il tourna le dos aux amants sans un mot de plus et se dirigea vers la porte. Wirth et Zupitza le suivirent. Wirth aurait eu envie de demander quelle était cette nouvelle sorte de tenailles utilisée et ce qu'il était supposé avoir appris. Il s'en garda bien pourtant parce qu'il venait de saisir autre chose. Par le passé, il avait déjà remarqué un principe intéressant, mais venait juste d'en comprendre les tenants et les aboutissants. Quand Mock se livrait à de grandes explications préliminaires truffées de citations latines et de courts récits de l'Antiquité, les tenailles agissaient peu ou même pas du tout. Quand, et c'était le cas cette fois, il serrait les dents en silence et marchait d'un pas rapide, c'était signe qu'il utiliserait des tenailles autrement puissantes dans un très bref délai. Sa proie ne lui échapperait pas. Qui plus est, elle allait souffrir.

Henrich Zupitza venait d'apprendre quelque chose lui aussi. Jusque-là, il ignorait que le plaisir est plus intense pour le partenaire qui a la tête en bas.

Breslau, dimanche 23 mars 1924,
dix-neuf heures vingt

À Breslau, comme toujours pendant le carême, la musique classique, celle de la Passion du Christ, résonnait dans les salles de concert et les églises. Les musiciens du Schlesisches Landesorchester, le chœur de l'Orchester-Verein, et même les groupes d'amateurs, qui ne manquaient pas dans la capitale de la Silésie, abandonnaient pour quelques semaines leur répertoire de musique légère, voire patriotique, pour donner dans la note grave et pathétique de la souffrance, de la trahison et de la crucifixion. Le commissaire divisionnaire Heinrich Mühlhaus n'affectionnait pas particulièrement les oratorios de la Passion du Christ et détestait tout requiem. Quant aux plaintes de Job, elles amenaient sur ses lèvres un sourire condescendant. Aussi fut-il très heureux d'apprendre que, pour des raisons indéterminées, un changement était intervenu dans l'un des concerts du cycle auquel il était abonné au théâtre Lobe. Au lieu de la *Passion selon saint Jean* de Bach, le public pourrait admirer la *Cinquième Symphonie* de Mahler et l'ouverture *Leonore* de Beethoven, sous la direction de Georg Dohrn en personne.

Malheureusement, la soirée débuta assez mal pour Mühlhaus, dont l'épouse se coiffa d'un grand chapeau à l'ancienne. Elle aurait été excusable si elle n'était jamais allée au concert et si son époux ne lui en avait jamais expliqué les usages en vigueur. Ce qui n'était évidemment pas le cas. Elle fréquentait les salles de spectacle depuis vingt ans en compagnie d'un conjoint policier dont on pouvait dire beaucoup de choses, mais certainement pas qu'il ne respectât pas les règlements et les arrêtés. Pour quelle raison avait-elle eu besoin d'un couvre-chef alors que, depuis presque cinquante ans, chaque billet et chaque affiche précisaient :

240

« Les dames sont aimablement priées de ne pas venir au concert en chapeau » ? C'était incompréhensible, tout comme il fut surprenant que le placeur qui fit entrer les Mühlhaus ne remarquât pas la tenue inappropriée de madame. Mühlhaus ne réalisa cette négligence qu'au moment où commencèrent à fuser les remarques des personnes assises derrière lui. Il regarda sa montre. Le concert devait débuter dans trois minutes. Sans donner la moindre explication, il retira le chapeau de la tête de son épouse et se précipita vers la sortie. Il priait pour qu'il n'y ait pas de file d'attente au vestiaire. Ses vœux furent exaucés. Il entendit la première sonnerie au moment de remettre le chapeau. Il se souvenait parfaitement de l'avertissement inscrit sur chaque billet et affiche : « Pendant le concert, les portes restent fermées. » Il foudroya donc du regard le préposé qui repoussait paresseusement les manteaux pour atteindre l'étagère des chapeaux. Finalement, Mühlhaus eut en main un jeton spécial au moment où retentissait la deuxième sonnerie. Il se retourna pour prendre son élan et se précipiter dans la salle, mais n'en fit rien. Il resta figé sur place. Eberhard Mock et deux autres hommes, dont il avait déjà vu quelque part les mines patibulaires, se tenaient devant lui. L'un d'eux, très grand et particulièrement costaud, avait une main glissée dans la poche de son manteau, où une boursouflure signalait un objet long et étroit. Ce pouvait aussi bien être le canon d'un pistolet qu'un stylo-plume. Mühlhaus serait fixé en appelant à l'aide, mais il lui suffit d'un regard pour s'abstenir de crier. L'idée

absurde que son épouse, avec ce chapeau diaboli-
que, et le préposé au vestiaire devaient être de
mèche avec Mock lui traversa l'esprit. Son caractère suspicieux de fin limier de la police écartait
l'idée que le hasard avait pu aider le sergent-chef à
le coincer. Et c'est alors que la troisième sonnerie
se fit entendre.

Breslau, dimanche 23 mars 1924,
dix-neuf heures trente

Il faisait très froid sur le toit du théâtre Lobe.
Des rafales de vent soufflaient du côté de l'Oder,
mais aucun des quatre hommes présents n'en était
importuné. Tant les trois qui étaient debout que le
quatrième, à demi allongé. Wirth et Zupitza admi-
raient le panorama de la ville, pourtant moins gran-
diose que celui que l'on pouvait voir de l'église
Sainte-Élisabeth ou même de la tour de l'hôtel de
ville. Ils n'avaient jamais eu l'opportunité de se
retrouver sur ces points culminants de Breslau,
aussi ne rechignaient-ils pas à découvrir la ville de
l'endroit où ils étaient. Ils regardaient le bâtiment
du *Regierungsbezirk* silésien sur la Lessingplatz,
les tours de la cathédrale Saint-Jean-Baptiste et la
silhouette gracile du pont du Kaiser. Ces vues
n'intéressaient nullement Mock, non pas parce qu'il
les avait déjà appréciées d'autres hauteurs, mais
parce que toute son attention était concentrée sur
Heinrich Mühlhaus affalé sur le toit. Le visage du
commissaire divisionnaire de la Criminelle était

vert de peur. Ses paupières sombres, fermement closes, soulignaient cette couleur cadavérique. Son veston de coupe ancienne et son pantalon à rayures grises et noires étaient couverts de cette poussière de ciment qui traînait sur le toit depuis les rénovations récentes. Le commissaire tremblait de tout son corps. Il se tenait d'une main à la cheminée tandis qu'il tâtonnait de l'autre pour trouver à quoi se raccrocher : un paratonnerre, un grillage de fenêtre, un rebord… Il n'y avait rien de tel à sa portée et son tremblement croissait jusqu'à devenir un spasme morbide. Mühlhaus ne suscitait pourtant chez Mock, qui l'hypnotisait du regard, pas plus de pitié que la cheminée à laquelle il s'agrippait.

— Tu te souviens de cette soirée caniculaire de juin où je suis venu dans un pantalon déchiré sur le lieu d'un crime ? Deux prostituées avaient été assassinées, les filles Menzel et Hader, siffla Mock d'une voix qui tremblait de rage. Ensuite, tu m'as reconduit chez moi en fiacre. Tu te souviens ? Tu m'as expliqué que j'avais échoué à l'examen et que je ne pouvais pas intégrer la Criminelle. *Navigare necesse est*, tu t'en souviens, Mühlhaus ?

Mühlhaus acquiesça de la tête. Il gardait les yeux fermés.

— Une chose m'avait particulièrement étonné, dit Mock d'une voix assurée et posée cette fois. Tu ne voulais pas t'approcher de la fenêtre dans l'appartement de Scholz, ce vieillard hargneux. Tu t'en souviens ?

— Non.

— Je vais te le rappeler, en ce cas. Écoute-moi attentivement. Tu te souviens du frelon ? Il volait dans la chambre où le directeur Scholz avait fait dans son froc. À un moment donné, le frelon s'est posé sur un rideau. Tu m'as demandé de le chasser de la pièce et j'ai refusé. Quand j'ai la gueule de bois, j'ai toutes sortes d'angoisses et ce frelon me faisait peur. Tu t'es alors approché de lui les mains nues. J'étais impressionné. Quel courage ! Un vrai dompteur de bêtes sauvages ! Et puis le frelon a volé plus loin pour se poser sur le rebord de la fenêtre. Là, tu as reculé tandis que le vieux te gueulait de chasser l'insecte de la pièce. Pourquoi t'es-tu conduit ainsi, dis-moi, Mühlhaus ? Pourquoi t'es-tu éloigné de cette fenêtre ouverte au quatrième étage ? Tu n'avais pas peur du frelon, mais du vide, non ? Ce n'était pas cela ?

Mühlhaus se taisait, mais il ouvrit les yeux. Il dévisageait Mock. Dans son regard, il y avait la froide indifférence de celui qui accepte sa mort. Mock comprit qu'il aurait plus vite fait de le tuer que de le faire parler. Il paniqua. Ce fut pourtant un sentiment éphémère, aussitôt remplacé par une assurance confirmée et sinistre, même s'il n'était pas certain que les tenailles étaient appropriées. Mock n'en avait cure. Avant l'ultime culbute, il devait régler une chose : l'affaire Mühlhaus. Le plus étrange, c'était que la conclusion lui importait peu. De toute manière, le silence s'installerait ensuite et lui serait grillé. De deux choses l'une : ou bien Mühlhaus lui dirait pourquoi il avait voulu sa fin en se servant de Dziallas, ou bien il mourrait. Les deux issues étaient une conclusion digne et juste de l'affaire. *Tertium non datur.* Il n'y avait pas d'autre choix, pas de dilemme.

— Tu comprends maintenant pourquoi tu te trouves ici, au bord du toit ? Tu es là parce que nous devons avoir une conversation franche. Je veux tirer les choses au clair… Savoir pourquoi tu as donné de l'argent à Dziallas par l'intermédiaire d'Oschewalla pour qu'il m'avilisse.

Eberhard Mock parlait d'une voix neutre.

— Tu vas m'expliquer tout cela avec beaucoup de sincérité. Cela te viendra facilement sur ce toit, n'est-ce pas, immonde vermine ? Allez, parle ! Explique-moi pourquoi tu as soudoyé Oschewalla, trou-du-cul !

Bien que la voix de Mock restât calme, les grossièretés inquiétèrent Mühlhaus et lui firent baisser les yeux à nouveau. Il s'agenouilla près de la cheminée, inclina la tête très bas comme s'il saluait le sergent-chef, qui venait d'ôter son chapeau melon et laissait le vent sécher la sueur inondant son visage. Le sergent-chef regarda sa montre, saisit très fort le paratonnerre et prit une décision : si Mühlhaus ne parlait pas dans la minute, il serait tué. Sa main, qui s'agrippait désespérément à la cheminée, serait écrasée d'un coup de talon. Mühlhaus glisserait alors sur le toit pentu. Il chercherait en vain à se retenir de son autre main, mais tomberait. Son crâne éclaterait sur les pavés bombés quatre étages plus bas. Autour de sa tête, il y aurait une flaque rouge.

— Je vais tout vous raconter, dit Mühlhaus au bout de trente secondes, mais pas ici, pas dans cette position, sur cette pente, avec ces tuiles glissantes. Je vais me mettre à côté de vous et je vous dirai tout…

— Non, intervint Mock. Écoute-moi bien. Ou tu racontes et tu sauves ta peau, ou tu ne racontes pas et tu crèves. Moi, l'une ou l'autre alternative me va. En revanche, il n'est pas question que tu te taises et que tu t'en tires. *Tertium non datur*. Parle de là où tu te trouves !

— Bon, dit Mühlhaus qui entoura la cheminée de ses deux bras et s'y colla. Cela fait sept ans que je traque une horrible secte secrète. Elle s'appelle elle-même les Misanthropes. Ce sont les pires criminels qui aient jamais existé. Pour faire partie de leur confrérie, il faut tuer quelqu'un impunément. La victime doit être un marginal, un sans-abri, une prostituée… La peur est le ciment de ce groupe. Chacun des membres connaît le crime de l'autre et peut le dénoncer à tout moment. Mais celui qui s'y risquerait se mettrait en danger car il provoquerait la vengeance du dénoncé, qui le trahirait à son tour. Comme des dominos alignés, tous tomberaient. Mais aucun Misanthrope n'a jamais bougé. Cette organisation est parfaite, à cause du silence solidaire qui l'unit, et n'en est pas moins odieuse par son arrogance. Pourrait-il y avoir plus grande provocation pour la police criminelle que cette impunité dont jouissent les Misanthropes ! Ah, quelle haine j'éprouve pour eux, même si les individus auxquels ils s'en prennent sont des dépravés, des bandits et des putes ! Mock, si tu savais comme je les hais !

— Au point que vous vouliez me faire assassiner en prison par ce malfrat pervers, hein ? Vous vouliez rejoindre les rangs des Misanthropes en tuant l'ivrogne et le dégénéré que je suis à vos yeux, vous qui ne touchez pas à la moindre goutte d'alcool, honnête citoyen que vous êtes ! Pas mal, cette haine que vous dites porter à cette confrérie !

— Vous me laissez parler ou vous m'interrompez à tout bout de champ avec vos colères hystériques ? dit Mühlhaus en lançant un regard agacé à Mock. Vous m'avez impressionné avec votre perspicacité, vous prenez la bonne direction et je vois que mon histoire vous intéresse…

— Comment savez-vous cela ? fit Mock, dont le ton de voix trahissait la surprise.

— Vous avez arrêté de me tutoyer. Eh bien ? Avouez-le. Je vous intéresse ou pas ? Si c'est oui, je pourrais peut-être m'asseoir à côté de vous, sur du plat, et vous raconter le tout en détail ?

Mühlhaus étreignait la cheminée de ses deux bras, une de ses mains enserrant fermement l'autre. Il se hissa un peu plus haut et passa les jambes autour de la cheminée, ce qui lui permit de libérer ses mains un instant. Il avait une marque rouge au poignet.

— Regardez-moi cela, les gars, dit Mock s'adressant à Wirth et Zupitza, ce vieux croûton est encore très agile et, ce qui est pire, mes tenailles ne lui font aucun effet. Il n'a pas du tout le vertige comme je le pensais. Il se livre à des acrobaties en bordure de toit… Il parle sans aucune peur, construit de belles phrases pleines… Il est persuadé être en mesure de poser ses conditions… Qu'est-ce que je dois faire de lui, les gars ?

Wirth et Zupitza ne se donnèrent pas la peine de regarder Mock. Ils connaissait ce cas de figure et avaient l'habitude que le sergent-chef les interpelle ainsi en cours d'interrogatoire. Ses questions étaient parfaitement rhétoriques parce qu'il savait très bien ce qu'il allait faire. Quant à eux, ils connaissaient par cœur la suite des événements que Mock appelait « forcer le front à Tannenberg ». Ils se taisaient donc et restaient totalement indifférents. Ils ne furent pas surpris quand Mock leva un pied, ni quand les phalanges de Mühlhaus craquèrent, écrasées contre le mur en brique de la cheminée tel un mégot de cigarette, ni même quand s'éleva le cri effroyable de la victime dont l'autre main cherchait désespérément un point d'accroche. Mühlhaus baissa son bras endolori le long du corps, n'ayant plus que l'autre pour se retenir à la cheminée. Ses doigts blanchissaient peu à peu.

— Évite de poser tes conditions, fils de pute ! lui dit Mock en articulant très lentement. Et continue ton histoire. Tu n'es pas obligé de construire de belles phrases.

— Herman Utermöhl, mon agent d'infiltration, un assassin que j'utilisais comme tu te sers de ces deux canailles… Sur mon ordre, il a tué deux prostituées, la Menzel et la Hader, dit Mühlhaus la mâchoire crispée. C'étaient deux misérables, des femmes mauvaises et perverties. Les tuer parce qu'elles étaient des rebuts de la société était la première condition pour gagner les rangs des Misanthropes. Utermöhl était presque parvenu à se faire accepter dans la secte… J'utilise un mauvais terme, je devrais parler de groupe parce que les Misanthropes n'ont aucun lien avec une quelconque religion. Ils se soutiennent pour faire carrière, pour assouvir leurs pulsions les plus sauvages… D'ailleurs, pourquoi est-ce que je te raconte tout cela, tu le sais parfaitement… Revenons à Utermöhl… Ils ont dû le soupçonner… Il a disparu… Ils l'ont sans doute tué… Je me suis dit alors… Cela faisait longtemps que j'avais le projet de t'utiliser dans la lutte contre les Misanthropes, mais je ne savais pas comment m'y prendre. Tu es violent, irréfléchi mais rusé. Avec une épée de feu, tu tuerais tout le monde dans les banlieues et les culs-de-sac… *Poena*… Le Châtiment… Voilà ce qui devrait être gravé sur ton blason si tu en avais un… Et ainsi…

Mock se pencha et attrapa Mühlhaus par le poignet pour l'arracher à la cheminée. Il vit alors de l'effroi dans le regard du commissaire divisionnaire de la Criminelle, mais qui se transforma aussitôt en soulagement. Mock le vit clairement dans ses yeux et l'entendit dans le souffle profond que Mühlhaus poussa au moment où son mince corps fut remonté sur la surface recouverte de toile goudronnée surplombant les tuiles. Mühlhaus resta étendu sans force. Mock s'assit à côté de lui pour allumer une cigarette. En expulsant une bouffée de fumée, il demanda :

— Tu as pris mes empreintes digitales pendant que j'étais ivre, et après tu m'as abandonné dans la forêt de Deutsch Lissa, n'est-ce pas ?

— Oui, répondit Mühlhaus, qui essayait de reprendre son souffle. J'ai volé ta ceinture et c'est avec elle qu'Utermöhl a étranglé ces deux monstres, ces deux harpies…

— Tu savais déjà que, grâce à ces empreintes, tu allais me mettre en prison ? Qu'est-ce que cela avait à voir avec ta traque des Misanthropes ?

— Au moment où je m'emparais de ta ceinture et de tes empreintes digitales, je ne savais pas encore quand je m'en servirais. Je savais seulement que je te tenais, que je pouvais te faire chanter et t'obliger à accomplir un certain nombre de choses dans ma poursuite des Misanthropes… Te pousser à tuer quelqu'un par exemple… Un dépravé comme le pédéraste Norbert Risse par exemple.

— Celui qui a perverti ton fils ?

— Je t'en prie, Mock, si tu souhaites parler de Jakob, mieux vaut me pousser du toit immédiatement[3]…

Quelques années plus tôt, très tard par une nuit de novembre, Mock avait vu cette même effroyable souffrance dans les yeux du commissaire divisionnaire. Un certain Norbert Risse, propriétaire d'une maison close de luxe sur une péniche de l'Oder, était soudain devenu arrogant avec les policiers de la IVe Brigade. Jusque-là servile, il avait laissé monter à bord de son bateau Mock, Smolorz ou

3. Voir *Les fantômes de Breslau* (Folio Policier n° 596).

Domagalla sans oser le moindre commentaire désobligeant. Il leur avait fourni toutes les informations qui lui étaient demandées sur le personnel, les jeunes femmes et les jeunes gens qu'il venait d'employer. Puis, tout à coup, il s'était vexé à mort parce que, certes assez mal à propos et de façon idiote, Domagalla s'était moqué de ses goûts grecs. Risse avait alors rompu toute relation avec la Brigade : une décision sotte et absurde qui s'était révélée fort nuisible pour son petit business. Les visites de la police des Mœurs sur sa péniche étaient inévitables. Une nuit de novembre, donc, les policiers, sous le commandement personnel d'Ilssheimer, approchèrent en barque du bordel voguant qu'était le Wölsung, montèrent à bord et fouillèrent les luxueuses cabines. Dans l'une d'elles, ils trouvèrent un peintre célèbre en compagnie d'un étudiant des Beaux-Arts. Les deux hommes étaient nus avec un petit peu de poudre blanche au bout du nez. L'homme qui les découvrit était Eberhard Mock. Il avait déjà rencontré Jakob Mühlhaus lorsque celui-ci rendait visite à son père au commissariat, mais c'était quelques années plus tôt. Mock n'était donc pas certain de reconnaître Jakob dans ce jeune homme à l'esprit embué par la cocaïne. Il décida de faire venir Heinrich Mühlhaus. Quand, une heure plus tard, le commissaire divisionnaire pénétra dans la cabine du Wölsung, Mock vit à son regard qu'il ne s'était pas trompé et il ressentit de la compassion. En cet instant, l'expression de Mühlhaus était la même que dans cette cabine, mais, cette fois, le sergent-chef était sans pitié. Il n'éprouvait que de la colère et une curiosité insatiable.

— Poursuis ton histoire.

— Après avoir relevé tes empreintes, je te tenais… Mais je ne savais toujours pas comment j'allais faire. Lorsque la mission d'Utermöhl tourna à l'échec et que celui-ci disparut, je réfléchissais à diverses possibilités quand je me suis souvenu de la plainte d'Oschewalla contre toi. Elle était arrivée par erreur sur mon bureau. En lisant ce papier, c'était comme si je voyais ta rage à l'égard de ce maton sur lequel tu t'es défoulé l'autre jour. Tu n'étais pas furieux contre lui, mais contre les détenus Dziallas et Schmidtke qui avaient persécuté Priessl. C'est bien cela ? Tu étais capable de les tuer à ce moment-là, non ?

— Oui, tous les deux, sans l'ombre d'une hésitation, répondit Mock, à la plus grande surprise de Wirth et de Zupitza qui, d'habitude, en pareille circonstance, l'entendaient dire : « C'est moi qui pose les questions. »

— Une idée géniale m'est venue, dit Mühlhaus, qui respirait péniblement et ne regardait pas la lisière du toit. J'ai décidé d'infiltrer personnellement les Misanthropes. Tu m'étais utile pour rejoindre leurs rangs. Mon plan était le suivant. Je te collais en prison, dans la même cellule que Dziallas et Schmidtke… Et là… Promets-moi de te dominer et de ne pas me tuer ou de me pousser de ce maudit toit… Promets-le-moi, si tu veux tout savoir !

— Je le promets, marmonna Mock.

— Je savais qu'en tant qu'ancien flic, tu aurais droit aux représailles des détenus, expliqua Mühlhaus à voix basse et en s'éloignant de Mock autant que le lui permettait la jambe de Zupitza placée aussitôt derrière lui. Je savais qu'ils voudraient faire de toi leur esclave comme ils l'avaient fait de Priessl. Deux possibilités s'offraient donc à moi. La première était que tu serais déshonoré… Promets-moi de ne rien me faire !

— Promis, promis, lança Mock sur un ton non-chalant, en affichant un sourire sardonique supposé détendre ses traits.

— La première possibilité, mauvaise et peu probable, poursuivit rapidement Mühlhaus, était que, face au déshonneur, tu mettes fin à ta vie. J'en aurais été responsable. Chez les Misanthropes, contraindre quelqu'un au suicide est l'une des épreuves d'initiation. J'aurais donc pu être accepté par eux en prouvant que je t'avais poussé à mettre fin à tes jours… Attends, Mock, pourquoi lui fais-tu signe ? Attends, laisse-moi terminer, je savais…

La fin de sa phrase disparut dans un étranglement. Sur un geste de Mock, Zupitza avait écrasé la gorge de Mühlhaus avec sa tige de fer.

Mock avait l'impression qu'un grand silence était tombé et qu'il était pris dans le tourbillon d'un kaléidoscope photographique. Chaque rectangle de celluloïd montrait Konrad Dziallas, debout, les jambes écartées, en train de se tenir les parties génitales et de susurrer lentement : « T'aimes ça, grosse salope ? Tu vas me sucer, grosse salope ? » Soudain, Mock sentit une puanteur. C'était l'odeur infecte de Priessl, qui avait cessé de se laver, et celle du corps inerte de Dziallas étendu en travers du lit, le visage dans le dos. Le kaléidoscope tournoyait. Dans les rectangles apparut soudain un visage renfrogné : le cordonnier de Waldenburg, Willibald Mock, menaçait son fils du doigt. Puis vint le visage d'Erika Kiesewalter, jadis tant aimée. Ensuite, le légiste Siegfried Lasarius souffla une bouffée de fumée du cigare dont il ne se séparait jamais et lui mit devant les yeux des dents arrachées. Enfin, un petit enfant sanglota : il avait perdu sa mère à cause du policier. Le kaléidoscope tournait de plus en plus vite autour du cerveau de Mock. Dans l'un des rectangles photographiques, Mühlhaus, en colère, heurtait de sa pipe le dessus de son bureau. Le fourneau de la pipe et le marteau de Willibald Mock cognaient en cadence avec la tête du commissaire heurtant le toit du théâtre Lobe. Zupitza respirait lourdement. Agenouillé au-dessus du commissaire, il l'étranglait avec sa tige. Il lui enfonçait également les doigts dans les yeux au point que ses pieds étaient pris de spasmes.

— Lâche-le, hurla Mock. Cela suffit !

Mühlhaus poussait des râles, Mock fumait, Zupitza haletait et Wirth se blottissait dans son manteau. En contrebas, la ville vibrait au rythme de ses automobiles et de ses tramways. Les hommes se réfugiaient dans les troquets, les femmes exhibaient leurs corps devant les portes cochères et sous les lampadaires. C'étaient autant d'indicateurs fiables, de points de repère, de passages éclairés vers les Enfers et les contrées de plaisirs humides et de syphilis. Les poteaux couverts de petites annonces proposaient un éventail de distractions. Ils promettaient une croisade éternelle contre l'ennui. Breslau était une ville astucieuse, rusée et fatiguée.

Un quart d'heure passa. À bout de souffle, le commissaire divisionnaire opérait un lent retour du royaume des morts. Mock se sentit brusquement pris de tristesse. Il était comme un objet inutile, une pièce de jeu d'échecs dont la destruction est la condition *sine qua non* d'un roque parfaitement réussi.

— Si je m'étais suicidé après avoir été déshonoré, tu aurais rejoint les Misanthropes, dit Mock à Mühlhaus, qui crachait une salive dense. Ensuite, tu aurais causé leur perte. En tant que membre de leur groupe, tu aurais tout su de leurs crimes. Comme le prévoient leurs statuts, ils t'auraient mis dans la confidence. Chez eux, chacun sait tout des autres. Ils t'auraient donc interrogé sur ton crime. N'aurais-tu eu aucun remord à leur raconter mon déshonneur en prison ? Même celui de m'avoir fait assassiner ? Pas le moindre remord ? Vraiment ? Allez, dis-le que je ne compte pas pour toi, que tu n'aurais pas eu plus de regret que si tu avais écrasé un moustique !

— Je ne croyais pas cette version possible.

Mühlhaus avait une voix si faible que Mock était obligé de se pencher au-dessus de lui et de coller son oreille à ses lèvres pour entendre ses paroles.

— Je te connais trop bien. Tu ne te serais pas laissé faire. Quand je t'ai jeté dans la cellule de Dziallas, j'ai demandé à Langer, mon ami le directeur de la prison, d'éloigner l'autre détenu... Pour que tu restes seul avec ce dépravé… Pour que tu lui tordes le cou… Je savais que tu saurais te débrouiller pour y parvenir. Une autre condition pour rejoindre les Misanthropes se trouverait ainsi réalisée. Elle représente le plus haut échelon de leur initiation… Tuer sans encourir de peine alors que tout le monde connaît le coupable. Assassiner sans être puni parce qu'on devient « l'Intouchable de la prison ». Voilà ce que j'espérais pour toi. C'est précisément ce qui s'est passé. J'avais parfaitement prévu les choses, n'est-ce pas ? Avant de me tuer, accorde-le-moi, au moins !

— Il y a quelque chose que je ne comprends pas, dit Mock en s'écartant un peu du divisionnaire, dont les râles avaient cessé en rendant sa voix plus audible. Au bout du compte, qui était supposé rejoindre les Misanthropes, toi ou moi ? Qui devait devenir « l'Intouchable » ?

Mühlhaus, à quatre pattes, respirait péniblement. Il se mit à tousser. Sa toux croissait, lui éclatait la poitrine, le cou, mais elle finit par se calmer au bout d'un long moment. Le divisionnaire fit alors un mouvement brusque de la tête vers la bordure du toit et cracha avec force. Il fut manifestement content du long arc que son crachat décrivit. Un sourire de voyou flottait sur ses lèvres. Il était content comme un petit garçon qui a fait un rot plus fort que toute sa classe.

—Ils t'ont enlevé du train, sauvé de la hache du bourreau. J'ai lu ta notice nécrologique dans les *BNN* aujourd'hui. Tu vas donc avoir une nouvelle identité, une nouvelle vie… Tu sais ce que cela veut dire ? Que tu le veuilles ou non, tu es devenu mon agent chez eux, déclara Mühlhaus, qui, un moment plus tard, ajouta avec insistance : Il n'y a que toi qui peux les détruire !

— Pourquoi devrais-je les détruire ? fit Mock. Tu viens de remarquer toi-même qu'ils m'ont offert une nouvelle vie avec une nouvelle identité. Sans eux, je serais un criminel. Grâce à eux, je suis un seigneur, je vais être heureux, j'aurai tout ce que je voudrais… Je me laisserai aller à mes instincts sauvages… Pourquoi devrais-je nuire à mes bienfaiteurs et te servir toi, et me retrouver à nouveau derrière les barreaux ? Tu m'aurais épargné la prison, toi ? M'as-tu jamais aidé en quoi que ce soit ? Est-ce que je te dois quelque chose ? J'ai le choix entre prendre du bon temps ou te servir. Être un prince ou ton larbin. Tu me crois assez fêlé pour choisir la seconde solution ?

— À toi de répondre…, dit Mühlhaus qui s'assit en tailleur et frissonna de froid. À toi de répondre. Demande-toi si tu veux servir la justice, être un fidèle limier de la police. Pour ma part, je pense que c'est ce que tu es. Rien à voir avec une vermine dont le seul but est la recherche du plaisir.

— Quel beau sens de la morale ! Tu es un vrai fils de pute…, lança Mock qui se leva, le visage déformé par la colère. Et dis-moi, les deux femmes que tu as fait assassiner par ton exécuteur des basses œuvres, tu les as choisies après réflexion ou bien au hasard ? Tu as vérifié si elles avaient des enfants ou si leurs parents étaient vivants, si quelqu'un allait les pleurer ? Ou est-ce que cela t'était égal ? Tu t'es dit : « Une pute est une pute ! » Tu pensais à quoi quand, sur le lieu du crime, tu regardais leurs gencives meurtries et leurs dents arrachées ?

— Elles l'avaient mérité, dit Mühlhaus avec dureté. J'étais allé les voir avec mon fils quand il a été reçu au baccalauréat. Je les avais choisies au hasard. Dans les archives de la Brigade, j'avais pris la première adresse venue. Je voulais qu'il devienne un homme, qu'il accède à la vraie maturité et se débarrasse des attirances contre nature que j'avais remarquées chez lui depuis l'enfance. Je l'ai laissé seul avec ces catins. Derrière la porte close, j'ai entendu des éclats de rire. Elles se moquaient de lui, tu comprends ? Jakob est sorti en courant de leur misérable chambre sous les toits et s'est sauvé. Je les ai interrogées pour savoir pourquoi elles avaient ri. Elles m'ont alors raconté leur première rencontre avec Jakob. Quelques semaines plus tôt, vingt bacheliers étaient venus les voir dans leur hôtel borgne. Jakob en était. Toute puissance masculine l'avait abandonné. Elles s'étaient moquées de lui. Déjà ! Tu sais l'effet qu'une moquerie pareille peut avoir sur un jeune garçon sensible ? Elles ont mérité pire châtiment que celui de leur arracher les dents ! dit Mühlhaus en se levant et en gesticulant. (Son visage jusque-là cadavérique virait au pourpre.) Comprends-tu, fils de pute, que ce sont elles qui ont fait de mon Jakob un pédéraste !

Mock se détourna de Mühlhaus. Il sortit de sa poche un mouchoir, s'accroupit et se mit à nettoyer les pointes de ses chaussures couvertes de boue. Le kaléidoscope photographique tournait à nouveau lentement dans sa tête. Les rectangles surexposés étaient flous. Willibald Mock ne s'y trouvait plus. Il n'y avait personne. Pas le moindre être qui pourrait le conseiller.

— Alors, on y va, Mock ? demanda Mühlhaus. Ou bien on se les gèle jusqu'au bout sur ce toit ? Je t'ai tout raconté. À toi de choisir. Tu es avec eux ou avec moi ? Avec les criminels ou avec la police ?

Mock s'approcha de Mühlhaus, tendit le bras et frotta son mouchoir sale sur le visage du division- naire.

— Tu regardes quoi, Mock ? dit Mühlhaus en s'essuyant les joues de la boue et du sable. Tu ne vas pas me tuer ?

— Je vais te tuer, Mühlhaus. Oui, je vais te tuer, répéta Mock, qui prit la tige en fer des mains de Zupitza. De mes propres mains. Tu l'as dit toi- même que j'étais un fidèle limier de la police. Ma place n'est pas en cabane. Le toutou refuse de rega- gner sa niche. En cabane, il ne peut pas servir la justice.

Buchwald près de Breslau,
dimanche 6 avril 1924, cinq heures

Au XVIIIe siècle, le baron Otto von Buchwald éri- gea une petite rotonde sur ses terres dont l'attribu- tion restait un mystère pour toutes les personnes qui visitaient le domaine. La plupart des hôtes pen- saient que le vieil aristocrate avait paré son parc d'une chapelle ou d'un temple de la méditation. L'absence de tout symbole religieux écartait la première hypothèse et la forme du bâtiment réfutait la seconde. À la place de l'habituel toit posé sur quatre ou six colonnes, comme c'était généralement le cas pour ce genre de construction légère, il y avait un bloc circulaire, dépourvu de fenêtres, et recouvert d'une toiture pseudo-romane. Un long vitrail étroit et un grand chambranle, joints à un imposant portail, étaient les seules ouvertures de cette rotonde. Elle semblait bien trop vaste pour un temple de la méditation.

Ce jour-là, vingt-quatre hommes s'y trouvaient, mais il aurait pu y en avoir le double.

Ils occupaient tout l'espace. Vêtus de queues-de-pie ou de vestons, de chapeaux hauts de forme ou de chapeaux melon, ils se tenaient debout, sur des plaques en grès qui recouvraient uniformément le sol, et s'observaient avec la curiosité des élèves d'une classe de terminale qui se retrouveraient des années après leur baccalauréat. Ils ne se rencontraient pas souvent sans leurs manteaux en toile cirée et leurs masques en forme de tête d'oiseau. Leur curiosité n'était pourtant pas complètement satisfaite parce que leurs visages s'estompaient dans la pénombre, en dépit des bougies et des flammes d'un feu allumé dans une grande cheminée. Des chaussures raclèrent le sol. Un homme grand, corpulent et aux cheveux gris, avança jusqu'au milieu de la pièce.

— Je vous salue, vous mes frères, qui assistez à l'une de nos rares rencontres à visage découvert, dit-il d'une voix qui résonna sous le haut plafond de la salle. Je vous remercie tous infiniment pour votre ponctualité en cette heure aussi matinale. Comme vous le savez, l'ordre du jour de notre réunion extraordinaire prévoit l'entrée de M. Eberhard Mock dans notre confrérie des Misanthropes. M. Mock est l'un des deux frères de notre fraternité silésienne à avoir réalisé la cinquième condition *Impune interfecit* si exceptionnelle et si digne d'admiration. Étant donné que l'honneur d'accueillir M. Mock revient à mon assesseur, je lui cède la parole pour qu'il nous relate l'exploit du récipiendaire.

Un homme mince, avec une barbe touffue, à l'ancienne, et vêtu d'une redingote de vieille coupe, prit alors la parole :

— M. Eberhard Mock est, de par sa profession, un fonctionnaire de la police des Mœurs. À cause d'une erreur regrettable, il fut accusé de meurtre et se retrouva en prison. Il s'y conduisit en un véritable docteur de la peste. Il débarrassa le monde du pire dépravé que l'on pût imaginer, un certain Konrad Dziallas. Après avoir accompli cet acte louable, M. Mock évita tout châtiment. Les détenus savaient parfaitement que la prison à vie ou une condamnation à mort lui était réservée, et qu'en conséquence il n'hésiterait pas à tuer toute personne qui se serait mise en travers de sa route. Cette impunité était celle accordée par les prisonniers. Si on s'en tenait à la loi, il devait être jugé et condamné pour avoir tué Dziallas. Mais peu importe la sanction. Dans le milieu carcéral, il a bénéficié d'un statut exceptionnel d'Intouchable. Il remplit de ce fait la condition *Impune interfecit.* Ses codétenus se sont mis à son service. M. Mock est devenu leur dieu. Il a tué et ne s'en est pas caché. Il a dit et répété à tous : « J'ai tué et personne ne me châtiera. Je tuerai quiconque s'approchera trop de moi. » En résumé, M. Mock répond aux conditions du crime bénéficiant d'une impunité totale alors que le criminel revendique son acte. Il s'agit donc de l'entrée initiatique la plus remarquable qui soit dans notre confrérie. Informés de son exploit, nous l'avons aidé à échapper aux griffes de cette justice peu perspicace et nous lui avons proposé de nous rejoindre. Et maintenant, je cède la parole à notre Maître Otto IV von Buchwald.

L'assesseur inclina la tête et se retira. Le baron von Buchwald revint au centre de la pièce.

— Je prie M. Mock de se présenter pour répondre aux questions, dit-il de sa voix puissante.

L'un des Misanthropes s'approcha de la grande porte et l'ouvrit. Un souffle de vent pénétra dans la pièce et fit vaciller les flammes des bougies. Apparut alors l'ancien sergent-chef, Eberhard Mock. Il avait le teint pâle, les yeux bouffis par le manque de sommeil, mais il était rasé de près. Il portait un manteau de laine noire coupé sur mesure, des guêtres, un chapeau melon et un foulard de soie blanche autour du cou. Il tenait à la main un grand parapluie. Une odeur qui associait des relents d'alcool et un parfum douceâtre à la cannelle se dégageait de lui. Il s'arrêta au milieu de la pièce, à côté du maître de cérémonie, et retira son chapeau pour s'en éventer énergiquement.

— Monsieur Mock, tonnait le baron, le troisième point de notre rite initiatique veut que nous entendions le candidat. Cela n'est pas utile en cas d'*Impune interfecit*. Nous connaissons tous votre acte glorieux, toute l'Allemagne en est informée. Nous vous prions donc seulement de nous prouver que vous êtes bien Eberhard Mock. L'un de nos frères, mon assesseur, vous posera la question nous permettant de vous identifier.

De la place où il se trouvait, le vieux barbu dit de sa voix sonore :

— Monsieur Mock, veuillez nous donner le nom du stagiaire arrivé dans votre brigade peu après que vous avez prêté serment pour devenir fonctionnaire du Commissariat royal de la police. Par ailleurs, parlez-nous de l'occupation favorite de cet homme. Ce qu'il aimait faire après son travail. Était-il collectionneur ? Dites-nous aussi pourquoi il n'est pas resté dans la police et ce qui lui est arrivé ensuite ?

— Je ne me souviens plus de son nom, répondit Mock sans hésiter. Un nom bizarre… assez rare… Nous l'appelions par son prénom, comme tous les stagiaires… Paul. C'était son prénom. En dehors de son travail, il avait une occupation assez particulière : il collectionnait les gants des chanteuses d'opéra. Après les représentations, il allait dans les coulisses et offrait des sommes faramineuses pour en acquérir. En général, on le prenait pour un énergumène inoffensif et on les lui offrait. Il se vantait d'avoir les gants de Tilly Cahnbley-Hinken, Liny

Falk et même Marguerite Roger. Un jour, Illsheimer, le chef de la brigade, l'a surpris à humer des gants maculés de rouge à lèvres. Cela l'a desservi à ses yeux, et pourtant Illsheimer a lui-même plus d'une bizarrerie sur la conscience. Paul n'a pas eu de poste chez nous et, pour ce que j'en sais, il a commencé ensuite des études de théologie protestante.

— Est-ce exact, monsieur le pasteur Stieghahn ? demanda le Grand Maître.

— Tout est parfaitement exact, fit une voix dans le groupe des Misanthropes. Je collectionne toujours les gants de femmes ! Pas seulement ceux des étoiles d'opéra, d'ailleurs.

— Nous acceptons cette réponse ! décréta le Maître quand les rires qui suivirent les paroles du pasteur cessèrent. Poursuivons la procédure d'accueil. Tous les membres de la confrérie silésienne vont se présenter devant vous, Mock, pour vous raconter ce qu'ils ont fait et comment ils ont soigné la société. L'un après l'autre, les Docteurs de la Peste vous expliqueront quels foyers infectieux ils ont nettoyés. Nous procéderons par ordre d'ancienneté. Je suis le plus ancien.

Le Grand Maître s'approcha de Mock pour se mettre face à lui. À peine vingt centimètres séparaient les deux hommes.

— Baron Otto IV von Buchwald, dit-il. Le 12 mars 1893, à Woischwitz près de Breslau, le corps d'une certaine Maria Schinzel, une pocharde et une clocharde de soixante ans, a été découvert. Un œil manquait au cadavre.

Le baron sortit de sa poche une petite boîte à tabac en fer. Il l'ouvrit pour montrer à Mock une boule grise desséchée avec deux cercles plus sombres — « l'iris et la cornée », se dit Mock —, qui reposait sur de la gaze.

Buchwald embrassa Mock sur les deux joues puis regagna les rangs des Misanthropes qui entouraient le candidat. Un grand vieillard au bouc fourni remplaça le baron. Il se tenait si près de Mock qu'il l'aurait presque piqué avec les poils de sa barbe.

— Docteur Wilhelm Syndikus. Le 28 octobre 1895, le corps de Dorothea Pfitzner, une prostituée de quatorze ans, a été retrouvé dans la Weserstrasse à Berlin, déclara-t-il. La bouche du cadavre contenait la moitié d'une carte de jeu, la dame de pique.

Il ouvrit son portefeuille pour en sortir une moitié de carte. La déchirure barrait le visage de la figure. Syndicus embrassa Mock et disparut parmi ses confrères. Du groupe émergea un homme trapu, avec des cheveux si noirs qu'on aurait dit un bonnet enfoncé jusqu'aux sourcils.

— Vous me reconnaissez ? Je suis le pasteur Paul Stieghahn. Le 19 janvier 1902, peu après mon arrivée comme stagiaire au commissariat central de la police, une robe de fillette, des chaussures et des bas de laine ont été retrouvés sur la patinoire de l'étang de Holteihöhe, à Breslau. Bien qu'aucune disparition d'enfant n'ait été signalée, la police criminelle s'est mise sérieusement sur l'affaire. Son attention a été attirée par un trou creusé au milieu de l'étang, dont la nouvelle glace était plus fine.

Les fouilles une fois faites, le corps d'un garçon de quinze ans a été sorti. Il portait des sous-vêtements féminins et des traces de rouge à lèvres et de poudre sur le visage. Connu dans les cercles des pédérastes, il se prostituait sous le nom de « Blond Klar ». Un triangle avait été découpé dans son jupon. Le voici, dit le pasteur, qui sortit de sa poche un bout de tissu.

Eberhard Mock regardait le pasteur et la tête lui tournait. Sans avoir beaucoup bu. Juste du café et du cognac à son arrivé au domaine du baron. Il se sentait pris d'un vertige chaque fois qu'il était sur le point de succomber à un accès de fureur. À présent, sa colère n'était pas dirigée contre son ancien collègue, devenu pasteur, et dont il se souvenait à peine, mais elle gonflait en lui. Inévitablement. Mock savait qu'elle exploserait avec force dès que l'un des Misanthropes viendrait avouer un crime irrésolu dont il s'était occupé à ses débuts dans la police. Il savait que rien ne pourrait la contenir quand sortirait du groupe celui qui avait assassiné la petite Ernestine Schmidek. C'était en 1908. La prostituée, âgée de quatorze ans, avait été pendue à la poutre du grenier d'un immeuble de la Martin-Opitz-Strasse. Son maigre corps était le premier cadavre d'Eberhard Mock, le premier qu'il vit, dont il sentit l'odeur, et sur lequel il pleura. Il se trouvait dans cet immeuble, invité à la réception d'anniversaire donnée par un riche étudiant en droit qu'il avait connu dans les cercles du club La Porte de l'Oder. Succombant à une envie de danser la valse, malgré son manque de talent, il avait invité des étudiantes de l'Académie des Arts, des filles délurées et émancipées. Il avait presque saisi le rythme lorsqu'un cri hystérique à faire vibrer la cage d'escalier s'était fait entendre. Il s'était précipité sur le palier. Le cri venait d'en haut. L'une des locataires de l'immeuble était penchée au-dessus de la rampe au dernier étage et hurlait. Un panier rempli de linge à sécher était posé à côté d'elle. Mock courut au grenier. La petite Ernestine était pendue à une poutre. Elle portait une robe sale et déchirée. Son visage était recouvert d'une épaisse couche de maquillage. Des bas à carreaux noirs étaient descendus sur ses genoux. Des bottines rapiécées chaussaient ses pieds, l'une était un peu de travers et sans lacet.

Mock savait très bien qu'il n'éviterait pas son accès de fureur quand le lacet lui serait présenté comme la preuve du crime de l'un des Misanthropes. Cependant, il s'apaisait un peu chaque fois qu'il entendait prononcer un prénom de victime masculin, après une nouvelle présentation : nom, titre scientifique et nobiliaire, statut social et profession respectable. Il poussa un soupir de soulagement quand il fut question d'un assassinat survenu en 1910. La douloureuse limite du souvenir lié à la petite Ernestine semblait dépassée. Sa fureur pourrait donc être contenue, comme tout sentiment excessif conditionné par des circonstances extérieures.

Réconforté par cette pensée, Mock écouta tranquillement le vingt-quatrième récit. Il s'agissait de la lutte contre la peste dans le faubourg de Klein Mochbern, l'année précédente. L'exécutant n'était pas un Misanthrope typique. Il faisait partie de ceux, très minoritaires — six à peine —, dont le nom ne s'accompagnait d'aucun titre de noblesse ni titre scientifique, et qui n'exerçaient pas de profession dite « respectable ». Il ne fit aucune allusion à son métier, d'ailleurs. Ses mains puissantes et noueuses indiquaient une activité manuelle. Il se mordillait les lèvres jusqu'au sang, ses oreilles étaient pleines de poils et ses iris étaient dilatés. Peu cohérent, vulgaire et en mauvais allemand, son récit parlait de la vie dans un hôpital psychiatrique. Il en découlait que, lui, frère Fritz Stache, car tel était son nom, avait été infirmier et qu'il avait délivré le monde de malades mentaux agressifs et dangereux. Qui plus est, enfermé dans une prison, il avait simulé la folie. Plutôt que de le condamner à mort, le Tribunal l'avait interné à vie, mais Stache s'était vite échappé de l'hôpital. Mock devina qu'il avait été reçu chez les Misanthropes selon l'article de l'*Impune interfecit.*

Il écouta son histoire avec un certain dégoût. Quand elle fut terminée, il respira lourdement. Après ce dernier baiser qui le répugna, il attendit en silence la suite de son initiation. Il envisageait des expériences macabres, éprouvantes, avec des corps putrides à déterrer, des taches d'humeurs ou des tuméfactions méphitiques à examiner. Les récits des Misanthropes parlaient de l'humidité des cimetières et leur haleine dégageait parfois une fétidité cadavérique. Après toutes ces confidences et ces embrassades écœurantes, le Grand Maître reprit la parole de sa voix sonore :

— Voici qui est presque terminé, monsieur Mock. Vous avez été accueilli dans notre confrérie. Il vous reste une seule condition, à vrai dire minime, à honorer. Je ne vous en ai pas encore parlé, parce qu'il s'agit d'une chose à ne pas faire. C'est très simple et n'exige aucun sacrifice particulier. Il suffit de se garder de boire de l'alcool, d'user de la morphine, de la cocaïne ou d'autres drogues. Cela est très important. La sobriété est une condition simple et impérative. Aucune excuse ne peut être acceptée. Un verdict de mort tombe alors et c'est le frère Stache qui en est l'exécuteur. Jusqu'à présent, il a dû intervenir par trois fois. Quand nous savons que l'un de nos membres a du mal à rester sobre, alors que nous tenons beaucoup à lui, ce qui est le cas en ce qui vous concerne, nous lui accordons six mois… Autrement dit, pendant six mois vous vivrez chez moi et pourrez boire tout votre soûl. Ensuite, ce sera fini. À tout jamais. Frère Stache sera le garant de votre sobriété.

Eberhard Mock resta silencieux un long moment à observer les Misanthropes. Les paroles du baron indiquaient que la réunion était terminée. En attendant que le récipiendaire prête serment de sobriété, les frères reboutonnaient leur veston, réajustaient leur chapeau melon ou leur haut-de-forme, riaient et plaisantaient. Soudain, la puissante voix de Mock s'éleva :

— Pourquoi personne ne m'a parlé de cette condition plus tôt ? Vous croyez que c'est si simple ? Vous vous imaginez que je vais prendre six mois de vacances alcooliques ici pour devenir ensuite aussi sobre qu'un premier communiant ? Quant à vous, baron, pensez-vous que je ne rêve de rien d'autre que de passer six mois chez vous à boire ? L'alcool n'est pas une chose essentielle dans ma vie. Il n'a de sens que dans la discussion : avant de boire et après avoir bu. Eh oui, j'ai de l'entregent ! Avec qui vais-je parler ici ? Avec vos laquais, baron, ou avec vous qui êtes sobre comme un saint-bernard ?

Les Misanthropes avaient cessé de plaisanter. Ils se taisaient. Le silence régnait dans la rotonde. Les flammes des bougies semblaient s'être éteintes. Le feu dans la cheminée ne crépitait plus. L'ex-infirmier Fritz Stache venait de quitter le groupe pour s'approcher de Mock.

— Vous aurez tout ce que vous voudrez ici, monsieur Mock, dit le baron. Vous n'aurez pas à vous soucier de moi ou de mes serviteurs. Je ferai venir des femmes discrètes, licencieuses et qui aiment la dive bouteille. Vous savez bien qu'aucune restriction d'ordre moral n'intervient chez nous !

— Vous ne vous rendez pas compte de celui que vous accueillez ! s'écria Mock, irrité au plus haut point. Mon blason devrait avoir une bouteille comme arme, voyez-vous ! Vous devez faire une exception pour moi !

— Cher monsieur Mock, dit le baron d'une voix qui était devenue sifflante, il n'y aura pas d'exception. Vous avez écouté l'histoire de nos crimes et vous êtes désormais des nôtres. Si vous voulez nous quitter, vous n'avez qu'une seule issue, elle passe par notre frère Stache. Il est d'emblée à votre disposition…

Fritz Stache dévisageait Mock, les mains le long du corps. Ses doigts s'agitaient nerveusement sur les rayures de son pantalon, dont le tissu crissait légèrement sous ses ongles recourbés. Il serra un poing et avança un pied. Mock recula pour se saisir d'un immense candélabre à sept bougies. Il gémit quand de la cire brûlante tomba sur sa main. Il leva le bougeoir très haut pour en menacer Stache. Dans un lourd silence, on entendait presque craquer les coutures de son smoking alors qu'il prenait de l'élan pour faire tourner le candélabre et asperger les têtes, les cous, les chaussures de l'assistance avec de la stéarine chaude. Stache n'en était nullement troublé. Il regardait juste le baron dont il attendait un signe pour agir. Un grand bris de verre se fit entendre. À la faible lueur des flammes du feu qui s'éteignait lentement, une pluie de particules colorées miroitantes tomba. Les Misanthropes placés sous le vitrail se poussèrent pour éviter d'être blessés. Le baron Otto von Buchwald regardait Mock avec un regret teinté de compréhension paternelle. Ne sachant pas comment agir, l'ancien infirmier continuait de faire jouer ses doigts sur la couture de son pantalon. Soudain, la porte s'ouvrit avec fracas. Dans l'entrée, sur un fond de champs gris plongés dans les brumes matinales, se tenait le commissaire divisionnaire Heinrich Mühlhaus, pipe à la bouche. À la place de son chapeau melon habituel, un bandage entourait sa tête. Son visage était couvert de bosses bleues. Derrière lui, deux rangées de soldats, les premiers étaient agenouillés, les seconds debout, tenaient leurs carabines Manlicher en joue et les pointaient vers la rotonde.

— Et moi, cela vous intéresserait-il de m'accueillir dans votre bande de malfrats ? demanda Mühlhaus.

Breslau, samedi 19 avril 1924,
peu avant vingt heures

— L'acceptons-nous, mes frères ? Vous le souhaitez réellement ?

Le docteur Albert Lewkowitz, Vénérable Maître de la loge maçonnique Lessing, se leva brusquement pour faire le tour de la table. Alors qu'il parcourait à grands pas le cabinet directorial aux murs couverts de boiseries, la chaîne à son cou tintait et les franges de son tablier, sur lequel figuraient une équerre et un compas, bougeaient. La question posée flotta un moment dans l'air, au-dessus de la table où deux hommes étaient assis. Le docteur Lewkowitz s'arrêta tout aussi brusquement devant la grande fenêtre au chambrale décoré de petits carreaux verts. En tout lieu, le vert était la couleur de l'espoir. C'était vrai, jusque dans le nom du propriétaire de la firme « Grünfeld & Co[4]. Production de portes pour poêles ». Le nom de cette entreprise, ou plus exactement les associations que lui inspiraient les mots de son enseigne, apaisaient toujours le Vénérable. « Pour être heureux, l'homme

---

4. En allemand, *grün* signifie vert, et *Feld*, champ.

a-t-il besoin d'autre chose que de contempler des champs verts et de se reposer à la chaleur d'un poêle ? » se disait-il.

— Savez-vous ce qu'il est ? Un alcoolique et un criminel ! dit-il plus calmement. D'accord, il a assassiné une crapule mais, loin d'attester sa morale, cela le destine plutôt à devenir le chef d'une bande où comptent la force et l'arrogance. Or, c'est par leur sens de l'éthique que se distinguent les membres de notre loge !

Le silence tomba. L'un des hommes assis prit le siphon et se versa un verre d'eau. Il avala la boisson gazeuse dont quelques gouttes tombèrent sur son torse d'une blancheur absolue. Il se racla doucement la gorge, ce qui voulait dire qu'il souhaitait parler. Il n'avait pas à en demander l'autorisation, pourtant. À la direction tripartite de la loge Lessing, les membres se tutoyaient et aucun protocole ne réglementait la prise de parole. Il allait donc de soi que rien ne pouvait être refusé à Olivier von der Malten, surtout à lui, dont l'arbre généalogique remontait aux chevaliers qui avaient combattu les Sarrasins. Le docteur Lewkowitz n'en appréciait pas moins ses bonnes manières et sa délicatesse. D'un signe de tête, il lui céda la parole.

— Nous avons tous nos faiblesses et nos défauts, Albert, déclara le baron tranquillement. Parler d'alcoolisme concernant Mock est très exagéré, je t'assure. Je le connais depuis près de vingt ans. Nous avons étudié ensemble les langues anciennes et la philosophie. Nos chemins se sont séparés ensuite. Je m'intéressais aux philosophes présocratiques tandis que lui se préoccupait des questions linguistiques et de la métrique. Je préférais étudier l'œuvre de Diels qui venait d'être publiée, lui passait son temps sur les vers de Plaute qu'il disséquait avec un crayon affûté comme un scalpel. Nous étions amis et appartenions à la corporation Silesia. Nous avions des dispositions pour débattre sans fin. Nous avons ainsi vidé plusieurs citernes de bière ensemble. Mock était parfois sous la dépendance de l'alcool, mais, lorsqu'il buvait trop, il s'imposait une abstinence qui pouvait durer longtemps. Six mois, un an… Un homme qui parvient à se maîtriser ainsi, peut-il être qualifié d'alcoolique ?

— Je confirme les paroles d'Olivier, dit le barbu avec un bandage sur la tête et des hématomes jaunes sur le visage qui martelait la table de ses doigts. Quand, il y a plusieurs années de cela, il a connu la tragédie que nous savons, il a vécu dans une cellule, bu pendant deux mois et cessé de s'alimenter. Après cela, il a brusquement arrêté toute consommation pendant un an. Depuis, il ne s'autorise une cuite guère plus d'une ou deux fois par mois. Il ne me semble pas que l'on puisse tenir cela pour de l'alcoolisme.

— Entendu, Heinrich, dit le docteur Lewkowitz, qui appréciait également le commissaire divisionnaire Mühlhaus. Olivier et toi, vous le connaissez bien. Il se peut que ce soit un homme fort qui ne plie pas et atteigne les buts qu'il se fixe. Mais est-ce suffisant pour calmer nos inquiétudes ? Nous admettons dans notre obédience des hommes moralement sans reproche. Quand nous avons un doute sur un profane, nous devons trouver chez lui des qualités susceptibles de nous rassurer.

Le docteur Lewkowitz balaya la pièce du regard comme s'il cherchait une réponse à ses incertitudes dans la tapisserie en papier pressé, dans le grand lustre ou les manuscrits et les imprimés maçonniques reliés. Le baron toussota et le Vénérable se prépara à écouter un laïus d'une grande précision.

— C'est notre rôle, à Heinrich et à moi, déclara von der Malten en regardant la grande horloge dans l'angle qui sonnait justement vingt heures. Comme nous allons parrainer cet apprenti, c'est à nous de convaincre nos frères des qualités morales de Mock.

— Comment pourrait-il en être autrement ! Ce n'est pas tous les jours qu'un profane est présenté par deux membres du collège de direction restreint ! répondit le docteur Lewkowitz, et il eut une hésitation. Pourrais-je avoir connaissance de votre recommandation à l'avance ?

— La voici, dit Mühlhaus, qui posa sur la table une blague à tabac et fouilla ses poches à la recherche de sa pipe. Eberhard Mock a démembré la confrérie silésienne des Misanthropes. Il a infiltré leurs rangs et les a détruits. Pour y parvenir, il est passé par la prison, où il a connu des moments très difficiles et a failli se faire assassiner. En tant que policier, il a été particulièrement haï par les autres détenus et a risqué d'être humilié, déshonoré et tué à tout moment. Il a réussi à survivre parce qu'il a abattu le dégénéré qui partageait sa cellule et dont nous avons déjà parlé. Ensuite, il s'est échappé et a été accueilli dans les rangs des Misanthropes. Ils lui ont raconté leurs crimes et nous les avons arrêtés sitôt après. Il s'agit là d'une action mémorable et de la plus haute importance. Dois-je vous expliquer qui sont les Misanthropes ?

— C'est inutile, n'est-ce pas, Olivier ? répondit le docteur Lewkowitz en regardant le baron. Nous connaissons tous leur brochure interne, signée par un certain Mayrhofer, dans laquelle il est suggéré que les Misanthropes auraient quelque chose en commun avec la maçonnerie. Cela dit, savez-vous qui est ce Mayrhofer ?

— Aucune personne portant ce nom n'a écrit ce texte, expliqua Mühlhaus. (Il venait de trouver sa pipe, la chargea et garda un moment la flamme d'une allumette au-dessus du fourneau.) Le livret leur sert de propagande et indique comment prendre contact avec eux...

— D'accord, dit le Vénérable, qui eut un geste d'impatience. Mock a infiltré les rangs des Misanthropes et les a fait arrêter. C'est en effet remarquable et d'une valeur capitale pour notre obédience. Il suffit de divulguer la chose et, une fois pour toutes, nous démontrerons que les Misanthropes n'ont rien de commun avec la franc-maçonnerie et que la brochure de Mayrhofer n'est rien d'autre qu'un texte anonyme servant une propagande mensongère. D'accord, poursuivit-il pensif, vous m'avez convaincu. Je n'ai pourtant pas de réponse à une question qui m'ennuie. Pourquoi veut-il faire partie de notre loge ? Pas pour sa carrière tout de même ? Le courage dont il a fait preuve mérite largement un avancement et un poste à Berlin ! Par ailleurs, saura-t-il prendre au sérieux son appartenance à notre obédience ?

— Tout le monde n'a pas envie d'aller vivre à Berlin, répondit le baron von der Malten, qui essuya le cercle humide laissé par son verre sur le dessus brillant du bureau. Même s'il est originaire de Waldenburg, il aime Breslau, avec tous ses aspects contradictoires. Il aime les tours des églises, les omnibus, les horribles culs-de-sac du centre-ville, les artères verdoyantes qui en traversent le sud, les immeubles massifs et les plages de l'Oder. Personne ne fait carrière à Breslau sans le soutien de Heinrich, qui est le bras droit du préfet Kleibömer. Or, pour Heinrich, toute carrière suppose l'appartenance à la loge Lessing, n'est-ce pas ?

— Tu exagères mon influence, dit Mühlhaus en baissant les yeux avec modestie. *Quisque est faber fortunae suae.*

— Est-ce que Mock prendra son appartenance à notre obédience au sérieux ? demandes-tu. Je répondrais que oui, dit le baron. Il est le fils d'un pauvre cordonnier et il attache beaucoup d'importance à sa carrière.

— Tu es cynique comme à ton habitude, dit le docteur Lewkowitz, qui sourit et montra la porte de la main. Il est temps pour nous. Le quart de neuf heures va sonner. Nous allons voir ce que diront nos frères.

Mühlhaus et von der Malten se levèrent. Ils laissèrent sur la table la pipe éteinte et le verre d'eau à moitié plein pour se diriger vers la porte, pressés par l'horloge qui sonnait un premier coup. Soudain, le docteur Lewkowitz s'arrêta et se retourna.

— J'ai oublié de vous demander une chose essentielle : je souhaiterais savoir par avance à quelle épreuve de survie sera soumis Mock.

— À aucune, répondit le baron von der Malten.

— Je ne comprends pas, répliqua le docteur Lewkowitz, dont le visage fut voilé par une ombre d'agacement. Explique-moi cela, je t'en prie. Les parrains proposent toujours une épreuve de survie.

— Ne penses-tu pas, Albert, dit le baron en coinçant son monocle à son œil, que Mock en a déjà passé une avec succès ? N'a-t-il pas tué cette bête sauvage avec laquelle il était en cage ?

Breslau, samedi 19 avril 1924,
vingt-deux heures

Eberhard Mock était heureux d'être libre. Cet incroyable état d'esprit avait entraîné chez lui des changements inouïs. Jusque-là, il n'avait jamais prêté une grande attention ni montré une vraie sensibilité aux couleurs. Par le passé, ses maîtresses savaient qu'il n'y avait guère que les jeux de l'amour qui étaient susceptibles de le tirer de la lecture d'un livre captivant ou de l'éloigner de la radio qui passait les informations ou cette musique baroque dont il raffolait. Elles savaient également que leur généreux amant qui remplissait leurs armoires de robes toujours nouvelles, et dans les teintes les plus variées, ne connaissait que trois ou quatre noms de couleurs et les ramenait volontiers toutes aux notions de « clair » ou « sombre ».

Si l'on disait à toutes ses maîtresses d'antan que Mock venait à l'instant d'utiliser le terme « pistache » pour décrire la robe d'une jeune fille qui se trouvait dans la cabine téléphonique de la Tauentzienplatz — sans doute pour convenir d'un rendez-vous galant, comme il le supposait —, elles ne l'auraient pas cru. Autrefois, il aurait sans doute dit que c'était une robe verte, mais, ce jour-là, la précision de son regard s'était incroyablement affinée. Il revoyait le contenu des armoires de ses ex-maîtresses et les entendait parler des couleurs dont il ignorait l'existence. Ces femmes auraient certainement cru avoir devant elles un sosie de Mock si seulement elles avaient pu saisir les paroles qu'il allait adresser au divisionnaire Mühlhaus : « Regardez-moi ces deux coquettes près du consulat espagnol ! Surtout celle qui est si bien roulée, en manteau écru ! » Elles auraient été d'autant plus surprises en apprenant que Mock menait en même temps une conversation sérieuse avec Mühlhaus. Habituellement, il ne dispersait jamais son attention, mais, ce jour-là, rien ne semblait le perturber.

L'humeur joyeuse de Mock, comme les changements soudains dans sa perception du monde, venait de ce qu'il avait lu dans les *Breslauer Neueste Nachrichten*, en page trois, une brève précisant qu'il était lavé de l'accusation du meurtre de Klara Menzel et Emma Hader. Assis sur un banc près du monument du général Tauentzien, il attendait le divisionnaire Mühlhaus, qui était à la loge Lessing. À la lecture de cette information, Mock bondit de joie, ce qui lui valut un regard sévère de la part d'une dame qui frappait depuis un moment à la vitre de la cabine pour en faire sortir la jeune fille en robe pistache, plongée dans sa conversation. Mock décida de fêter la bonne nouvelle et son regard se porta vers les troquets de l'autre côté de la rue. Il fut attiré par l'enseigne du restaurant Le Tauentzien, du nom du valeureux combattant de Napoléon. En s'y rendant, Mock tomba dans les bras de Mühlhaus, qui venait de quitter sa réunion. Et c'est à ce moment-là qu'il fit sa remarque sur le manteau « couleur écrue », remarque qui ne produisit aucun effet sur Mühlhaus.

Les deux hommes firent le tour de la place, et Mühlhaus relata à Mock ce qui s'était dit au conseil. Il lui parla de sa procédure de réhabilitation dans la police. De nouveau dans les bonnes grâces de son supérieur, le sergent-chef se rendit soudain compte qu'il n'arrivait plus à se concentrer tant il avait envie de s'envoyer un verre de vodka, fumer un cigare Sultan et se trouver en compagnie d'une femme, de préférence en petite tenue. Ses désirs hédonistes ne furent pourtant pas assez forts pour chasser de son esprit l'idée de la fameuse « épreuve de survie ».

— Cher commissaire divisionnaire, dit-il en détachant le regard des fesses rondes d'une dame qui, en compagnie de quelques amies, regardait les tableaux de la galerie Stenzel. Je suis désolé, je me suis laissé distraire. Redites-moi tout ce qui concerne cette épreuve de survie, s'il vous plaît.

— Chaque candidat y est soumis, commença Mühlhaus en prenant Mock par le bras pour le diri-

ger doucement vers la Neue Schweidnitzer Strasse.
Sa fonction est purement symbolique. Un homme
meurt pour qu'un autre naisse. Il en a toujours été
ainsi dans les sociétés secrètes. Le novice était jadis
soumis à des tortures, placé à l'écart de la société,
abandonné en forêt à la merci des bêtes sauvages.
S'il s'en sortait, il était digne de rejoindre la
Confrérie. Comme chez les Misanthropes…

— Et c'est pareil chez vous aussi…

— Vous voulez dire, « chez nous ». Parce que
depuis deux heures, vous êtes membre de la
loge Lessing, déclara Mühlhaus, et un sourire ironique flotta sur ses lèvres. Vous avez été reçu à
l'unanimité des voix bien que vous ayez maltraité
l'un des membres du collège de direction restreint
avec une tige en fer, il y a à peine deux semaines.

— Un moment, fit Mock qui s'arrêta net, je ne
veux pas de privilèges… Je n'ai pas passé
d'épreuve de survie…

— Comment cela ? sourit Mühlhaus. Permettez-
moi de citer votre camarade d'études, le baron Olivier
von der Malten, qui vous a parrainé avec moi. Il a dit
à peu près ceci : « Être en cage avec une bête sauvage,
n'est-ce pas une épreuve de survie suffisante ? Et avoir
tué cette brute, n'est-ce pas une manière de la passer
avec succès ? » Alors, que répondez-vous à cela ?

— En effet, fit Mock, et il sombra si profondément dans ses pensées qu'il ne prêta aucune attention
aux deux blondes oxygénées qui se tenaient devant
la filiale de la banque de Darmstadt, enlacées par la
taille, et leur lançaient des œillades. Dites-moi,
Mühlhaus, je serais curieux de savoir quelle épreuve

de survie vous avez passée. Vous a-t-on laissé nu dans une forêt, ou juste enroulé dans un vieux manteau, les doigts barbouillés de peinture rose ?

— C'était bien pire que cela ! répondit Mühlhaus. Vraiment bien pire…

Breslau, jeudi 15 mai 1913,
deux heures et quart

Mühlhaus se tenait à l'échelle et se penchait en arrière. Les traverses étaient humides parce que ses mains transpiraient. Il était suspendu à la paroi du château d'eau de l'Am Weidendammestrasse et regardait tranquillement le mur en brique. Tout lui était indifférent. Il revoyait sa vie et sentait sa mort, si proche. Il avait lu un jour qu'au moment ultime, toutes les scènes de votre vie défilent comme dans un film. Cette expérience en était la preuve. Il savait à présent que c'était vrai, avec juste une réserve : il n'y avait aucun ordre à ce défilement, ni chronologique ni thématique. Tout se mélangeait. Sa mère disparue depuis longtemps se penchait au-dessus de son berceau alors qu'il venait de recevoir sa nomination comme fonctionnaire de la police royale de Breslau. Quant à la scène de son baccalauréat, elle était intervenue immédiatement après celle de la naissance de son fils Jakob. Ce désordre ne le surprit ni ne l'irrita. Il lui sembla même apaisant parce qu'il se situait à mille lieux de cette damnée tour, de la logique de la chute et de l'éclatement de sa tête sur le pavé.

Soudain, il entendit le tintement d'une cloche. Il détacha ses yeux du mur pour regarder en bas. Une voiture de pompiers approchait. L'épreuve de survie n'allait pas durer. Il revenait à la vie. Et ce fut là qu'il eut peur !

Breslau, samedi 19 avril 1924,
vingt-trois heures

Après avoir dépassé les fosses des anciens murs d'enceinte de Breslau, Mock et Mühlhaus continuaient à marcher vers la Neue Schweidnitzer Strasse, en direction du commandement général de l'armée et du Théâtre de la ville. Mühlhaus se doutait bien que l'épreuve de survie qu'il avait passée n'impressionnerait guère Mock. Il espérait néanmoins un mot de commentaire, un petit geste de compassion. En vain. C'était comme s'attendre à ce que le sergent-chef s'extasie devant les buissons de forsythias en fleur au bord de l'eau. Le soldat en faction près du commandement rectifia sa posture en voyant les deux policiers et son fusil rappela à Mock la tige de fer avec laquelle il avait frappé Mühlhaus sur le toit du théâtre Lobe.

— Pour revenir à votre allusion aux coups que je vous ai donnés, dit Mock, vous méritiez sérieusement que je vous casse la gueule...

— Laissons tomber, répondit Mühlhaus agacé. Et évitez ces termes grossiers ! Que voulez-vous ? Que je vous donne raison ? Que je vous dise avoir mérité cette raclée ?

Il lâcha le bras de Mock et, sans s'en rendre compte, campa sur ses deux jambes écartées dans une posture martiale.

— Vous êtes un ingrat, Mock ! Grâce à moi, vous avez rejoint la loge Lessing. Je n'attends pas de vous une reconnaissance éternelle, néanmoins…

— Si vous ne m'aviez pas interrompu, dit Mock dont la mâchoire se crispa, vous me donneriez raison. Vous avez mérité que je vous tabasse parce que vous m'avez manipulé comme un pantin ! Pourquoi ne m'avez-vous pas parlé de cette mission dans laquelle vous m'avez précipité ? Pourquoi, alors que vous connaissiez mon implication dans l'affaire Priessl, ma colère contre Dziallas et Schmidtke, n'êtes-vous pas venu me voir pour me dire : « Mock, nous allons te faire emprisonner et te permettre de tuer ceux qui ont causé la mort de Hans Priessl. Après cela, nous attendrons la réaction des Misanthropes. Ils te recruteront peut-être. » Pourquoi n'ai-je pas été mis au courant ? Au lieu de cela, vous m'avez impliqué contre mon gré et vous m'avez exposé à de grandes souffrances ! Pouvez-vous imaginer ce que ressent un homme qui se sait innocent mais n'a aucun alibi ni aucun moyen de se défendre ? J'ai même fini par me persuader que j'avais vraiment tué ces femmes en état d'ivresse avant de me réveiller dans la forêt de Deutch Lissa ! J'étais écrasé par la culpabilité ! Si je m'étais suicidé, vous auriez vraiment pu aller voir les Misanthropes et déclarer : « Oui, j'ai poussé Mock au suicide. J'ai rempli la condition. Acceptez-moi dans la Confrérie ! » Alors, évitez de me dire que je suis ingrat ! Je ne vois pas très bien ce que vous pourriez faire pour que je vous remercie !

— Et ceci, est-ce que cela justifierait des remerciements ? dit Mühlhaus, qui ouvrit son cartable pour y chercher quelque chose.

Mock sentit une odeur de tabac, de pipe froide et de papier parcheminé gras dans lequel Mme Mühlhaus emballait le casse-croûte de son mari. Finalement, le commissaire divisionnaire sortit un dossier cartonné attaché avec un ruban.

— Arrête de te poser des questions et ouvre ce dossier ! ordonna Mühlhaus d'une voix ferme. Évite tout de même que le vent emporte les feuillets ! Lis à haute voix ! Va à l'essentiel ! Laisse tomber les dates et les en-têtes !

« Par la présente, Monsieur le commissaire divisionnaire Heinrich Mühlhaus et Monsieur le sergent-chef Eberhard Mock sont priés de se présenter devant Monsieur le Préfet de Police Wilhelm Kleibömer, le 25 avril 1924, à neuf heures. Au cours d'une cérémonie officielle, ils seront décorés pour services rendus à la province de Silésie en matière de sécurité civile. Monsieur Heinrich Mühlhaus sera élevé au rang de Directeur de la police criminelle et Monsieur Eberhard Mock à celui de commissaire divisionnaire. Monsieur Eberhard Mock sera par ailleurs muté à la police criminelle, où il deviendra l'adjoint de l'actuel commissaire divisionnaire et prochain Directeur, Monsieur Heinrich Mühlhaus. Signé W. K. Préfet de police de Breslau. »

Dans le silence qui s'ensuivit, on n'entendit plus que le bruit monotone des fiacres reconduisant chez eux les spectateurs du Théâtre de la ville, sortis de la représentation du soir. Mock n'arrivait pas à détacher les yeux du document officiel avec ses sceaux et ses annotations « Pour diffusion à… ».

— Ne me remercie pas, Mock, fit Mühlhaus, et ne dis rien, d'ailleurs ! Ne parle pas, mais retrousse tes manches ! En prison, il y a vingt-quatre fils de pute qui ont avoué vingt-quatre meurtres. Nous détenons toutes les preuves de leurs crimes. Les doigts, les yeux, les cartes de jeu déchirées, les bouts de tissu. Ils doivent avouer une fois encore lors d'un interrogatoire officiel. Prends ces fils de pute en tenailles, Mock ! Vingt-quatre tenailles ! Fais-les se mettre à table et coince-les jusqu'à leur faire sortir les tripes par le gosier !

— Maintenant ? parvint à articuler le nouveau membre de la Criminelle. C'est Pâques, demain. Je déjeune chez mon frère.

— Tu veux attendre quoi ? dit Mühlhaus, qui lui arracha des mains le document signé par le préfet. Tu viendras déjeuner chez moi et tu me diras à combien d'entre eux tu auras réglé leur compte.

Mock acquiesça d'un signe de tête avant de rebrousser chemin vers la Tauentzienplatz.

— Oh hé ! Tu vas où comme ça ? lui lança le divisionnaire. Ce n'est pas la bonne direction. Ils sont dans nos cellules de la Schuhbrückestrasse. Pas à la prison !

— Je sais, dit Mock qui revint vers Mühlhaus. Mais je dois d'abord enfiler ma redingote pour me rendre au cimetière de la Gräbschenerstrasse.

— À une heure pareille ? fit Mühlhaus surpris.

— L'heure est correcte, répondit Mock en cherchant des yeux un fiacre. C'est bientôt celle des revenants et je dois avoir une conversation avec l'un d'eux qui m'est très proche. Il sera très heureux.

Mühlhaus déboutonna sa vieille redingote, la retira et la remit à Mock. Le vent gonfla les manches de sa chemise retenues par un élastique aux coudes.

— Où voudrais-tu trouver une redingote à une heure pareille ? dit-il avec moquerie. Prends donc la mienne ! Elle t'ira. Tu as un peu maigri dans cette prison. Et donne-moi ta veste, il fait frais.

Les deux hommes se passèrent leurs tenues et se serrèrent la main avant de prendre des directions opposées. L'homme en faction devant le commandement militaire les suivit d'un regard étonné. Il faisait son service à Breslau depuis un an et avait déjà vu bien des choses étranges, mais jamais encore un tel échange de vêtements. Surtout qu'ils n'allaient pas du tout avec le reste de la tenue et la silhouette des personnages ! Ah, s'il était allé au lycée et avait lu Homère, il n'aurait pas été aussi surpris !

*

Breslauer Neueste Nachrichten
20 avril 1924. Édition du jour de Pâques. Éditorial.

TOUTE LA VÉRITÉ SUR L'AFFAIRE EBERHARD MOCK

Depuis un an, les habitants de notre ville s'intéressent vivement à Eberhard Mock, l'ancien sergent-chef de la brigade des mœurs. En octobre de l'année dernière, il avait été arrêté pour avoir étranglé deux filles des rues, Klara Menzel et Emma Hader. L'inculpation reposait sur une identification dactyloscopique, autrement dit une méthode spécialisée de comparaison des empreintes digitales. L'assassin des deux femmes avait laissé les siennes sur la ceinture avec laquelle il les avait étranglées. Un rapprochement fortuit voulut que celles-ci se révèlent être celles d'Eberhard Mock. Le sergent-chef fut donc interpellé, placé sous mandat de dépôt et déféré. En prison, l'ex-policier fut confronté à la haine terrible de la pègre. Il eut à se défendre et tua l'un de ses persécuteurs. En cours d'interrogatoire, Eberhard Mock révéla que l'assassinat des deux femmes pouvait être le fait d'un certain Hermann Utermöhl, qui aurait fait en sorte que tous les indices convergent vers le policier. Hermann Utermöhl, malfrat soupçonné de nombreux vols et crimes, détestait Mock et avait maintes fois affirmé qu'il causerait sa perte. Quelques mois auparavant, quelqu'un avait pénétré dans l'appartement du policier, en pleine nuit, pour lui voler la ceinture avec laquelle les deux femmes furent étranglées.

Le commissaire divisionnaire Heinrich Mühlhaus prêta foi aux dires d'Eberhard Mock et décida d'ouvrir une nouvelle enquête sur la fin tragique d'Emma Hader et Klara Menzel. L'exhumation des corps de ces malheureuses fut la première démarche qui permit de découvrir un autre cadavre à côté du cercueil de l'une des victimes. Cette dépouille fut identifiée comme étant celle de Hermann Utermöhl. L'autopsie démontra que sa mort fut provoquée par du cyanure. Selon les sources de la police, le commissaire divisionnaire soupçonne Utermöhl, un homme psychologiquement instable et un morphinomane, de s'être suicidé après avoir assassiné les deux femmes. Arrachée à l'une des victimes, une dent retrouvée dans l'une de ses poches prouve de façon incontestable qu'il en était le meurtrier. Reste à savoir qui a recouvert de terre le corps d'Utermöhl après son empoisonnement.

La question pose un défi de taille à la brigade de Heinrich Mühlhaus et à Eberhard Mock.

Par ailleurs, voici une nouvelle d'importance ! Eberhard Mock a été muté à la Criminelle et promu au grade de commissaire divisionnaire. Aux côtés du directeur de la Criminelle Heinrich Mühlhaus, il protégera notre ville des malfrats. Pourquoi de si hautes promotions pour ces deux fonctionnaires ? Ils ont accompli un travail mémorable en anéantissant une terrible confrérie d'assassins qui réunissait des citoyens très en vue de Silésie. Un juge du Tribunal d'État comptait parmi eux. *O tempora, o mores !* N'est-ce pas effroyable qu'un homme qui aurait dû se soucier de justice et de paix civile fût l'un des criminels les plus intraitables et les plus cruels de notre ville ? Son nom et son histoire ne vous seront pas divulgués aujourd'hui. Vous pourrez la lire, chers lecteurs, dans notre édition de demain. N'oubliez pas de lire les *BNN* le lundi de Pâques ! Je vous souhaite un bon repos, Mesdames et Messieurs.

Otto Tugendhat, rédacteur en chef

Meublé avec raffinement, le cabinet du commissaire divisionnaire Eberhard Mock faisait plus penser à un salon cossu qu'à un bureau austère dans des locaux de police, où rien ne doit venir distraire l'attention du fonctionnaire, mais où tout contribue à éveiller chez des interpellés un sentiment de peur devant la main impitoyable de la justice. Le préfet de police Wilhelm Kleibömer avait longtemps hésité avant d'autoriser pareille décoration, mais il avait fini par se laisser convaincre par une note de service aux nombreux paragraphes et sous-paragraphes, rédigée de la plume du divisionnaire fraîchement nommé. Mock y justifiait, avec précision et clarté, la nécessité d'acheter le nouveau mobilier en se référant aux méthodes d'interrogatoire les plus récentes. Un suspect avoue plus vite et un témoin effrayé accepte plus volontiers de collaborer quand il est d'abord entendu avec politesse et amabilité dans un décor d'objets familiers. Puis, le jour suivant, quand il est interrogé avec dureté et détermination dans une cave vide, aux murs de ciment nus, par un autre policier, de préférence brutal. Inconsciemment, il voudra revenir dans la pièce la plus accueillante, celle avec un fonctionnaire aimable. Dans son exposé, Mock faisait référence aux travaux scientifiques du docteur Richard Hönigswald du département d'Études psychologiques du séminaire de philosophie de l'université Friedrich-Wilhelm de Breslau. Il en citait de longs passages. Ces citations, le caractère scientifique de la note, la précision des points soulevés, et surtout le fait que Mock se proposât de couvrir les frais avec ses propres deniers firent que le préfet donna son accord après plusieurs jours d'hésitation, à la condition *sine qua non* que Mock ne considère pas ce bureau comme son lieu d'habitation. Cette clause ne posait aucun problème au divisionnaire car sa promotion et la rétribution qui y était liée lui permettaient de louer un magnifique appartement de cinq pièces sur la Rehdigerplatz, avec salle de bains et chambre de bonne.

Comment s'étonner dès lors que Mlle Inga Martens, professeur de musique d'une vingtaine d'années, regardât avec ravissement la décoration de ce cabinet dont les meubles venaient du luxueux magasin de Wilhelm Kornatzki. Elle était assise à la table recouverte d'un napperon, les pieds posés sur un élégant tapis vert. Certes, l'eau du vase était un peu croupie et les fleurs plus de première fraîcheur. Mlle Martens se l'expliquait par une négligence toute masculine et un manque d'intérêt pour les fleurs dont faisait preuve le brun trapu à la mâchoire carrée, et rasé de près, qu'elle observait avec un peu d'inquiétude et beaucoup d'intérêt. Au plafond était suspendu un lustre rond, aux ampoules dissimulées par des globes en forme de gland. À la droite de la jeune femme, sous un grand tableau représentant une mer démontée, des armoires basses occupaient toute la longueur du mur. À la place des verres, coupes et autres carafes, elles contenaient des classeurs dûment étiquetés et répertoriés avec une écriture calligraphique très soignée, ce qui n'était pas vraiment pour rassurer la demoiselle. Sur une petite estrade, dans un renfoncement, se trouvait un bureau, avec un vase posé sur un napperon mais sans fleurs.

L'effet psychologique qu'aurait dû jouer cet intérieur accueillant et chaleureux ne fut pas garanti avec la belle enseignante. Bien au contraire. L'imagination active et pétillante de Mlle Martens fit qu'elle retira au policier son costume sombre de bonne coupe pour le vêtir d'une robe de chambre à revers de velours et d'un bonnet de nuit. Ce qui la fit beaucoup rire. Le divisionnaire esquissa un sourire compréhensif et — ce qui la troubla — quelque peu sensuel.

— Votre bonne humeur fait plaisir à voir, mademoiselle, dit Mock en lui tendant un porte-cigarettes en argent, mais permettez-moi de vous rappeler l'objet de votre visite ici…

— Oui, oui, se pressa-t-elle de répondre en prenant une cigarette. Je suis désolée, je n'avais encore jamais mis les pieds dans un bureau de police…

Mock se tut, se contentant de tambouriner sur la table de ses doigts courts et puissants.

— Que dois-je faire ? demanda-t-elle.

— Tout me raconter, répondit le policier, qui se demandait si c'était l'ambiance du lieu ou les beaux yeux et les jolies lèvres de Mlle Martens qui faisaient affluer dans son esprit des réponses on ne peut plus indécentes à la question de la jeune femme. Veuillez raconter à partir du moment où vous vous êtes interrompue. Donc, quand vous avez été réveillée en pleine nuit par un bruit violent au-dessus de votre tête…

— Oui, exactement, dit Mlle Martens en soufflant de la fumée. Quelque chose a fait un bruit sourd et violent au-dessus de ma tête. Je me suis réveillée. J'étais effrayée. J'ai alors regardé vers la fenêtre et j'ai hurlé. Une silhouette sombre s'y dessinait. Recroquevillée dans un coin de ma chambre, j'ai mis un certain temps avant de distinguer des pieds, des mains, une tête… Et une corde… C'était terrible… Monsieur le commissaire, à ma fenêtre il y avait un pendu…

— Et ensuite ? demanda Mock, qui n'arrivait plus à décoller son regard du corsage de Mlle Martens.

— Je me suis précipitée chez mon gardien, répondit-elle en éteignant sa cigarette. Lui vous a appelé… C'est tout… Je n'ai pas regagné ma chambre avant l'aube.

— Où êtes-vous allée ? fit Mock, curieux.

— Oh, j'ai le choix, répondit Mlle Martens avec un sourire timide. J'ai beaucoup d'amis à Breslau, même si je n'y suis que depuis peu… Mais j'étais par trop choquée pour aller où que ce soit… J'ai passé la nuit chez mon gardien…

Elle sourit, gênée cette fois.

— Je me suis mal exprimée… Mme Suchantke, la digne épouse de mon gardien, est restée avec moi dans sa salle à manger, jusqu'au matin… C'est tout, officier…

Mock n'eut pas le temps de faire une plaisanterie sur la déception ou la frustration du gardien car on frappa à sa porte.

— Entrez ! cria-t-il d'une voix sonore.

— Commissaire, c'est au sujet du pendu, dit Kurt Smolorz, avec un regard embarrassé pour Mlle Martens.

— Vous pouvez parler devant la demoiselle, dit Mock en fixant la jeune femme dont les yeux s'emplissaient de curiosité. C'est elle qui a trouvé le corps, hier.

— C'est tout de même bizarre, fit Smolorz. C'est une bonne connaissance à vous, depuis la prison. Un certain Dieter Schmidtke.

Mlle Martens eut le souffle coupé.

— Il y a une autre chose de bizarre, dit Smolorz, qui s'approcha de son supérieur comme s'il voulait lui parler à l'oreille, mais un geste de la main de ce dernier l'autorisa à poursuivre. Il y avait une image pieuse près du cadavre. Dans la blague de son gilet. Sainte Edwige.

— Je vous remercie, Smolorz, dit Mock, qui suivit son subalterne du regard tandis qu'il quittait la pièce.

Il y eut un silence. Au-dehors, un tramway freina brutalement dans la Schuhbrückestrasse. Une dispute éclata entre le conducteur et une autre personne. Leurs violentes invectives parvinrent jusqu'au deuxième étage du commissariat et agressèrent les oreilles d'une jeune demoiselle plus habituée à écouter de la musique.

— Ce que vous pouvez être insensible ! dit-elle soudain, outrée. Vous connaissez ce pendu assassiné par un maniaque religieux... Et vous, cela ne vous trouble pas le moins du monde... Rien ne vous étonne donc jamais ?

— Chère mademoiselle, répondit Mock tout sourire en posant sa puissante main aux doigts courts sur ceux, longs et minces, d'Inga Martens. Une seule chose m'étonne dans toute cette affaire... C'est qu'une jeune femme, jolie comme vous l'êtes, dorme seule... Je ne me l'explique pas !

Wroclaw, le 18 mai 2007

REMERCIEMENTS

Je tiens à exprimer ma gratitude aux premiers lecteurs de ce roman : Mariusz Czubaj, Zbigniew Kowerczyk et Przemyslaw Szczurek. Ils l'ont lu dans un délai très court et m'ont fait part de leurs remarques d'ordre stylistique, rédactionnel ou narratif. J'assume l'entière responsabilité d'éventuelles erreurs.

DU MÊME AUTEUR

Aux Éditions Gallimard

Dans la collection Série Noire

LA MORT À BRESLAU, 2012

FIN DU MONDE À BRESLAU, 2011

LA PESTE À BRESLAU, 2009, Folio Policier n° 675

LES FANTÔMES DE BRESLAU, 2008, Folio Policier n° 596

Composition : Nord Compo
Impression Novoprint
le 20 octobre 2012
Dépôt légal : octobre 2012

ISBN 978-2-07-044420-5./Imprimé en Espagne.